Best Time

白 马 时 光

克莱儿

Claire

Making Turquoise

绿松石之约

〔英〕克莱儿·麦克福尔 著　孟影 译

百花洲文艺出版社
BAIHUAZHOU LITERATURE AND ART PRESS

图书在版编目（CIP）数据

绿松石之约 /（英）克莱儿·麦克福尔著；孟影译
. — 南昌：百花洲文艺出版社，2019.11
ISBN 978-7-5500-3354-2

Ⅰ.①绿… Ⅱ.①克…②孟… Ⅲ.①长篇小说—英
国—现代 Ⅳ.① I561.45

中国版本图书馆 CIP 数据核字（2019）第 175994 号

绿松石之约 LÜSONGSHI ZHI YUE

〔英〕克莱儿·麦克福尔 著 孟影 译

出 版 人	章华荣
出 品 人	李国靖
特约监制	王 瑜
责任编辑	叶 姗 赵 霞
特约策划	王云婷
特约编辑	王云婷
封面设计	林 丽
版式设计	赵梦菲
封面绘图	孙十七
出版发行	百花洲文艺出版社
社 址	南昌市红谷滩世贸路 898 号博能中心 I 期 A 座 20 楼
邮 编	330038
经 销	全国新华书店
印 刷	三河市金元印装有限公司
开 本	880mm×1230mm 1/32
印 张	9
字 数	260 千字
版 次	2019 年 11 月第 1 版第 1 次印刷
书 号	ISBN 978-7-5500-3354-2
定 价	42.00 元

赣版权登字：05-2019-215

发行电话 0791-86895108　　　网 址 http://www.bhzwy.com
图书若有印装错误，影响阅读，可向承印厂联系调换。

21岁

海莉

生日快乐。

小小的圆形球体在镜子里冲我眨眼，明亮的蓝色闪光被笼罩在头顶刺眼的灯光下。我目瞪口呆地盯着它，仿佛忘记了仅仅几个小时前我还在朋友们的环绕中跳舞，两个氦气气球系在我的腰上，跟着我随音乐舞动的节奏一起摇摆。一切似乎都已恍如隔世。

我凝视的目光从徽章向上移动，与镜子中我那张脸四目相对，但那张脸我已经认不出来了。我精心画好的性感眼线和睫毛膏现在脏脏地糊在颧骨上，跟发红的眼圈很不协调。在此之下，我的脸色惨白，如同一个小丑。

但镜中我的身影却并不好笑。白色迷你裙上布满了暗红色的条纹，那是我拼命想擦掉手上的血时抹上的。我已经洗了十分钟的手，用冰冷的水和便宜的医院香皂生硬地揉搓。但我依然感觉我的手上像是裹满了卡勒姆的血，怎么也洗不掉，就像胶水一样。我低下头，用指甲划擦着皮肤，我的手已经变色了。它们因冰冷而麻木，变成了青色。

青色。这让我更加用力地擦洗起来。

"海莉。"

我抬头看到玛格丽特阿姨那张犹疑的脸正从我背后的门外向里窥探。

"干什么？"我用挑衅的语气问道。我拒绝回头，但却瞪着镜子里的她，仿佛镜子反射的力量能以某种方式让力度加倍。愤怒的感觉很好，更坚强。上帝知道，我需要坚强起来。

她对我露出了同情的微笑。我感到我的愤怒落空，咬紧了牙。

"警察来了，"她说，"他们想跟你谈谈。"

"现在？"我恶声恶气地问。

"现在。"

然后她就离开了，我在空荡荡的房间里闭上眼睛，连自己都想逃避。

我到底该说什么呢？

真相吗？我不确定真相是什么。闪烁的闪光灯，或是便宜气泡饮料的玻璃瓶，或是接下来那些事所带来的震惊，已经模糊和扭曲了我的记忆。我不知道在那可怕的时刻我看到了什么，一切都很模糊。我只记得无论我多么努力地想要阻止，卡勒姆鲜红的血还是从我的指缝中渗了出来。除了这个，还有一把利刃的寒光。但拿着那把刀的手仅仅是一只普通的手，没有戒指，没有疤痕，没有任何东西能辨认出它的主人。我知道我希望是谁，我极其希望是他，然而我无法确定。

所以我该说什么呢？

当我坐在一个特别狭小的房间里，面对坐在一张特别低矮的椅子上的两个警察时，依然想不出答案。其中一个警察是个胡须花白的大肚子男人，他起身把门关上，封锁住了令人不舒服的气氛和令人作呕的漂白剂味道。我看看自己周围，摆着廉价的家具，还有插在沾满灰尘的花瓶里的假花。这是医生向家属宣布他们所爱之人的死讯的地方。我之所以知道，是因为半小时前就在这里，一个一脸阴郁的医生告诉了我们那件我们已经知道的事——卡勒姆不在了。

"感谢你愿意来跟我们沟通，汤姆森小姐。我们知道你刚刚遭受了一个可怕的打击。"

大肚子警察给了我一个扭曲的微笑，我面无表情地瞪回去。这些话空洞、例行公事，也许就写在警察手册的第 54 页，教你如何应对可能会哭的人。

但我不会哭的，我还不能哭。我必须撑过今晚。必须再等一等，等我逃出这个地方回到家，然后我才能崩溃。

大肚子的脸拉了下来，在椅子上换了个姿势，而我依然紧闭着嘴唇，眼睛一眨不眨地盯着他。他转向他的搭档，一个身材瘦小、灰褐色头发的女人。她领会了他的暗示，身体向前倾斜，神色凝重。

"汤姆森小姐。"她说完我的名字后同样也微笑着暂停下来，似乎在等着我说直呼我的名字即可。但我并没有。过了好一会儿，她才不得不继续说下去："我们需要跟你谈谈发生了什么，汤姆森小姐。"

开始了。恐慌像一阵恶心感一样抓住了我。我紧紧抿着嘴唇，这次的原因有所不同。

我到底该说什么呢？

"汤姆森小姐，"大肚子又重新接话，"你能不能告诉我，是谁攻击了你哥哥？"

不能。可以。也许。哦，上帝！哦，上帝！哦，上帝！

"汤姆森小姐？"灰褐色头发的女人给了我一个鼓励的微笑。

说出来吧。是不是真相并不重要。就算不是他干的，他也有可能会那么干。而且，如果不是他的话，还会是谁？没错。

说出来吧。艾登！艾登！艾登！艾登！

但我不能这么做，因为我无法确定。贸然说出来是不对的。

"我不知道。"我咕哝道。

"汤姆森小姐。"大肚子男人皱起了眉头。每次他像那样说出我的名字时，仿佛它是一句脏话，仿佛我是渣滓，让我觉得很不舒服。我看到他用眼睛扫过我带着血污的短裙和细高跟鞋。我非常谨慎地把裙摆往下拉了拉。灰褐色头发的女人瞪了他一眼。他眨了眨眼，把视线拉回到我的脸上，说道："汤姆森小姐，你的几个朋友都说麦加菲尼家的两个男孩儿——艾登和利亚姆对吧？"他转向灰褐色头发的女人，以寻求确认，她点了点头。"当时在场？"

我没说话。

"他们在场吗？"他提示道。

"我……"否认是没有意义的，有六十个人可以证明这是事实。毕竟他们俩进来的方式并非小心翼翼的。

"但是他们没有受到邀请？"大肚子男人从我脸上看出了默认的意思，接着问道。

我定定地看着他。他在试图把我往哪个方向引导？他回过头去，等待着一个答案。

"没有。"我低声说。

"他们为什么会在那里?"

他们为什么会在那里?为什么利亚姆那么急切地要见我,甚至不惜踏进那样一个狮子窝里?为什么会带着他那个没用的、一无是处的哥哥一起?

你在想什么,利亚姆?

"我不知道。"

"为了见你吗?"

"是的。不。我不知道。也许吧。"

大肚子男人挑起眉毛。

"我的意思是,"我慌了,尽力不把自己的脚踏进圈套里,或把利亚姆推进去,"我想不出他们出现在那里的其他原因。"

"为了找麻烦?"灰褐色头发的女人试探道。

我咽下反驳的话,也就是"利亚姆不会去找麻烦的"。因为他会。不管你喜不喜欢,我知道他会的。但不是这种麻烦,不是大家看到的那样。

"我们找到了那把刀。"灰褐色头发的女人小心地看着我说,"就在我们谈话的同时,他们正在采集上面的指纹。麦加菲尼家的两个男孩儿我们都认识,知道他们是麻烦制造者。他们已经被拘留了,等着被指控。"

一只冰冷的手伸了进来,抓住我的心脏开始挤压。

"汤姆森小姐。"大肚子把声音压得很低,"他们中的哪一个杀了你哥哥?哪一个杀了卡勒姆?"

我张开嘴,却说不出话。卡勒姆。此时此刻某个心不在焉的护理工可能正在把他放在一张冰冷的不锈钢桌子上,就在这个地狱里的某个地方。冰冷,毫无血色,静止不动。哦,卡勒姆。

而在别的某个地方,在一间跟这里类似的封闭房间内,关着利亚姆,门上的锁阻断了他的去路。

利亚姆,是你干的吗?

我闭上眼睛,任由滚烫的泪水从脸颊滑落。

利亚姆

我的手上有血。我已经在这里的小盥洗池里洗了无数次，但血迹还在上面。仿佛渗进了我的皮肤表面，文了上去，提醒着我做了什么。

我怎么能那么愚蠢？我只是想……

我想激怒那个固执的浑蛋，我想把事情搅乱一些。但最重要的是，我只是想在海莉生日这天见到她。

我不该跟艾登一起去那里，那是第一个错误。我早该知道不能信任他，早该知道他别有用心，否则他不会来的，比如混乱、破坏。一个无政府主义者，这是警察在公园后面堵住我们时对他的称呼。我以前从没真正想过这些，但他的确是那样的人。一个自私、脑残的无政府主义者。他不在乎社会秩序，或法律，或我。他活着只是为了找机会让世界陷入疯狂和痛苦。

我早该知道的。但我不想一个人去。去那个地方，那个新教徒领地的中心地带。如果你能透视他们厚厚的皮肤，就会看到那里的人都流着蓝色血液。但卡勒姆的血不是蓝的，它流过海莉那雪白的双手时，是猩红色的。

上帝啊，看到她看着我的那种神情，我逃跑了。

我转身，逃跑，我把正在努力挽救他生命的她扔在了那里。有很多令我感到羞愧的事，但这一件，最为严重。

当她问我为什么要那样做时，我该说什么？如果她真的还会再次在我的身边停留，而且停留的时间足够向我提问的话，我精彩的借口是什么呢？

我哥哥让我做的。

我的天哪，听听我这话。多么可悲的自我辩护，光是想想就让我畏缩。

但这是真的。一切都不对了。卡勒姆倒了下去,刀在我的手里,黏稠、温热的血包裹着我的手指。我慌乱无措,害怕极了。所以我看向我身旁的那个人,那个我已经认识了一辈子的人,被我不情愿地当成父亲般存在的人。他说跑,于是我就跑了。

我无法挽回。

如果我可以,我会留在海莉身边,在她妈妈打电话叫救护车时握着她的手。艾登想做什么都随便他。当然,如果我那样做的话,接下来海莉的爸爸,她哥哥的朋友们,以及其他所有一直看我不顺眼的新教徒浑蛋都会扑上来,把我撕成碎片。但我是罪有应得,而且也许,仅仅是也许,海莉会扑过来保护我。

但我无法挽回。

"利亚姆!"

艾登的声音随着一阵急促的脚步声从走廊传来,我忽略了自己的名字——艾登在过去的一小时里一直在朝我大喊,他在这种地方的经验足够丰富,知道我能听到他的声音——但引起我注意的是那阵脚步声。是现在吗?他们是冲我来的吗?显然,艾登认为是的。

"你把嘴闭紧,听到没有?"

我听到了,哥哥。我苦涩地想。

麦加菲尼家大哥的忠告:什么也别说。不要给那些人提供任何信息。他们没有证据,他们只是在钓鱼。

这种方法他在过去运用得很好,在青少年看守所进进出出,在青少年罪犯管理局短期服刑过几次,还有六个月是在大监狱里,巴连尼监狱。因为这种方法我爸爸就运用得很好。

我在此期间一直听着他或者是他们当中某一个的话。

脚步声在门外停下。一阵金属摩擦声传来,接着一个小窗户打开,出现了一张脸。

"利亚姆·麦加菲尼?"

我点头,从床上翻身下来。

"手。"

我向前走去，把两只手从洞里伸出去，感觉到手铐在手腕周围收紧的冰冷痛感。

"退回去。"

我照指令做，几秒钟后门打开了。看守警察给了我一点时间让我穿上鞋，接着他带我沿着两旁都是牢房的走廊向审讯室走去。艾登的牢房在走廊的尽头，他的亮红色耐克运动鞋整齐地放在门外。

他一定是在等着我经过，因为我刚一走到他的牢房前，就听到他恶狠狠的咆哮声穿透薄薄的门板传来。

"闭紧嘴，利亚姆。我说真的。你一个字也不要说，听到了吗？利亚姆？利亚姆！"

我按照他所说的做了，我一个字也没说。还没有。除非我到了那里，磁带开始转动，然后我就要像鸟儿一样开始歌唱。

是什么让我害怕说出事实？有很多，其实。

海莉，我很抱歉。

艾登

我告诉过他!

我告诉过他会有坏事发生的,但那个小蠢货不听我的。他认为我很愚蠢,很没用,是个废物,好像我是傻瓜似的。

现在看看我们在哪儿。

我恨这个地方,就像待在一个棺材里一样,窒息着渐渐死去。

天啊,如果那个小浑蛋不能闭紧嘴的话,我要像现在这样对着墙壁过多长时间呢?

他最好把嘴闭紧,否则我会替他闭上。我不会因为这件事完蛋的,绝不会。而且那些浑蛋蓝鼻子①迟早有这么一天。

都是因为某个新教徒荡妇……

---

① 蓝鼻子,格拉斯哥流浪者足球队的球迷们称呼自己为"蓝鼻子"。

11岁

卡勒姆

"求你了，卡勒姆！"

餐桌上摆着麦片粥，海莉却抬头瞪着我，眼睛大得像茶碟，下嘴唇颤抖着。我无视她，尽可能快地把麦片糊往嘴里塞。吃完最后一勺，我把勺子啪嗒一声扔在桌上，端起碗吸溜着喝碗里剩下的牛奶。一部分牛奶从我的下巴滴下去，但大部分我都喝掉了。

"卡勒姆！"

妈妈立刻过来擦拭着滴在桌面上的白色液体，她一边擦一边发出啧啧声，然后在转身回到堆满盘子的水池旁边之前用力地拍了一下我的后脑勺。我同样也无视了她，转身去拿吐司。我咬着舌头，在一片烤得金黄的吐司上涂了厚厚一层草莓酱。我用眼角余光瞥到海莉正看着我，她看起来好像快要哭了。

"求你了，卡勒姆。求你了，求你了，求你了，求你了，求你了。"

我吞下满满一口面包。

"不行。"

她深深地抽了一下鼻子，而我知道接下来会发生什么。

"妈妈！你跟他说！"

太容易预料了。

"跟他说什么？"妈妈甚至都没回头。

"我想去公园。"

"你不可以一个人去。"

"但我想去！"

妈妈叹了一口气，把一个光亮的干净盘子放在碗碟架上。

"卡勒姆——"

没门儿。

"我要踢足球。"我赶在妈妈说完她的想法之前迅速地说。

"踢一整天吗？"

"是的。而且如果我不早点过去的话，他们就选完队伍了，那我的进球数就会卡住不动了。"

这当然不是真话。我是学校最好的前锋之一，我的同伴们都知道这一点，因此我总是第一个被选中。如果我迟到了，他们会给我让出位置，把斯派奇·高登推去坐"板凳"。但我妈妈不知道这些，而且我也不觉得有必要让她知道。

"你就不能找个别的朋友跟你一起去吗，海莉？"

我妹妹噘起了嘴。"他们都度假去了。"

他们当然是去不了，否则海莉是不会想跟我一起玩儿的，除非她没有别的选择。

我看到妈妈转过身来，她把手指抵在嘴唇上，用那种表情看着我，就是每次她要说些我不喜欢的话时会有的那种表情。

"这又不是我的错。"我在她开始说话前就表示反对。

太晚了。

"卡勒姆，你可以晚一点踢足球。先陪海莉去公园。"

我执拗地沉着脸表示反抗。

"她就不能自己去吗？"

"你很清楚她不能自己去，小伙子。"妈妈厉声说，开始有点生气了。

"跟她一起去，否则你就彻底不许出去踢足球了。"

太不公平了。

"好吧。"我起身从餐桌旁退开，"我们现在就走。"

我怒视着我妹妹，但她只是平静地对我微笑。

"我去穿运动鞋。"

五分钟后我们步行下山朝公园走去，我很没风度地踩着我脚上的球鞋，海莉一路蹦蹦跳跳，丝毫没有被我的坏情绪影响到。

　　她不能自己去真是太荒唐了，我们就快要读小学的最后一年了！而且这个公园也不在那种危险的住宅区里，就在主街上。太不公平了。

　　她一个人也会没事的。事实上，她可能还会更高兴些。而我则可以去踢足球。

　　"我不会留在这儿。"我突然说。我的语气很自信，就好像我已经决定了一样，但我还是偷偷地用眼角的余光去看她，判断着她的反应。她的眉毛皱了一下，然后自顾自地耸了耸肩。

　　好极了！

　　"我会陪你走到那儿，"我接着说，我的计划正在成形，"然后我晚点儿再来接你。你不准在没我陪着的情况下离开，知道吗？"

　　如果妈妈发现我丢下了她，那在剩下的假期里，我会被禁足的，虽然她没有理由这么做。妈妈从来不会逛到城里这么远的地方，而且今天是大扫除的日子，她甚至可能不会离开家。

　　"我是认真的，"我在离开公园大门口前又说了一遍，"你不能在没我陪着的情况下离开。如果发生了什么事，去球场找我，但不要回家去。要等我来找你以后，才能回家，知道了吗，海莉？记住了吗？"

　　但我显然是在对空气说话，海莉已经兴高采烈地向我挥了挥手，背朝我蹦跳着向游乐场跑去了。我知道她要去哪里——我妹妹喜欢秋千，她可以坐在秋千上荡一整天——但我还是站在那里看着她跑到游乐场。那里有一些男孩子，但他们都无视她。我看着她安全地坐上了一个秋千之后，就转身开始往山上跑去。如果我快一些，也许能赶上队长选人。那我就不用再次面对斯派奇了，他完全没用。

海莉

我们是在公园相遇的。

我坐在秋千上，试图用粉色耐克运动鞋的鞋尖去碰触太阳，它挂在耀眼的蓝天上，高得不可思议，我的马尾辫在不断甩动。我喜欢秋千，它是目前为止公园里我最喜欢的东西，坐在上面感觉像飞一样。

我荡得更用力了些，身体向后倾斜，腿向前伸直，试图克服重力把高度再增加一英尺。然后，我飞了出去。就在秋千荡过最低点的那一瞬间，我的脚趾正掠过松软的沥青地面时，有人粗暴地在我肩胛骨之间推了一把，我实实在在地飞了出去。遍布着口香糖印、好像圆点图案似的沥青地面，以一种不可思议的速度向我袭来。

我砰的一声摔在地面上，但前冲力还没有放过我，我向前滑了一段距离，擦破了手上的皮和裸露的膝盖。当我最终停下来的时候，我呆滞了一会儿，既震惊又困惑，接着擦破的手和腿上开始传来剧痛，眼泪立刻涌出来。我做好了大哭一场的准备，这时一只手出现在了我的视线中。

我想都没想就握住了，然后那只手的主人把我拉了起来。

那是一个男孩子，跟我差不多高，很瘦，有着沙棕色的头发，绿色的眼睛。一道污迹横过他的鼻子，可能是雀斑，也可能是尘土。他向我微笑时，应该长门牙的地方露出一个巨大的黑洞。

我立刻就不哭了。

"你还好吗？"他问。

我在流血，并且浑身是土，崭新的短裤上还破了一个洞。我的眼睛刺痛，喉咙也痛，我努力忍着愤怒、尴尬和疼痛的眼泪。他有着我所见过的最漂亮的绿眼睛，也许是因为它们跟他绿白条纹的 T 恤很相配。我喜欢绿色，那是我最喜欢的颜色。

"还好。"说完，我深深地抽了一下鼻子，然后用手背抹了抹鼻子。

他冲我点点头，然后越过我的肩头望去。

"嘿，嘿，你！"他大喊。

我转过身去看他在跟谁说话。

那里，坐在我的秋千上的就是害我飞出来的罪魁祸首——盖文·罗伯森。他是个又丑又坏的大块头，此刻他那肉乎乎的拳头正抓着秋千的链条，他一边前前后后地荡着，一边咧着嘴朝我们笑，自以为是，得意扬扬。

"什么？"他趾高气扬地说。

我噘起嘴，知道接下来的整个下午我都要失去秋千了。直到今年他升学去念中学以前，盖文·罗伯森一直和我一所学校。他比我大一岁，常在操场上游荡，寻找年纪更小、更瘦弱的孩子，殴打他们或偷他们的东西。所有的小学生——甚至一部分老师——都遭到了他的毒手。他总有源源不断的新鲜猎物可以折磨，所以我只撞见过他几次。然而也足够让我明白：不能反击，除非你想去医院走一趟。

我身旁的男孩子——这个有着漂亮绿眼睛的陌生男孩子，显然之前没有见过盖文·罗伯森，不知道这些规则。他朝盖文走去，在离他一臂之遥处停下。"从秋千上下去。"他说。

我瞪大了双眼。他在干什么？

盖文也惊讶地眨了眨眼睛，一副不敢相信的样子，然后他笑了。

"不，我不这么想。我很喜欢这儿，我想我要继续待着。"

盖文得意地笑着，但眼睛却威胁性地眯了起来。这是一个警告：立刻滚开。否则他的拳头就会击中那个男孩儿的脸，或肚子，或胸口。无论哪里，他都会把他打趴。

男孩儿向前走近了一步，把自己置于盖文的手或脚能碰到的范围内。"我说让你下去。"

盖文的嘴巴咧出一个大大的笑，接着他站起来向后退去，好像真要从秋千上下来一样，但秋千的座板依然紧紧卡在他宽大的屁股后面，几乎看不见。突然之间，我明白了他要干什么。没有时间喊出警告了。我看着他转移重心，脚离开地面开始荡动秋千，腿向前伸直，像一头犀牛似的朝前冲过来，准备猛地撞向救了我的人。

我把眼睛挤成一条缝，既不想看到男孩儿被撞飞出去的残忍场面，也无法完全闭上眼睛。

但我低估了他。他疾如闪电般地撤到一旁，接着他的拳头——虽然比盖文·罗伯森的小，但攥得很紧，指节都凸了出来——击中了盖文的下巴。他这一拳没有使出太多力量，但盖文的前冲力把他自己推向了拳头，他被打得头向后仰，失去了平衡，他抓着秋千的手松了，向后倒去。当盖文的脑袋接触到冷硬的地面时，传来了一阵令人恶心的气味。

秋千座板左右来回自由地晃着，上面空荡荡的。

我目瞪口呆地盯着它，然后我低头去看盖文·罗伯森，等着他跳起来把那个男孩儿揍扁。但他却依然捂着头趴在地上，一条细细的血流从他的手指下方流下来。他的脸上是一种我从来没见过的表情，不是嘲弄和愤怒，而是狼狈、脸红和污迹斑斑。盖文·罗伯森哭了。哭了！

哇哦。

下一秒他踉踉跄跄、摇摇晃晃地站了起来。他向我们走了一步，看看我，又看看那个穿绿色条纹上衣的男孩儿，以及他那沾满了红色鲜血的手掌。他张开嘴，但却没有说出威胁和辱骂的话，而是发出了一串抽噎的哭声。给了我们一个更加肮脏可怕的表情后，他就慢吞吞地走了。

那个男孩儿晃悠悠地过去，抓住依然在轻轻摇摆的秋千——他的奖品。

"哇哦。"我回过神来，粘在地上的脚终于能动了，"哇哦，刚才太棒了。你真厉害。"我微笑着对他说，"太感谢你了！"

我小跑过去，忘记了身上还带着伤口和擦痕。我从他身边掠过，跑去收回我的座位。他的手在链条上僵住了，有那么一瞬他看起来似乎是想阻止我，但接着他就退后靠在杆子上，而我开心地重重坐回到长方形的座板上。但我没有再荡起来，只是前前后后地换着脚，看着他看着我的样子。

"你是新搬来这附近的吗？"我好奇地问。

他摇摇头。

"我以前从来没见过你，"我皱着眉说，"你叫什么名字？"

"利亚姆。"

"这是个好名字。"我说。

他耸了耸肩。

"我叫海莉。"我继续说道。

我等着他对我的名字也说些赞美的话，但他没有，所以我按照我脑子里形成的问题列表接着往下问。

"你多大？"

"十一岁。"

"我也是！"我又给了他一个大大的微笑，为我们有了共同点而欣喜。

"那我以前怎么从来没见过你呢？你上的是哪个学校？我上的是哈尔里斯山。"

"圣玛丽。"

哦，这就说得通了。圣玛丽是一所位于米尔休的小学，离公园很近。而我上的哈尔里斯山小学在一段距离之外的斯特拉瑟山上，但是斯特拉瑟山没有公园，没有像这个这么好的公园，所以我想玩秋千时只能一路穿过城区跑到这里来。

"那你住在这附近吗？"我问。

"不是。"他低头看着地面，用运动鞋轻轻踢着地面。

我没再说话。我意识到一直都是我在说，我想让他也说点什么，除了到现在为止他给我的那些只有一两个字的回答之外。我们沉默了挺长一段时间，我在秋千上前后晃着，他靠在杆子上。

"内维森街，"最后他终于开口道，"我住在内维森街。"

"那里离我家很近！"我惊讶道，"那你为什么要跑这么远上学？"我咬了咬嘴唇继续问道，"他们把你从哈尔里斯山开除了吗？"

"没有！"他扑哧一笑，"我一直上的都是圣玛丽。"

"为什么？"

"没有为什么。"

"哦。"

我荡秋千荡得更用力了些，因为我不知道该说什么。

"再次谢谢你把我的秋千抢回来。盖文·罗伯森太可恶了。"

"谁？"

"那是他的名字，就是那个抢我秋千的男孩儿。"

"好吧。"

我看着他。不会有人不认识盖文·罗伯森吧？但这的确解释了为什么他敢反抗他。

"谢谢。"

"不客气。"

我又前后荡了一会儿，然后意识到我有一些无礼，一直占着这唯一一个能用的秋千。

"你想荡一荡吗？"我一边问一边停住秋千，站起来，把链条递给他。

他考虑了一下。

"不用，没关系。你可以待在上面，你很擅长这个。"

我感到我因为这句夸奖而有点脸红，于是我坐了回去，盯着一块被某个人粘在地上的大块粉红色口香糖印。

"只有一个秋千能用真是太糟糕了。"我说。

我往公园其他地方看去，并不只是秋千，环岛被碎玻璃围绕，滑梯被大靴子踩得凹了下去，很难往下滑，没有足够的速度来提供乐趣。攀登架上的网绳也是松垮垮的，那些塑料绳有些部分被烧坏了，所以如果你试图往上爬的话绳子就会耷拉下去或者断掉。这是城里唯一一个好公园，但却依然很糟糕。我叹了口气。

"那个秋千可以用。"利亚姆指着我旁边的秋千说，把我从思绪里拉了出来。他说的那个秋千紧紧地缠在横杆上，根本够不到。

"是啊，"我怀疑地说，"如果你能把它弄下来的话。"

"我能。"他说。听起来很自信。

我做了个鬼脸。那个横杆至少在他脑袋上方一米多高，即使跳起来去够也太高了，而且附近没有可以踩的地方。看到我怀疑的表情，他得意地笑了一下，从靠着的杆子上直起了身。他站在那个秋千下面认真地思考了一会儿，然后屈膝蹲下来，接着向上跃起。我以为他会去拍座板，把它翻过来一圈，但他瞄准的根本不是秋千。他双手抓住横杆，像只猴子一样挂在那里，脚悬在空中，跟我的眼睛一样高。

"小心！"我提醒他，想象着他掉下来落回地面摔折两只脚踝的样子。他没有回答，他正在集中注意力沿着横杆移动，调整手抓的位置，然后松开了左手。我倒吸一口气。他所有的重量现在都靠右手吊着，而他的左手伸了出去，去解座板和横杆卡在一起的地方。他解了三次，依然用一只手吊着。接着他落下来，像只猫一样轻轻着地。现在秋千只有脑袋这么高了，他抓住秋千往后拉，接着用力向前扔出去让它转出一个大弧，从上方绕横杆一圈。又扔了两次之后它就低低地挂在了那里，随时可以坐上去玩儿了。

"看。"他站在我前面，扬扬得意地把胳膊交叉在胸前说。

我翻了个白眼，但这还是很让我印象深刻。

"那你要坐上去吗？"我用挖苦的语气问。

他看起来很惊讶，仿佛从来没这么想过。我更喜欢他在秋千上坐下来，这样我们就在同一高度了，视线可以平行。他站着俯视我的样子有点吓人。

"我喜欢你的衣服，"在一阵长长的、尴尬的沉默后我说，"绿色是我最喜欢的颜色。"

"是吗？"他注视着我，好像很惊讶。

"是的。"我缓缓说道。这有什么好奇怪的？

绿色是一种好看的颜色，它让我想到田野、绿宝石、苹果和树木。让我想去外面玩儿，让我想到春天。它可以是凉爽如薄荷般的，或者是新鲜而明亮的，甚至可以是黑暗而神秘的。我敢打赌很多人最喜欢的颜色都是绿色。

尽管这又让我想到我爸爸讨厌绿色，还有我的双胞胎哥哥卡勒姆，他也不喜欢，他们更喜欢蓝色。卡勒姆房间里的一切都是蓝色的：地毯、窗帘、床罩、他的睡衣，一切都是。

就在这时，就像是知道我在想他一样，卡勒姆跑进公园，胳膊下夹着足球，白短裤和蓝T恤上粘着泥巴和草渍。他脸上也有泥巴，从太阳穴到下巴。妈妈会杀了他的！

“那是谁？”利亚姆问。卡勒姆渐渐跑近，打量着我们。

“那是我哥哥，”我说，“他叫卡勒姆。”

利亚姆在卡勒姆接近时站了起来，而我觉得只有我一个人坐着很傻，也站了起来。

“你怎么回事？”他刚一跑到能听到我声音的距离内我就问道，“你脏死了！”

“踢球弄得。”卡勒姆耸了耸肩。接着他的眼睛看向我短裤上的破洞，膝盖上血糊糊的一团伤痕，还有手上和胳膊上的擦伤。“你怎么回事？”他质问道。他的眼睛向左斜睨着利亚姆，因反感而眯了起来。我注意到利亚姆的脸上也带着同样的表情。

“我从秋千上摔下来了。”我解释说，“好吧，其实我是被推下来的，被盖文·罗伯森。”我说出那个名字。“但没关系，”我迅速补充道，因为我看到卡勒姆的脸因愤怒而扭曲，“利亚姆帮了我，他是我的新朋友。他又把盖文推下去了，还揍了他，把他揍哭了！”

卡勒姆看起来对此颇为惊讶。利亚姆什么也没说，他依然面无表情地盯着我哥哥，盯着他的T恤。

“我们得走了，”卡勒姆突然说，“我们喝茶要迟到了。”

我噘起嘴，我还没准备走呢，我想了解更多利亚姆的事。卡勒姆做了个鬼脸，是生气的表情，我知道如果我不跟他走的话，他会告诉妈妈，那样的话妈妈就再也不会允许我一个人来公园了。

就在我转身离开时，利亚姆说话了：“你明天会再来这儿吗？”

我心中感到一阵暖意。“我会的。”我急切地说。

“不行！”卡勒姆凶巴巴地说。

我怒视着他，利亚姆又没问他。“闭嘴，卡勒姆。”

"海莉，快走！"他跺着脚走了。

他要告诉妈妈了。我犹豫了，咬着下嘴唇。

利亚姆还在看着我，等待着。

"明天在这里见你？午饭后？"我说。

他冲我点点头，眨了一下眼睛。

太棒了！

然后我去追卡勒姆，在他就要走出大门时追上了他。

"刚才太糟糕了。"我们沿着主街往回走时，我一边用胳膊肘推他的肩膀一边说，"你对利亚姆很粗鲁！"

卡勒姆看起来一点儿也不在意我的指责。"我不喜欢他的样子。他看着就像个大麻烦。"他说。

我皱起眉，我不喜欢卡勒姆批评我的新朋友："你不了解他……"

"你也不了解。你今天才认识他。"

我的脚步加重。我讨厌跟卡勒姆吵架，他总能把我耍得团团转。

"我够了解。"我冲卡勒姆做了个鬼脸，"他救了我！"

这让卡勒姆说不出话来，因为就算是他也不会去挑战盖文·罗伯森，而他已经很勇敢了。

"无论如何，你不该跟他混在一起。你其他的朋友呢？"

"我说了他们都去度假了，"我闷闷不乐地说，"反正我也不关心他们了，我喜欢利亚姆。"

他狡猾地咧嘴笑了："爱上他了，是不是？"

"不是！"

"就是。"

"卡勒姆！"

"爸爸不会喜欢你跟他待在一起的。"

"你什么意思？他怎么会认识利亚姆？"

"他不认识，但他还是不会喜欢的。"

"为什么不喜欢？"

　　卡勒姆看起来非常得意，每次他知道一些我不知道的事情时就是这副样子。他喜欢在我面前逞威风。我不耐烦地戳着他的肋骨追问："卡勒姆，为什么爸爸不喜欢？"

　　"因为他是凯尔特人队①的球迷。"

　　"你怎么知道？"

　　"他穿的球衣是绿色的。"

　　"我喜欢绿色。"我说。我已经对关于足球的对话感到厌烦。

　　"别让爸爸听到你这么说！"

　　我似笑非笑，然后表情变得严肃起来："卡勒姆，你真的觉得我和他交朋友会惹爸爸生气吗？"

　　"是的。"他的回答迅速而坚定。

　　我相信他。

　　"你觉得他会阻止我们做朋友吗？"

　　"会。"

　　我咬住嘴唇："卡勒姆，卡勒姆，求你别告诉他。"

　　他侧眼看着我，仔细思考着。

　　"求你了，卡勒姆。我愿意为你做任何事。"

　　"让我考虑考虑。"这是他全部的回答。

---

① 凯尔特人队，格拉斯哥凯尔特人足球俱乐部，苏格兰足球超级联赛球队之一。1887 年成立于圣玛丽教堂，代表天主教。俱乐部标志为绿白色，与同城的格拉斯哥流浪者足球俱乐部互为死敌。

利亚姆

我不确定她说的午饭后是几点，所以我到得格外早，中午之后就来了，想着我可以在攀爬架那里待着等她来，如果她会来的话。我有一种怪异的感觉，觉得他哥哥会阻止她。我不知道他为什么会那么敌视我。注意，我对他的感觉也一样，但我是因为他表现得好像海莉受伤是我的错一样。

"看看这是谁！你在这儿干什么，小弟弟？"

听出这是我哥哥的声音时，我的心沉了下去。艾登比我大四岁，他在某种程度上表现得像我爸爸，因为我真正的爸爸"不在"。他有时候很棒，很有意思，但大部分时候他只是一个麻烦制造者。他最大的爱好就是欺负"蓝鼻子"。

"嗨，艾登。"我紧张地说。我朝他的伙伴们挥手，我认识他们的脸，但有点记不清他们的名字。

"你没和你的朋友一起吗？"他们中间的一个问。

"我在这里等她。"我解释道。

犯了个大错。

"她？"艾登看起来很兴奋，"她？你给你自己找了个小女朋友吗，利亚姆？"

当我因尴尬而局促不安时，他们都笑了。

"不是！"

但我的否认让情况变得更糟了。他们笑得上气不接下气，笑得不能自已。最后艾登停了下来，对我冷笑着说："你不能在这里等，因为我在这里。所以快滚开。"

我想了一会儿。我当然不想待在这里让我哥哥继续折磨我，但海莉来公园的路有好几条，我无法全部顾及。如果我想跟她一起玩儿的话，我就得在这里等着。该死。

"你们不能去别的地方吗？"我问。

"我们为什么要去别的地方？因为我们先来的嘛。"艾登大声说道。

就算我比他先来，他也不会走的。这只是一个比较方便的理由罢了。

我叹了一口气。

"我去那边等。"我指着一片草地说。那里离他们所处的攀爬架很远。

我走过去，假装听不到一直悄悄尾随着我的脚步声。当我走到离游乐场设施足够远的距离时，我转过身，看到艾登就站在我身后几英尺的地方，而他的朋友们都留在原地。

"你没听到我说什么吗？"他威胁道，"我叫你滚开！"

"我就在这边待着而已，"我抱怨道，"我不会去你们跟前的。等海莉来了以后我们就去别的地方。"

"我真不敢相信你竟然找到了一个蠢到愿意跟你一起玩儿的女孩儿！是圣玛丽的骚货吗？"

现在这里没有旁人能听到他说话，他更恶毒了，他的话就像刀子一样刺耳。

"她念的不是圣玛丽。"我说。这是我脑袋里想到的第一句话，而把这个说给我哥哥听是一件非常愚蠢的事。

"那么是哪里？"他安静地问。

暴风雨之前的平静。

我努力回想着前一天下午的情形，依然没有感觉到危险。她告诉我了，我知道她告诉我了。

"哈尔里斯山！"我终于说出来，还很高兴我终于从记忆里挖出了这个信息。

"新教徒学校？"

终于，我意识到了自己给自己挖了一个坑。

"什么？"我问，试图赢得一点后退的空间。

"你要跟一个新教徒女孩儿见面？在我告诉你那么多事之后？你是这个意思吗，利亚姆？"

他快速向我逼近，我匆忙往后退了几步。我在想他的朋友们会不会正在看这边，他们会怎么想现在的情况，他们会不会介入……

"不是……"

快如闪电般，艾登出手了，狠狠地打我的头，打得我眼冒金星。

"小浑蛋。一分钟前你说的可不是'不是'。别对我撒谎，利亚姆。"

"她只是个朋友。"我抗议道。

第二次攻击是一拳打在了我的嘴巴上，我的嘴唇裂开，血从牙齿间涌出，带着温热的金属味。

"艾登，住手！"我再次试图躲开他，但一团纠缠的草丛绊住了我的脚后跟，我被绊倒了，狠狠地摔在干燥的地面上。

我下意识举起了胳膊挡住脸，但艾登的运动鞋却转而猛踢我的肋骨。我捂着肚子，奋力呼吸，尽量不让自己反胃。

艾登一把抓住我的头发，把我拎起来小声耳语道："不准跟新教徒渣滓交朋友，听到没有，利亚姆？"我没有回答，他摇晃着我的头继续问，"听到没有？"

"听到了。"我啜泣着回答道。那些拳打脚踢开始疼了。

"你最好别。"他说。然后他丢下了我，我听到他离去的脚步声。

我待在原地，蜷缩在草地上，止不住地流泪。泪眼模糊中我看到艾登带着他的朋友们从公园大门走了出去，他们中甚至没有一个人回头看我一眼，尤其是艾登。

他们快要走出我的视线时我听到有人在喊我的名字。是一个女孩儿的声音。

"利亚姆！利亚姆！"

卡勒姆

暑假最棒的事情是每天都能踢足球。我是第一个到球场的，这意味着我可以作为队长先挑人。我非常满意，一边等着我的朋友们来，一边在脑子里筛选着名字，思考要选哪些人进我的队伍。

我最好的朋友迈克尔通常来得很早——球场就在他家街角——所以当我看到一个身影慢吞吞地朝我走来时，我以为是他。然而当那个人走近一些之后，我意识到我错了。他的块头大太多了，走路时带着一股明显的趾高气扬劲儿。我谨慎地站起来。这个球场很偏僻，年纪大些的孩子们通常不来这里，他们更喜欢去住宅区里的碎石公园或中学里的沥青场地。我紧张地咽了一下口水。我是不是得保护我们的地盘？

太阳升起来了，但依然低低地挂在天空上，将那个不断靠近的身影映成一个轮廓。我还没来得及认出到底是谁，他就已经走近了。

是盖文·罗伯森，他到这儿来干什么？

我很确定不是为了足球的事。小学五年级的时候，盖文揍了一个让他上体育课的老师。他不爱好体育运动，不掺和任何要加入团队的事。作为代替，他用拳头和脚来完成他所有的运动。

他走完最后几米距离时，我站在原地，但我的眼睛却扫视着他身后的草地，希望能有一个——多一些的话更好——我的朋友出现。但没有人。

盖文停在离我仅仅几步的距离，交叉着胳膊瞪着我。我注意到他的半张脸又肿又青的，额头上还贴着很大一块膏药。

利亚姆·麦加菲尼的作品。海莉没有夸张。但我记得利亚姆身上连一道擦伤也没有。

"你是卡勒姆·汤姆森？"盖文慢吞吞地说。

他说话的方式很怪异，很慢，有一点含糊，就好像他没法把所有的字念出来一样。然而我不打算取笑他这个，我只是点了点头。

"你有个双胞胎妹妹？"

我又点了点头。

"海莉？"

我继续点头。

然后是一段暂停。我抓住这个机会再次扫了一眼我四周，他们在哪儿？

"她和她的朋友，"他说出最后一个词，我知道他指的是利亚姆，"他们害的。"

盖文邪恶地怒视着我。我想象着他在揍海莉之前用同样的表情看着她的样子。

"我妹妹什么也没做。"我的声音像被扼住了一样尖锐，暴露了我的恐惧。

"不，就是她。"盖文反驳道，"她和那个天主教小子，他们想让我出丑。没有人敢这样。"

我沉下脸，但不是因为盖文，而是因为利亚姆。我就知道他是个麻烦。我就知道。在他冒出来之前盖文·罗伯森甚至不知道我妹妹是谁，而现在他对她虎视眈眈。

而且如果盖文在利亚姆不在海莉身边的时候抓到了她，她会遭遇什么？我知道这个问题的答案。

"不要找我妹妹的麻烦。"我说。

我的语气听起来没什么说服力，但我握紧拳头，绷直双腿，准备保护海莉……和我自己。

盖文向前迈了一步，眼神放光。"你要跟我打一架？"他问。

"是的。"我说。这听起来比我真实的感觉要勇敢得多。

盖文笑了："如果我打败你呢？这并不能替他们两个人还债。"

"我不关心利亚姆，"我迅速回答，"那是你跟他之间的事。但你不要靠近海莉。"

盖文想了一会儿。我几乎能听到他脑子里那些生锈的齿轮咔咔转动的声音。

"好吧，"他终于说，"好吧。你可以替你妹妹挨打。但那个天主教小子依然会被揍。"

"随便。"

什么？我刚才是不是同意了替海莉挨打？如果真到那个地步的话我会的，但最好还是不要。我再次扫视了一遍地平线。怎么到现在都没人来？

"听着，盖文，我妹妹在昨天之前甚至都不认识那个男孩儿。她跟那件事没有任何关系。"

我在拖延，期待着救援。但盖文对我步步紧逼，拉近我们的距离。我的时间很快耗尽了。

"盖文——"

时间到。盖文向前冲来——以他的体形来说速度很快——接着把他的拳头挥过来。我低头，他的指节正好擦过我的头顶。我的心开始狂跳，我躲开了。我身后是开阔的球场，我也许应该转身逃跑。我怀疑盖文·罗伯森追不上我。

但我没有。并不是因为我害怕大家会觉得我是个胆小鬼，毕竟我的朋友里也没人敢跟盖文拳头相向。而是因为我知道如果我消失了，这笔账就依然没还清，而海莉就会成为盖文名单上的其中一个。

所以我忽略了脚上传来的绝望的请求，紧紧地握住拳头，然后给了盖文一个坚定的表情。

他一开始看起来很惊讶，也许还让他有点印象深刻。接着他看起来挺高兴，他知道他能搞定我。我也这么觉得。

但是我速度很快，当他瞄准我的肚子挥出下一拳时，我闪到一边并挥出了自己的拳头。虽然力量不大，但非常准。我攥紧的拳头击中了他太阳穴上那条还没愈合的硕大伤口。在我的攻击下它裂开了，立刻开始流血。

盖文痛苦地号叫。他举起手摸了摸自己的头，手指变成了红色。他盯着血看了会儿，然后看向我。泪水在他眼睛里闪着，但愤怒让他的嘴唇之间爆发出了怒吼。他冲向我而我却动不了。我太害怕了，还在盯着他暴怒的脸。

我甚至都没看到他的拳头过来，但我感觉到了，正正地打中我的鼻子。我被打倒，脑袋撞在草地上发出一声钝响。我躺在那里，有些头晕目眩，甚至都没想着要爬起来。

"下次见，到时就是你妹妹挨揍！"

盖文朝我吐了一口唾沫，亮晶晶的口水落在我的 T 恤上，然后他转身走了。

我又躺了一会儿，等着眼前的世界停止转动。我的鼻子感觉有正常状态的三倍大，而且在抽动。我想举起手检查一下伤情，但我太害怕可能摸到的结果。然而我并没有哭，而且我觉得很骄傲。

有什么东西从我的喉咙往下流。是我自己的血。我条件反射地咽了下去，接着开始干呕。血也从我脸上流下来。

最后我慢慢地试着坐了起来。眼前的世界勉强停止了转动。我的耳朵还有点耳鸣，但在这尖锐的小小噪声之下我能听到一阵笑闹的声音。我的朋友们，终于来了。

出于一些奇怪的原因，刚一听到他们欢笑的声音，我的眼睛就开始刺痛。我尴尬地试图吸鼻子憋回眼泪，但一那样做鼻子就传来剧痛，让我的情况更糟糕。因为不想被大家看到我像个小姑娘一样哭哭啼啼的样子，于是我站了起来。我就快要看到他们从街上拐进来，往草地这边来了。没有挥手也没有向他们喊出一句解释，我转身背对他们，消失在了球场边茂盛的树丛里。

我没有回家。回家要面对妈妈和爸爸，他们会发现我打了架。回家要面对海莉，还得尽量不让她知道发生了什么，因为全都是她的错。

不，事实是回家要面对海莉，并且承认我遇到了盖文，结果被打得鼻子流血，还哭了，而利亚姆却毫发无损地抽身而去，并且收获了一个新的热情满满的仰慕者。

我绝不会那样做！

我一路绕到住宅区后面，用田野和灌木丛当掩护。快到家的时候，我抄近道去了高尔夫球场。那里的路边有一条小溪，在炎热而干燥的夏天，水很浅，显得很脏，但我没法挑三拣四的。我尽量把脸洗干净，洗掉了血和泪痕。我的 T 恤上有一些暗红色的斑点，但乍一看会以为是泥巴。

我必须走一条跟平时不同的路线回家，避开住宅区中间的草地，有一些大孩子在那里玩儿——那些不踢足球的孩子——以防他们从我依然红着的眼睛里发现哭过的痕迹。我最后拐到了内维森街上，海莉说利亚姆就住在这里。我愤怒地看了眼路牌，然后环顾四周看着那些破旧不堪的房子。哪一栋是麦加菲尼家的呢？我的目光停在那些最破的房子上：那种窗户被木板钉起来的或者杂草丛生的小花园里停着生锈的摩托车的。但我不知道，我只是在猜测。

就在我要拐到通往我家那条街道的一条路时，我看到俩人挤在一起从主街的那一头转过弯来。我本来没打算停下……但接着我看到了凯尔特人队的球衣，绿白相间的球衣。

利亚姆和海莉正挽着胳膊一起走，或者更像是他一边用胳膊搂着她一边走。什么？我转身走了回来，双手重新攥成拳头，准备和他们对质，但接着我犹豫了。他们走路的方式有点奇怪，利亚姆是跛的，没有环着海莉的那一只手捂着肚子。他的脸也不一样了，没有了那种坚硬而嘲讽的锐利，而是一团糟，脏兮兮的，沾满了黏稠鲜红的血。

我意识到他不是在用胳膊搂着海莉，而是她在挽扶他。

盖文·罗伯森。一定是的。他报完仇了，就像他说的那样。但是海莉她看起来没事，所以他放过她了，多亏了我。

我没有等他们赶上我，我转身静静地走开了。现在我在咧着嘴笑，像只柴郡猫一样咧着嘴一路笑回家，直到我走进家门，妈妈看到了我肿起来的鼻子、撕裂的皮肤和我击中盖文的那一拳在我指节上留下的血迹。

我躺在床上盯着空空的电视机屏幕——插头被没收了，作为对我的惩罚的一部分——我意识到了什么。海莉，乖乖的小海莉小姐，违反了妈妈和爸爸定的规矩，一个人跑去了公园，就为了去见利亚姆。

那个小子会成为麻烦的。我就知道。

13岁

海莉

"你们在干什么?"

我面前的两个男孩儿,看起来最多二十岁。听到我的声音他们抬起了头,其中一个对我咧嘴笑了。

"我们看起来像在干什么?"

"你们看起来是在给人行道喷漆。"

"那我们一定就是在这么做了。"

他们都大笑起来,接着继续完成他们的任务,用喷漆给人行道和路面之间的大砖块上色。我注意到他们有三种颜色:蓝色、红色和白色。[1]

"但是,"我目瞪口呆,"但是,你们不能给人行道喷漆!"

"为什么不能?"

我想了想说:"唔,因为就是不能。这是犯罪,是破坏公共财产,就跟涂鸦一样。"

他们又看了我一眼,但并没有停止喷漆。他们似乎觉得我的控诉很好笑。

"那你要报警抓我们吗,孩子?"

"我不是小孩子!"我抓住这一点进行反驳,因为我不想承认。不,我当然不会打电话报警。在我爸爸的房子里你不能打电话报警,除非有人被谋杀了。也许有人被谋杀了也不行。

"她不是小孩子,大卫。那一定是个女人了,是吗?"

"我猜是。这样的话,那你待会儿要干什么,亲爱的?"

---

[1] 格拉斯哥流浪者足球俱乐部的标志色。格拉斯哥流浪者是苏格兰超级联赛球队之一,代表新教。

他们一起大笑起来，我满脸通红，转身跑上二十级台阶跑回了家。

"妈妈！外面有两个男孩儿在人行道上喷漆！"

也许我终究还是个孩子。

"哦，看在上帝的分儿上！"妈妈威严地走到窗边，透过玻璃怒视着外面。我站在她旁边，准备指出他们，但他们正在往街上跑去，胳膊下夹着喷漆罐。

"小臭虫们！他们会把这里搞得一团糟的！"

"随他们去吧，他们只是为了好玩儿。"

我转身看向我爸爸，感到十分震惊，通常他才是那个要求判处这种捣蛋鬼死刑的人——如果能在不给警察打电话的前提下判处死刑的话。

他在熨衣板后面朝我眨了眨眼。

我爸爸在熨衣服？

"你觉得怎么样？"他一边举着一件衣服给我看，一边问。

"那是什么？"我皱着鼻子问，"你要去参加葬礼吗？"

那是一件西装外套。我爸爸从来不穿西装外套，连工作面试的时候也不穿。

"我明天得打扮成最棒的样子，"他说，"我要参加游行！玛丽，你找到我的饰带了吗？"

"找到了，而且我已经尽了最大努力去洗掉你去年参加派对时溅上去的酒渍了。"妈妈的语气酸酸的。

"你今晚不去酒吧吗，爸爸？"我问。我爸爸每个周五晚上都去酒吧，这么晚了他还待在家里简直是闻所未闻。

"不去了，我明天再去喝。"

"应该是你明天再去喝一周份的酒。"妈妈说，但她是低声说的，而爸爸假装没听见。

利亚姆

"利亚姆！利亚姆！"

声音咔嗒咔嗒地从信箱传进来，透过门廊传到客厅里，已经持续了十分钟。

艾登叹了口气："她不会走的。"

"不，她会的。"

我们静静地坐了大约十秒，接着金属碰撞的尖锐敲击声穿透了空气，刺激着我的神经。

"够了。"艾登把脚从桌子上拿下来准备起身，"我得去说点儿什么。"

"别！"我尖声说，急忙赶在他之前站起来，"求你了，艾登，别去。我会解决的。"

他看了我好一会儿："赶紧解决。她在摧残我该死的神经。"

我感激地对他笑了笑，这是他对海莉最好的一次。当然了，我知道原因。他觉得愧疚。妈妈痛打了他一顿，因为他把香烟藏在我的书包里偷偷带去学校，害我差点被停课。这也是他从学校消失之前的最后一次作乱，他的一个朋友把这件事泄露给了错误的人。我一头雾水地被从数学课上拖出去，看到校长格雷先生从我书包的侧兜里掏出三盒梅菲尔香烟时差点当场吓死，那里是我通常用来放法语词典的地方。天知道他准备拿这些干什么。而对他的惩罚就是今天跟我待在一起，让我待在家里，让我平安无事。

这意味着我也被惩罚了，无法摆脱他的陪同。

严格按照我妈妈的计划执行，她不希望我们当中的任何一个今天跑到拉克霍尔的大街上去，理由跟海莉迫切地想让我出去的原因一致。因为今天是七月五日，也就是橙带党游行日①，对于这座城市的天主教徒来说不是个好日子。

我已经把这一情况向海莉解释了两次，然而她还是跑来敲我家的门，叫我跟她一起加入她爸爸那群橙带党人身后的队伍。艾登建议我们装聋子，假装我们不在家，但海莉很执着。

"嗨。"我打开门说。

"我就知道你在家。"海莉眯着眼睛说，"你为什么不开门？"

"我在上厕所。"我撒谎。

"上了十分钟？"

"对。"我把胳膊交叉在胸前，摆出一副防卫性的姿态。

"好吧，你要出来吗？游行就快开始了。"

"我跟你说过了，我不去。"

海莉很聪明，但她就是理解不了新教徒和天主教徒之间的仇恨。我尝试过给她解释，但她却表现得好像我在过分夸大一样。我不明白，我的意思是，她只需要看看她的爸爸和我的哥哥就会懂了，但她宁愿假装这一切都是胡说八道。好吧，她也许真是这么想的……

"来嘛，利亚姆。"她噘着嘴，"我不想一个人去。"

"你们全家不是都会去的吗？"

"对，但这不一样。"

"利亚姆，快搞定她！"一声大喊从我身后传来，我希望没有大到海莉能听到的程度。我把门关小了一些，仿佛这样我就能保护她不被艾登恶意伤害。

她可能听到了他的声音，试图越过我的肩膀往里看。

"你跟谁在家？"

"只有艾登。我妈妈上班去了。"

---

① 橙带党游行日，苏格兰及北爱尔兰地区的新教徒每年在 7 月 12 日举行游行和庆典活动，参与游行的橙带党人均佩戴橙色饰带，纪念 1690 年新教军队打败天主教军队的博因河战役。这一天也是天主教徒和新教徒之间最易爆发冲突的敏感时间。文中写作 7 月 5 日，疑为刻意避开真实日期。

"哦，求你出来，利亚姆。求你了。"

"我不行。"我看了看身后，"我被禁足了。"

"为什么？"

"学校抓到我带着香烟。"

她看起来对此很震惊。

"你不抽烟吧……对吧？"

"不抽！那是艾登的。"

"哦。"她做了个鬼脸，松了一口气，接着又皱起眉，"那这不公平，为什么是你被禁足？"

"因为我有香烟呀。校长没法停我的课，因为那天是上学期最后一天了。"

"你差点被停课？"海莉的声音既惊恐又害怕。

"是啊。"

艾登差点就为我感到骄傲了，然而，那是他的错！

"你要被禁足多久？"

我耸了耸肩说："可能就这个周末。我们可以周一再一起玩儿。"

"不，我们不能。"海莉做了个鬼脸，"我们家周一要去爱尔兰了，去度假。记得吗？"

"哦，对。"现在轮到我表情尴尬了。我们从来没去度过假，从来都没有足够的钱。

海莉脸上露出一个狡猾的表情："你妈妈几点下班？"

"七点。怎么了？"

"那只要你在她回到家之前赶回来，她就不会发现。"

"该死的，利亚姆！"艾登又喊了起来。

"我不能。"我朝屋里歪了歪头，"艾登会说的。"

"我打赌我们能说服他不告状。"

"不，你不能。"我说得很快，尽量不把重点放在"你"字上。不管艾登心里有多少愧疚感，都不会强烈到能阻止他去冒犯一个蓝鼻子。

"好了，"我把门缝又关小了一些，尽量在我哥哥出现在我身后之前结束对话，"节日快乐。"

"利亚姆——"她说。但我关上了门，我感觉很糟，然而比起让艾登恶劣地对待她，我对她稍微粗鲁一点要好得多。

"她走了。"我说。回到了占据着客厅大半空间的凹凸不平的橙色沙发上。

"感谢上帝。"艾登对我假笑了一下。他打开电视，调到一个赛车节目，但把声音关小了。

"你可以试着对她好一点。"我向他建议，虽然知道这永远不可能发生。

"我为什么要那么做？我又不想睡她。"

"闭嘴，艾登！"我用脚去踢他，但他轻而易举地抓住了我，扭我的脚踝，直到疼痛向上刺到了膝盖。"啊，松开！"

他大笑着放开了我，这是我很长时间以来见到的他心情最好的时候。

"我没有想……睡她。"我轻声说，甚至不想说出这句话。

他笑得更厉害了。

"我们等着瞧你几年之内会不会还是这副厌恶的表情，小弟弟。你会开始注意到女人的优点的。"

我翻了个白眼。"你这是不是在跟我进行那种父子之间的性教育谈话？"

他做了个鬼脸："别这么说！感谢上帝你不是我儿子，我自己可能还得先学学呢！"他拧了一下眉毛，"但是如果你想进行那种谈话……"

"不想！"我用手捂住耳朵，知道他可能会说什么。

他笑了，我也笑了，然后我们坐着看赛车一圈一圈地飞驰，以惊人的速度冲过发卡弯。这是我们多年来第一次坐在屋里与对方友好相处，就像是我的大哥回来了。的确回来了，就这么一会儿，我仿佛拥有了爸爸。

新闻是在赛车结束后开始的，有一整节用来报道游行现场。他们没有提到拉克霍尔，但显示了另一场——更大的一场在城里的游行。昂首挺胸的老人身着盛装，挥舞着横幅向前行进，接着报道切到了打架场面。一个穿着运动套装的光头党捂着额头上的一团布，血正从那里涌出来。

"该死的新教徒。"艾登低声咕哝。他的好心情烟消云散了，他的脸像翻滚的乌云一样扭曲着。

"你想吃午餐吗？"我问，我只想逃出这个房间。

他无视了我的问题。我往一旁挪了挪，准备静静地溜走，但他的手猛地伸出，弯曲的手指像铁爪一样箍住了我的手腕。

"那个姑娘，"他冷笑着，一边说一边吐口水，"她也是他们中的一员，跟在她爸爸后面装模作样。他穿着那愚蠢的制服，假装自己是个盛装打扮、非常完美的大人物。他会让你进家门吗，啊？"

我没说话，因为我知道事实会越发加剧艾登突如其来的坏脾气。如果海莉的爸爸在家的话，我是不受欢迎的。

我没有费心去向艾登指出，他在我们家的时候海莉也是不受欢迎的。

"他们是渣滓，利亚姆。他们都是渣滓。比起告诉你现在几点，他们更愿意向你身上吐口水。你越早意识到这一点越好。你需要在她把你卷进麻烦里去之前停止围着你的这个小伙伴团团转。"

他要把我的胳膊捏断了。我的手指变成了白色，血管在我的手腕上跳动，它们在努力把血液挤进我的手里。就在我以为我的胳膊要掉下来的时候，他松开了我，然后迅速而坚定地站了起来。

"我要回我的房间了。"他宣布道。

我坐在那儿颤抖着，听着他的脚步声逐渐远去，接着是他甩上房门的声音。他错了，他错得厉害。海莉跟她爸爸不一样。我们是朋友，好朋友。别人怎么想无所谓。

艾登

我的皮肤发痒，肌肉抽搐，而且我很愤怒，太愤怒了。它随着我心脏每一次搏动而进了我的整个身体，注入了我的血液。

我扑在床上，床单很久未换的霉味飘在我周围，让我觉得窒息。我试着放松，或冷静，但我身体里的每一条神经都在尖叫着让我动一动，爬起来，奔跑，做点什么。

我知道我需要什么。

蜷缩起身体，我把T恤从头上拽掉，接着把手伸到床底下去取出一个黑色的铅笔盒，这是利亚姆的。我几周前从他书包里偷出来的，扔掉了铅笔、钢笔、量角器，然后把我的装备放了进去。

我先拿出了长橡筋，一头用牙齿咬住，在胳膊肘的上方紧紧扎好。今天我瞄得很准，然后，我按下注射器的活塞……

利亚姆

我花了五分钟时间才振作起来，走进厨房去做午饭。我切了一些切达干酪做烤乳酪。我本来想做三明治的，但妈妈买回来的减价面包闻起来已经有点变味了，但是烤过以后味道还行。我给自己切了两片，然后想了一下，给艾登也做了一点儿。一份和平的礼物，也许有办法把他之前的好心情挽救回来。

我给他倒了一杯可乐，把我的礼物拿到他的房间。我没有空余的手了，于是用脚踢了踢门。他没有回答，但轻轻踢的这几下已经让松滑的门锁承受不住，门开了。

"艾登？"我凝视着他阴暗的房间，"哦，我的天哪，艾登！"

我把盘子和玻璃杯扔在地上，饮料和摔碎的吐司块混成了糊。我冲进了房间。

我哥哥四肢伸开躺在床上，他的脑袋毫无生气地悬在床垫边缘，他的脸色蜡黄，一道口水从嘴角流出来。他不是在睡觉，他的眼皮是睁开的，然而瞳孔却是翻上去的。有那么可怕的一瞬间我以为他死了，但当我在他旁边跪下时，我能听到他肺里发出的呼吸声。

"艾登！"我尖叫着喊他的名字，用手拍着他裸露的胸膛，那里的皮肤冰凉而湿黏。

"上帝啊，艾登。"我低声说。

他没有反应。

我坐在那里看着他，喘着气，大脑完全一片空白。

我到底该怎么做？

他是要在我眼前死在这里吗？

"我去打电话叫救护车。"我轻声对他说。我慢慢地站起来，尝试了好几次才成功，我的腿软得像果冻。

我没能走远，他抓住了我的手腕，甚至抓得比之前那次还要用力。我尖叫一声，吓了一跳。我以为他完全失去意识了，但当我低头看时他正斜眼看着我，眼神有点迷离。

"别打电话，蠢货，你会害得我被抓起来的。"他停了下，眼睛又翻白了几秒，"我没事，我特别好。我在极乐天堂，伙计。"他放下我的手，推到一边，"现在快滚！"

我离开了。我太害怕留在那个房间里了，但我却坐在走廊里，就在他的门外。洒掉的可乐渗进我的牛仔裤，而我在仔细听着声音，只要我能听到他的呼吸声，我就知道他还没死。

我比这辈子任何时候都更害怕我的哥哥，因为现在他房间里的那个男人是个陌生人，我希望我从来没有见过他那样。我多希望我跟海莉去参加了游行，假装我是橙带党，假装我是新教徒。

海莉

"卡勒姆，你要跟你妹妹待在一起。一整天。"

卡勒姆做了个鬼脸。

"不要对我做鬼脸，小子。你要么跟你妹妹待在一起，要么就待在家里。自己选吧。"

"好！"他怒吼，把这个字念成了两个音节，然后他看着我，"走吧，我们出发。"

"我们去哪儿？"我问道。我一边把剩下的三明治塞进嘴里，一边赶忙跟在他身后走到街上。

"去游行呀，笨蛋。爸爸在游行队伍里，然后我们就跟在后面走。将会有一场盛大的街头派对，会非常好玩的。"

"好吧。"

我跟在他身后，依然因为利亚姆拒绝出来而有点生气。

卡勒姆似乎看透了我的想法。

"幸好你今天没有跟那个利亚姆一起出来。"他一边歪着头，一边看着我说，嘴上带着得意的笑。

"为什么？"我冷笑道。

"天主教徒在游行这天不出门，就像吸血鬼一样，他们必须躲在屋里。"

"别这么说他！"我厉声说。

他满不在乎地耸了耸肩："等着瞧吧，如果他们有人出来的话，待会儿可能会有打架。去年一伙人砸碎了所有红绿灯上的绿玻璃，还用碎酒瓶划了药店的标志，因为那也是绿色的。"

"这是蓄意破坏!"我吼道。不喜欢他说起那些人的恶行时还一副尊敬的语气。

"而且,药房的标志是蓝色的。"

"现在是了,唯一一个蓝色的! 好了,"他停下来,"游行会经过这里。到时我们先看看,然后就加入进去。我们该站在哪儿呢?"

我看看四周,人行道上已经挤满了人,全都比我高。

"我什么也看不见!"我抱怨道。

卡勒姆想了想。"这边。"他抓着我的手,把我拉到教堂的车道上,然后穿过草地,站到装着栏杆的矮墙上。

"我们不能站在这儿。"我小声说,"这是教堂的花园。"

"很多人都在这么做! 而且,我们又没损坏任何东西,我们只在这儿待一小会儿。"

我做了个鬼脸,担忧地瞟了一眼教堂大大的木门,好像牧师会冲出来把我们赶走一样。面对街上的混乱,大门却紧闭着。

"好吧,就一会儿。"

游行队伍过了很久才出现,当它终于来了的时候,与其说看到,不如说我听到了。一开始是鼓声,敲击出前进的节奏。我把脑袋朝我认为是队伍走来的方向伸过去,但我能看到的却只有别人的头顶和主街上飘扬的旗子。接着很快,我听到了另一个声音:长笛,齐声合奏出一首欢快的曲调。我们前面那些站在人行道上的人开始鼓掌,压过了笛声,但接着我看到了一块深紫色的东西在路中间跳动,那是一面很大的三角旗。它后面跟着三队男人,都穿着西装,戴着白手套,肩膀上围着橙色的饰带。我在远处那一队的中间认出了我爸爸。

"这很酷!"我小声说。

"我知道。"卡勒姆对我咧嘴一笑,"走吧,等最后这拨一过去我们就能跟着走了。"

我们弯着腰在人行道上挤来挤去的人群中穿梭,加入队伍时正好在一大群男人、男孩儿和一些女人的前面,跟在橙带党后面慢慢地走着。两个警察，或者叫穿着荧光夹克的黄衣人，分别走在我们两旁。

我们绕着城走了好久！我的脚很快就疼了，我被卡勒姆拖着走，拖得越来越用力。不顾我蜗牛一样的速度，他牢牢地抓着我的手。我猜想妈妈是不是特别指示了他不能放开我，如果是这么回事的话，那他就是在逐字逐句地执行她的话。

"卡勒姆，我觉得没意思了。"我嘟囔道。

"就快结束了，"他保证，"然后就会有街头派对了。"

但我不想参加街头派对。我累了，而且肩膀和鼻子都晒伤了。鼓声和长笛现在让我觉得头疼，我真正想做的事就是回家。

"卡勒姆，我要走了。我想喝茶。"

"那好吧。"他终于受不了我了，"我要留在这里。"

"随便。"我又热又生气，离开队伍前甚至没去跟我爸爸说再见。我们已经到了斯特拉瑟山的另一边，走回去要好长时间。最好、最安全的路线就是回到主街然后走回山上，但那有好几英里。还有一条路线会快很多，是一条要穿过住宅区的近道，我不太喜欢走这条路线，因为要经过几条我尽可能避免靠近的混乱街道。但现在天色还早，一点儿也不黑。我疼痛的双脚替我做出了决定，于是我从宽阔的大路转进了通往住宅区腹地的狭窄小巷。

我在那条小巷里没有遇到比一只猫或者一只死鸟更危险的东西，但当我从里面出来，走上住宅区街道的时候，我立刻意识到我做了一个不太聪明的决定。到处都是男孩儿和男人，他们或在车辆周围游荡，或坐在光秃秃的花园门口肮脏的白色塑料椅子上，或沿着街道漫无目的地闲逛。

我低下头继续走，希望没有人会注意到我。然而六十秒后希望的泡泡就破灭了。

"嘿，美女，你要去哪儿啊？"这喊声伴随着一声口哨和一阵大笑。

我紧张地抬头，然后走得更快了一些。

"等等，回来。我想跟你聊聊。"

"别招她，她只是个小姑娘。"另一个人喊道。

　　我畏缩着，多希望自己回到了主街上。终于，我转过了下一个街角，但这条新的街道看起来跟刚才那条一样糟，如果不是更糟的话。因为我的正前方停着一辆车，一辆小小的蓝色两厢车。我只能看到它的背面，但有人给它加上了尾翼，银色的排气管很粗大。从车窗口能看到里面是一群男孩子。我咬住嘴唇，考虑着穿过马路去，但那边也有男人在闲晃，光着膀子，剃着光头，拿着大易拉罐狂喝。我觉得还是他们看起来更可怕些，于是我留在了马路这边，努力直视前方，径直路过汽车里的男孩子们。

　　我的计划差点就成功了。我走过去的时候他们没有说什么，但当我经过他们时，其中一个下车拦住了我的路。

　　"哇哦。"他把手放在我的两肩上堵住了我，"你要去哪儿？"

　　"回家。"我咕哝了一声，试图从他旁边挤过去，但他又移动到另一边。

　　"别呀，天还早呢。留下来，跟我们玩玩儿。我们会照顾你的，对吧，小伙子们？"

　　他们齐声表示同意。我觉得又尴尬又害怕，不敢抬头去看他们任何一个人的脸。

　　"不了，谢谢。"我很小声地说。

　　"你叫什么名字，亲爱的？"有个人问。

　　"海莉。"我机械地回答，"不好意思。"我再次试图溜过去。

　　"别这样，海莉。我们是好男孩儿，我们会照顾你的。"

　　我抬头看着我面前的人，他负责大部分的对话。他对我咧嘴笑了一下，但那更像是抛媚眼。他穿着一件系扣的短袖衬衫，但却敞着衣襟，露出精瘦而结实的肌肉和一个靠近左侧肩胛骨的文身。

　　"我能过去吗，麻烦你？"

　　"你来我这里，怎么样？来嘛，塔姆甚至会让你坐在他的引擎盖上，他对于谁能坐在那里可是很挑剔的。"

　　"她高兴坐的话可以随意坐。"开车的人说。我没去看他的脸，我在出汗，而我的手却冰凉，内心在颤抖，如同给空空的胃里灌下了冰水一样。

"不！"我尖叫道。但那个有文身的男孩儿靠近了我，抓住我的手腕把我往车那边拉。

"嘿！怎么回事？"马路对面的一个光头党手里拿着啤酒瓶慢慢走了过来。

"没什么。走开。"

我试着挣脱，但那个男孩儿紧紧地抓着我，把我拉向他的身体。我更加用力地挣扎起来。

"喂，那小姑娘不想跟你们扯上关系。看看她的表情，别招她了。"

更多的光头党注意到了这边，站起来聚到了人行道旁，等着瞧会不会打起来。我想跑，但我被树篱、车和一群男孩儿围着，他们都扭头看着新出现的威胁。

"你就不能只管好自己的事吗？"

他无视他们。

"你还好吗，姑娘？"

我摇头。我的情况非常糟糕，我吓坏了。

"好了，你们已经高兴够了，现在让这小姑娘走。"他从他们中间挤过来，向我伸出一只手。这时，其中一个长着淡金色头发、在此之前一声不吭的男孩儿抬起了手，他手里抓着一个瓶子，然后他把瓶子砸在了光头党的肩膀上。

他没倒下，但他痛苦地吼了一声，然后转身狠狠地一拳打在冒犯他的人的脸上。淡金色头发男孩儿像块石头一样倒在了地上。

接着混乱爆发了。其他的光头党立刻都过来了，两厢车里的男孩儿也都出来了。瓶子乱飞，拳脚相向，推着我，撞着我。我用手抱着头，但这样却遮挡了我的视线，导致我没看到那条甩过来把我打跪下的胳膊。我做了唯一能想到的：匍匐着、手脚并用地爬过那些交叉着压在一起的腿，直到眼前终于出现了天空。然后我站起来，跑了。

卡勒姆

模糊，这就是世界在我眼中的样子。我甩着胳膊，把身体推到尽可能快的速度。

我完蛋了，彻底完蛋了。迈克尔刚刚冲到门厅来，上气不接下气，他的眼镜滑到了鼻尖，他花了很长时间才能开口说话。我等着他气喘吁吁地讲完整个故事时浪费了多少宝贵的时间？我咬着牙，跑得更快，试图把被浪费的时间追回来。

海莉真是个白痴！她到底在想什么，竟然穿过住宅区走回家。而且是今天，那么多天偏偏是今天！那不是该去的地方。我即使是这么急迫，也还是迅速回到十字路口然后上了主街，走的是远的那条路，安全的那条路。在游行这天你绝不能进入公租房社区，尤其是在这个时间，这时他们都已经喝了整整一下午的酒，游行也结束很久了，觉得无聊，开始找乐子。据迈克尔所说，海莉被一群男孩儿抓住了。年龄大的男孩儿，年龄足以开车，足以随身带着刀，或对她产生拉手和编花环之外的念头。而海莉太笨了，她也许甚至都意识不到她害自己陷入了多大的麻烦里。

只是当迈克尔看到她时，她已经在跑了。

快点，卡勒姆！快跑！

我飞奔过一个街角，为了不撞到某个老太太和她的高龄拉布拉多犬，我刹住了脚步。我站在工厂大门前，看到我的双胞胎妹妹正紧紧贴在那边的墙上。我的眼睛搜索了一遍她周围的情况，当我意识到她是一个人时松了一口气。然而她看起来很古怪，弓着腰，好像墙壁都撑不了她似的。我又开始跑。

"海莉！"

我刚一喊她就转了过来，瞪大的眼睛里充满惊恐。我看到她在认出我之前不由自主地后退了一步。

"你怎么了？"我问。

现在我的距离够近，能看到她红红的眼圈和从太阳穴流下的一道更令人不安的红色。哦，上帝。

"可恶的男孩儿们！"她抽噎着说。

我向她伸出一只手，但却没有靠近。各种可怕的想法在我脑海中闪过，我几乎害怕去问她。

"有人打了你吗？"我轻声问，"你在流血。"

海莉看起来对此很震惊，她抬起手去摸额头，血依然从她发际线处的一条伤口里渗出来。当她放下胳膊检查自己的手时，她的表情更加震惊了，然后凝固了。

"我想回家！"她尖叫着。

走在马路对面的一家人转身看向我们。

"好的，好的。"我示意海莉安静下来，然后我感到了愧疚。谁在乎有没有人看？"你能走吗？"我小心翼翼地问她。

她点点头，深深地抽着鼻子。

"嗯。"海莉用袖子擦着鼻子。我吃惊地看着她，很受冲击。妈妈把海莉叫作她的"小淑女"，而她也的确是。虽然很烦人，但海莉绝不会拿她的衣服当手帕用。她一定是非常不安，非常受伤。

"给你。"我在兜里翻到了手帕，妈妈总是把它放在那里，希望我会突然开始用它。我把它递给了海莉，至少是干净的。

"谢谢。"她接了过去，但却没用，只是把它紧紧攥在手里。

我们慢慢走回山上的途中我听海莉叙述了事情的整个经过。她一瘸一拐的，我尴尬地走在她身边，伸着胳膊护着她以防万一。她完全有可能会被塞进某个男孩儿的后备厢里，拉到不知道什么地方。事情虽然没我想象中的那样坏，但脑袋被打肿、又惊又怕地逃出来还是很糟糕。不过依然算是够幸运了。

　　但妈妈不这么想。

　　海莉为了保护我只说了删减过的版本，省略了那一车男孩儿的部分，说得像是她只是意外卷入了一场斗殴之中。我不好意思地向她笑了笑，感谢她的袒护，我知道其实我并不配得到。

　　而我当场向自己立下誓言，我要当一个更好的哥哥，再也不许任何人伤害海莉。

14岁

利亚姆

我五岁的时候失去了爸爸，他没有死，但有一天早上我醒来时他不在了。我先去了休息室找他，那里有他最喜欢的椅子；然后是厨房，以为他会在冰箱里找吃的；接着我还去妈妈和爸爸的卧室里找——也许他身体不舒服正躺在床上休息；最后我甚至连花园里的小屋也找了，虽然他几乎从来不去那儿。我哪儿都找不到他。我转了一圈又一圈——不是不安，只是好奇——直到我妈妈终于问我在找什么。

"爸爸。"我简单地回答。

她脸上闪过一丝古怪的神色，像是慌乱或生气，但她依然微笑着对我说："他不在这里。"

我皱眉，这我自己差不多已经搞清楚了。"那他在哪儿？"我问道。

妈妈没有回答，我晚点又问她，她还是没有回答。到那天下午晚些时候，或者第二天，或者又过了一天，我每次问妈妈，她都没有告诉我爸爸去了哪里。然后有一天我看到了他，或者说他的照片，他出现在了电视上。那不是一张很好的照片，让他看起来很坏，而且很愤怒。我看到之后开始哭，我以为妈妈会安慰我，但她没有。她只是离开了房间，发出一些像是哭泣的奇怪的声音。艾登为此冲我大吼，吼了很长时间。我是不是愚蠢？我是不是不懂？我确实是不明白发生了什么，所以我只是继续哭。

我不再问我爸爸的事情了，害怕我的问题引来怒火或烦躁的脸色。后来我渐渐明白他不会回来了，我不知道为什么，但我很清楚不能问。有很长一段时间，我都没意识到他在监狱里，虽然我去那里探望过他。我大概是以为那里是他工作的地方，或者医院什么的，因为我每次见他，他看起来都越发地消瘦和憔悴。我真是太天真了。

然后在我十岁的时候，我在我妈妈的房间里找到了一个文件夹。我当时是在找圣诞节礼物，想看看能不能得到我想要的任天堂掌上游戏机，结果却找到了一个盒子。那是一份尘封的文件，用一个塑料袋紧紧裹着，藏在她的梳妆台下一个装满旧照片的盒子后面。出于好奇，我把它拿出来打开了，然后我又和爸爸面对面了。他的黑白照片——跟那天在电视里瞪着我的那张一样的照片，从一篇报纸文章的中间看着我。

谋杀强奸犯被判处终身监禁——标题这样写道。我展开报纸开始读。

第一篇文章里没有提到太多大写的大标题之外的信息。接下来是庭审记录，读得我头晕。还有那些上边带着花哨绿色图案、下面盖着唐希瓦尔律师所印章的信，里面充满了太多不容易理解的大字眼，让我难以看懂。这突如其来的求知欲驱使着我偷偷打开妈妈的笔记本电脑开始在网上搜索。我在那儿坐了三个小时，满眼都是屏幕上的那些字，而我再一次失去了我的爸爸。

他是个坏人，一个非常坏的人。他绑架了两个女孩儿，在放学回家的路上掳走了她们，然后把她们藏起来并对她们做了……非常可怕的事情。接着，他把她们勒死并抛尸。只是读着这些就让我觉得恶心。当然，爸爸，我的爸爸，不可能做出这样的事。只有怪物才可能会这么残忍，这么没人性。我哭了，终于理解了为什么我们的窗户会被打碎，信箱里会被塞进垃圾，为什么有些人看到我们过来时会穿过马路走到另一边去。我哭了，然后我删除了搜索记录并把我发现的一切整理好，藏回我拿它的地方。我假装自己从来没有打开过那个盒子，也从来没有告诉过妈妈我发现了什么。

然而不管是不是坏人，他依然是我的爸爸，我妈妈偶尔去探视的时候我会跟着去。有时候是和艾登一起，但大部分时间都没有他。然而探视的频率变得越来越低，直到最后妈妈彻底不去了，我猜她只是再也没什么可跟他说的了。时光流逝，又过了一段时间，我开始觉得愧疚。我想到我的爸爸孤零零地坐在巴连尼监狱又厚又高的墙里的一间牢房内，一直没有人探视，没有家人。不管他做了什么，这样都不对。

所以当他的四十岁生日快要到来时，我知道我不能不在这天去看他。

我以为妈妈也会去——毕竟，这是一个特别的生日——但她却没有提起。过了几星期后我开始坐立难安，最后除了去问妈妈别无他法。我小心地选择时机，知道她痛恨提到任何跟爸爸有关的事。我一直等到周六晚上，她心不在焉地在沙发上喝着第二杯红酒看电视的时候才问她。只有我们两个人在，艾登跟他的朋友们出去了，也可能是去喝醉酒再惹点麻烦吧。

"妈妈。"广告一开始我立刻说，把她的眼神从某个选秀节目上拉过来，"你知道下周是爸爸的生日吗？"

"唔？"她说，把脸转到一边去好像没听见一样。我没被她骗住，她喝了特别大的一口酒，像盲人一样地盯着普来洁去污剂的广告。

"妈妈。"我说，声音大了一点儿，还是没有反应，"妈妈！"

"什么，亲爱的？"她突然说。

我等到她转过头来真正地看着我。"下周是爸爸的生日。"

"是吗？"她挑起一边眉毛。

"是的。"

妈妈什么也没说，但脸上写满了"那又怎么样"。

"你要去看他吗？"

"不。"她看着她那优雅的玻璃杯中晃动的暗红色液体，而不是看着我，"我那天很忙，要工作。"

我感到我的火气上来了："你知不知道是哪一天？"

"我不在乎！"她对我的语气做出了反应，向我咆哮着，眼睛瞪大，眼神尖利。我吞回我气愤的回应，试着去安抚她。

"是他的生日啊！妈妈。"我尽量说得温柔，不带责备，但听起来却像是不高兴地发牢骚。她眯着眼睛审视了我很长时间，接着电视节目的音乐声打断了安静的紧张气氛。她把头转了过去。

就在我即将因挫败而爆发的时候，她又说话了："我不会去的，利亚姆。我就是不去。如果你想去的话，你就去。只是别指望我会牵着你的手。"

"好吧。"我用很小的声音说，"好吧，那么我也许会的。"

海莉

利亚姆的爸爸在监狱里，他已经在里面很长时间了。虽然利亚姆没说过，但这并不是一个秘密。

但当五月末的一天晚上，我们游完泳往回走的路上他提起这个话题时，我还是觉得很惊讶。当时已经过了晚上九点，挺晚了，不过白天开始变长了。冬天的寒冷终于消失，虽然我的头发还在滴水，把后背都浸湿了，但天气已经足够暖和，可以就这样慢慢地朝山上走。

"周六是我爸爸的生日。"他盯着地面说，然后把一个被压扁的厄恩布鲁①易拉罐踢到了路中间一辆正在经过的汽车前。

我看着他，不知道该怎么回应。

"他就要四十岁了。"利亚姆接着说，"妈妈甚至不去看他，说他不配，因为他的所作所为。但这是他的生日，总有人应该去看看他，在他生日那天。"

这不是一个问题，但他瞪大眼睛望着我，似乎在寻求安慰。

"我不知道。"我犹豫不定，"也许吧。"

"他们应该这样做。"利亚姆说，这次说得更加有力，用漂亮的绿眼睛看着我。

"好吧。"我表示同意，接着我终于看出了他的意思，"你想去吗？"

"我不知道。"他又盯着地面，手插在兜里，"我问了艾登，但他说他也不去，说他很忙。"他吸了一下鼻子，"我不想一个人去。"

我想也没想就回答了，因为我替他感到难过，因为我讨厌看到他伤心。

"我去。如果你想让我去的话。"

---

① 厄恩布鲁，一种碳酸饮料。

他迅速地将头转向了我，以至于我以为我说错了话。我后退了一步，准备道歉，但他却对我露出了渴望的笑容。

"你会吗？你真的会吗？"

我紧张地也对他微笑了一下，已经有了别的想法。

"呃，是的。没错，我去。"

他似乎听出了我声音里的犹豫。他向前一步，抓住我的手，用小狗般的眼神看着我。

"你不用非得跟我去，我是说去看他。那里有一个等待区，你可以待在那里。而且不会花一整天的，我们可以再做些别的什么事，比如去看电影，我请你。"他满怀希望地看着我，我无法收回前言。

"《完美音调》？"我问。

"你想看什么都行。"

我没有告诉妈妈或爸爸我要去哪儿，如果他们知道的话绝不会让我走出家门的。在妈妈看来，格拉斯哥是一座很坏的城市，那里的每个街角都有绑架犯准备把我抓走。就算我躲过去了，也会落到抢劫犯手里，或者酒鬼，或者流浪汉，所有那些小偷、暴徒和罪犯。

他们知道我是跟利亚姆出去就已经够糟了。妈妈哼了一声转过头去，向爸爸传递焦虑的眼神，他正陷在他的扶手椅里，眼睛粘在电视上，手里拿着啤酒罐，沉着脸。他不想让我跟"那个天主教小子"去任何地方，他坚持在每次不得不提到利亚姆时这样称呼他。

"只是去汉密尔顿而已，"我哀求着，"我们想去看电影。"

妈妈把她的手放在嘴唇上，将视线从我身上移开。她的眼神落在了卡勒姆身上，他正坐在地板上读一本杂志。

"带上你哥哥。"

卡勒姆看起来很厌烦："我不要跟着我妹妹去约会！"

"这不是约会。"我注意到我爸爸快把啤酒罐捏扁了，赶忙说道。

"差不多。"卡勒姆嘲讽道。

我看着他，试图威胁他闭嘴，但没有用。

"你们俩总是牵着手之类的，也有可能是在交往。"

我爸爸手里的啤酒罐在他用力捏时发出了小小的嘎吱声。

"安吉和凯蒂也要去。"我临时随便编造了一个借口，"我们会在那儿跟她们碰头，凯蒂的妈妈带她们去看电影。"

卡勒姆对我的谎话挑起一边眉毛，但谢天谢地这次他保持了安静。

"你们为什么不能都一起去？"妈妈问。

"因为我们想早点去，逛逛商店。你知道的，有人快过生日了。"

我给了她一个谄媚的假笑，再过不到两个星期就是妈妈的生日。

"哦，哦，好吧。这样的话，"她对我眨了眨眼，仿佛我们俩是共谋似的，"也许我应该给凯蒂的妈妈打个电话，为了安全起见。"

"妈妈！"我软磨硬泡，"我十四岁了，别让我尴尬！"

她对我的抱怨翻了翻白眼，但让我松了一口气的是她放弃了查证我计划的想法。

艾登

生日快乐。

横幅挂在电视机上方的墙上，像一张巨大的嘴巴一样弯曲着。我背对着它看着窗外，但我依然能感觉到它在嘲笑我。我已经在这儿站了三个小时，看着外面的路，等着我的朋友们。然后等着我心里那种可怕的感觉离开。因为他们不会来了，他们的父母没有一个会让他们来。

因为罪恶是会传染的。

厨房里巨大的蛋糕不会有人吃，盘子里的便宜肉类和塑料包装的芝士三明治会是我们接下来三天的晚餐。而且看起来我将要一个人度过我生日这天的下午了，与此同时我妈妈在她的卧室里喝酒喝到失忆。

但我不会哭。我不会哭。

妈妈想取消这个派对，她说考虑到所发生的一切，这有点不合适，时机不对。但我坚持要办，爸爸不在这里又不是我的错。而且十岁，十岁是个很重要的生日。此外，我已经告诉了我所有的朋友了。

她知道会发生这种情形。

终于，我从窗户边走开，举起手去抓那带着嘲讽的横幅，踮着脚抓住它的下缘，然后用尽所有力气把它从墙上扯下来。我听到一声不祥的撕裂声，抬头看到墙纸上有两条长长的口子。

哦，不！

如果妈妈看到了的话，我就会有麻烦了，又一次。也许我可以说是利亚姆干的？我把横幅紧紧地揉成一团，揣度着这个办法。不，他不可能够得到那么高的地方。我咬着嘴唇盯着墙。她也许不会注意到，如果注意到了，我就装作什么也不知道。对，这肯定能行。

我把横幅丢进厨房的垃圾桶，使劲儿往下塞着，隐藏起证据。接着我走过去看我的蛋糕，它是绿色的圆形，上面有凯尔特人队的标志。今天早晨，我花了一个小时用量角器和一张纸研究我得把蛋糕分成多少份，好让每个我邀请来参加派对的人都能分到一块。最后是妈妈帮我算出来的，因为那愚蠢的公式就是算不出来，真是白费力气。我被一股突如其来的愤怒驱使着把手指深深地插入了蛋糕的中心，扯开糖霜，我揪出一块塞进我的嘴里，海绵蛋糕有点不新鲜，但糖霜依然很好吃。我嚼了几下往下吞，但却咽不下去。

我不会哭。

这太不公平了。如果我的生日在三周以前，我现在会笑得嘴巴从左耳根咧到右耳根，被我的朋友们包围着，玩着任天堂，或者可能更棒，撕着礼物的包装纸。

睁开眼睛，我盯着卧室的天花板，记忆搅得我胃里泛起一阵恶心。去他的利亚姆，把这些垃圾又带回来了。如果那个小蠢货想去监狱里看爸爸，好吧。

但是我绝对不会去的。如果我不得不见到他的话，我会捅那个杂种一刀。

我深深地吸了一口气，屏住呼吸然后将手伸到床下。今晚只有它能杀死过去的回忆了。

卡勒姆

"你妹妹真性感。"迈克尔没头没脑地来了一句,导致我正要把那个两米多高的僵尸炸成碎片时分了心。

"什么?"我把视线从显示器上移开,怀疑地盯着他,余光瞥见我的游戏角色头被砍掉,尸体被烧,屏幕上一片血红。"该死!"

"你妹妹,"迈克尔没有注意到我的愤怒,接着说,"她真性感。"

他朝我半开着的房门点点头,我看到海莉正沿着走廊往回走,可能是刚从浴室出来,身上穿着睡衣:一件吊带上衣和一条小短裤。

"是吗?"我不是在提问,而是在警告他闭嘴。我的语气随便一个笨蛋都能听出什么意思,但迈克尔这人一直都有点蠢。

"是啊,绝对。"

海莉那深色的波浪卷发消失在她的房门口时,迈克尔为了看她而把身体前倾,脖子伸得老长,差点就要从我床上掉下去了。我决定帮他个忙,踹了他一脚。只听到一声巨大的撞击声,接着是他趴在地毯上发出的闷声大叫。

五秒钟后,三声带着回音的巨响从楼下传来,同时还有我爸爸的大吼:"卡勒姆!"

我止住了笑,迈克尔也停下了他愤怒的抱怨。

"为什么踢我?"他低声问道,爬回床上在我旁边坐下。

"我妹妹不性感。"我语气坚定地告诉他,"我妹妹只是我妹妹。"

迈克尔傻笑了一下。

"我不想让你幻灭,"他说——我翻了个白眼,他是在昨天的英语课上才刚学会幻灭这个词——"但她真的很性感,不信你去咱们年级随便找个人问一下。"

我沉下脸，觉得很烦。我不喜欢我的朋友们用这种方式……用这种我们谈论其他女孩儿的方式来谈论海莉，但他们至少还算聪明，不会在我面前提，不像迈克尔这样。

"到底玩儿不玩儿了？"我问，我再次拿起手柄并重启上一关。我已经花了很长时间来打这个怪，迈克尔号称有个秘诀，但他还没告诉我，而且我怀疑他说他已经打通关了是在骗我。

迈克尔朝我微微耸了耸肩，没什么热情地拿起了他的手柄。我无视他，只死死地盯着屏幕。这次我打算不去破坏那堵墙，看看能不能躲在它后面。

"可惜她在跟那个芬尼亚①交往。"他在我正好遭遇到大 Boss 时感叹道。

"谁？"我说，虽然我知道是谁。

"你知道的，叫什么来着？在教会中学上学的那个。麦加菲尼，好像叫艾登？"

"叫利亚姆。"我不经意地回答，"艾登是他哥哥。"

"利亚姆。"迈克尔表示同意。

"而且他们并没有在交往。"

"啊？"这次轮到迈克尔一脸困惑了。

"他们没有在交往。"我重复道。或者至少官方口径是这样。只要有人问海莉这件事，她都是这么说的——始终如此，虽然我根本不相信。

"真的吗？"

我再次把视线从屏幕上移开，仅仅一秒。迈克尔的声音里有什么东西让我很不喜欢，那是……松了口气的感觉。他到底有什么可松一口气的？

"是的。"

"那，她是单身咯？"

"你做梦，迈克尔。"

他又张开了嘴，于是我又瞄准他，一脚把他踢下去。这次他爬起来时

---

① 芬尼亚，对天主教徒、爱尔兰人或凯尔特人球迷的蔑称。

脸上带着明显的地毯印子，嘴里还冒出几句脏话。

"好了！够了！"我爸爸冲上楼梯，迅速地终止了我们的对话。

第二天我试着用旁观者的眼光去看待海莉，试着用我朋友们的眼光去看她，假装我不是她哥哥，但是不起作用。她看起来依然只是海莉，很普通，不高，也不算矮。非常瘦，但没瘦到骨头凸出的地步。她的头发也不错，又长又黑，散开在她的背上，但很多女孩儿都有漂亮的头发。我花了可怕的十秒钟时间试图客观地观察她的胸部，但谢天谢地，她基本没有。她的脸比较难判断。她的眼睛跟我的一样，而迈克尔没有到处去跟人讲我很性感，希望没有。她的鼻子就是……鼻子的形状。她的嘴巴大大的，通常都在伶牙俐齿地说着各种各样的事情，把我和妈妈爸爸都套进去。

我当然没看出来她身上有什么不寻常的地方，她只是海莉。

我希望迈克尔在被我暴打和被我爸爸责骂后能放下"我妹妹很性感"这个话题，但周一在学校吃午餐的时候他又提起来了，当时我在餐厅里，身边围着一堆朋友——都是男的。我们正在聊《切尔西制造》里的女孩儿们——一部我们都不承认自己看过，但却都知道里面所有角色的名字的剧——这时迈克尔开始了。

"是啊，没错，但她们都比卡勒姆的妹妹差远了。"

一阵长长的尴尬的沉默。接着我的朋友大卫清了清嗓子说："是啊，我也那么认为。我是说，"他被我看他的表情吓到了，"我可以，但——"

"但是，哇哦。"另一个朋友达伦替他说完了。

"她很漂亮。"一个我不太熟的男孩儿史蒂文插嘴。

桌子周围一阵低声的赞同。

"我告诉过你了。"迈克尔扬扬得意地对我笑着说道。

我瞪了他一眼。

"是啊，你真幸运，卡勒姆。"达伦跟我说。

我看向他问道："幸运？"

"你能跟她住在一起。我打赌你经常能看到她半裸的样子。"

"什么？"

"闭嘴，你这蠢货。"我跟大卫之间隔着桌子，但我听到了他低声的警告，看到了他用胳膊肘撞达伦肋下的动作。我感激地对他苦笑了一下，但接着他就毁了这份感激。"反正她在跟那个教会中学的利亚姆约会，对吧，卡勒姆？"

我感激的笑容石化了。

"不对。"

对。

也许吧。

但不对。

最近我这样频繁地维护海莉，她简直应该付我钱，而且不只是在我这帮白痴朋友的面前。他们觉得她有没有在跟利亚姆约会并不重要，他们只是会失望和嫉妒而已。他们不会插手，这对我来说就可以了。

但爸爸怎么想的很重要，因为只要他嗅到了那俩人实际上走得有多近——而且不管见不见面，他们都亲密无间，互相之间无话不谈，亲密得令人肉麻——就会有一些严重的后果。

海莉

探视的日子到了，我跟利亚姆约好早上九点在火车站碰面。天空飘着细雨，冷风不断地把我的发丝从精心编好的法式辫子里拉出来。我很生气，因为湿冷的天气让我不得不放弃了本来打算穿的裙子和凉鞋，而且我花了很长时间才化好的妆也花在了脸上。

"嘿。"利亚姆突然在我身旁冒出来，吓了我一大跳。他对我笑了一下，看向别处，接着目光又转回来看着我的脸，皱起了眉，"你看起来有点不一样。"

"不，我没有。"我双臂在胸前交叉，耍起了脾气。

"你有。你从什么时候开始化妆了？"

"一直都化。"这是假话。六个月前玛格丽特阿姨清理了一次她的杂物，从那时起我才有了化妆品。但除了我自己一个人半夜在带放大功能的镜子前面搞实验，还没人见过我化妆的样子。我现在觉得自己有点傻，尤其是利亚姆还说出来了。然而，虽然我跟我妈妈说的话很勇敢，其实我还是对去格拉斯哥这件事感到紧张，一想到监狱就觉得很恶心。化妆是为了让我觉得自己长大了，给自己增加勇气。这个计划差点就成功了，直到一分三十秒之前。

"哈。"利亚姆说，用鞋子碾着地面，"看起来不错。"

我给了他一个生气的表情。

"不是，真的不错。"

"闭嘴，利亚姆。"

他给了我一个抱歉的笑容。

我低头看着他空空的双手说："不给你爸爸带个礼物吗？"

他脸上出现了乌云："不允许。"

"哦。"

这时火车来了，让我不用再去问不许他带礼物的是他妈妈还是监狱规定。

火车上人不多，我们可以坐在一起，但火车刚驶出车站，利亚姆就开始望着窗外，完全无视了我。经过汉密尔顿和布兰太尔的路上我都忍了，但到了路斯格兰时我受够了。

"醒醒，利亚姆！你的脑子还跟我在一起吗？"

他转过头来用大大的眼睛看着我，就好像完全忘了我在那儿似的，这让我觉得很不舒服。

利亚姆一定是看出了我脸上受伤的神情，因为他抱歉地做了个苦脸。

"抱歉。"他说，"我有点紧张。"

好吧，这可以理解。我也紧张。

"来吧，"他在座位上换了个姿势，向我靠过来，"我们来拍张自拍，纪念我们第一次正式的冒险！"

我刚露出一半的大大的笑容从脸上消失了，我以为他会说"约会"。然而，我还是从衣服口袋里拿出手机靠近他。利亚姆用胳膊环着我的肩膀，我把脑袋抵在他的太阳穴边，我们对着镜头露出笑容。

"所以，"利亚姆拿走我的手机去看拍的照片，我问道，"我们看起来怎么样？"

"呃，"利亚姆对着手机屏幕做了个鬼脸，"好像把我们的大半个脑袋都砍掉了！再拍一次吧。"

这一次换他拿着我的手机，我们又拍了一张。接着又一张，再一张。我们的表情逐渐变得越来越傻，而且我们笑得越多，距离似乎就拉得越近，直到我们快要挤在同一个座位里。监狱早已被我抛到脑后了。

但这并不会持续太久。我们在中央车站下了火车，接着利亚姆带我去了布坎南街的公共汽车站，我们在那里搭上了 39 路公共汽车。利亚姆给我买了票，把这额外的开销看作是为了他自己。

那是一辆双层汽车，但即使是坐在上层的第一排——向外看着路上的车流——也不足以舒缓我心里那紧紧扭着的结。我即将要去巴连尼监狱了。我从来没见过那个地方的照片，但在我想象中那里应该又大又壮观，有着高高的石墙，上面紧密排列着布满尖刺的电网圈以及充斥着暴力和悲惨的氛围。我身体的每一根神经纤维都在催促我起身下车，回到市中心去，去购购物，看场电影，然后回家。我身旁的这个男孩儿，他坐在靠近过道的座位上，把我堵在里面，不是用他的腿，而是用他不断向我投来的那种犹豫又感激的表情。如果不是为了他，我早就尖叫着跑下楼梯，朝公共汽车司机大喊着让他停车了。

"我们到了！"利亚姆突然跳起来，按了过道旁栏杆上那个小小的红色停车按钮。楼下响起一声遥远的叮咚声。

"到了吗？"我慌忙站起来。

利亚姆没有回答我，他已经冲下了楼梯，汽车行驶的晃动让他撞到了车壁上。

"嘿，"我在他身后惊慌地喊，"等等！"

我下车后才追上利亚姆，司机几乎是迫不及待地在我下车的瞬间就立刻关上车门并踩了一脚油门。布满灰尘的公共汽车绝尘而去，排气管里喷出一股黑烟，险些令我们窒息。

"这边走。"利亚姆说。他双手插在兜里，随意地点了一下头。我小跑着跟上他。

"我们迟到了吗？"我问。

他摇头表示没有。他的嘴唇发白，紧紧地闭着。我想起来，这对他来说也是极其紧张的。接着一个想法在我脑子里冒了出来。

"要年满多少岁才可以去探视监狱里的人？"

利亚姆瞥了我一眼。"十六岁。"他咕哝道。

这使我停下了脚步，而利亚姆还在继续走，离我越来越远。

"但是——"两个脸色苍白、穿着运动服的男人从我身旁经过，好奇地打量着我，我赶紧向前猛跑追上他，"但你还不到十六岁，利亚姆！"

"我知道，"他侧头对我说，"我的社工会在接待处等我。"

"社工？"我重复着，把这个词变成了一个问题，"你为什么会有社工？"

利亚姆耸起肩，防御性地保持着这个姿势："就是有。"

"但——"

"别问了，海莉。"他打断了我。

我立刻停止了这个话题。我们拐了一个弯，监狱终于出现了。它并没有我所害怕的那样糟糕。那里有一堵墙，很高，墙头上布满了电线，但它把这所机构内部的运作都隐藏了起来。一道宽大的双扇门在我们走近时打开，一辆白色的囚车安静地驶出来，小小的黑色窗户里隐藏着躲在里面的面孔。我睁大眼睛看着，铁门又慢慢地关上了。然而，利亚姆完全无视了铁门。他朝右边走去，那里有几级台阶，通往一道旋转的玻璃门。我跟了上去，我们进入了一个小小的三角形接待处。那里有一张宽大但却空荡荡的接待桌，还有一个上面贴着"犯人缴款"指示牌的玻璃窗口，人们在窗口前耐心地排着长队。通往右边的门口站着两个狱警，正等着检查上前的家属的文件。

"利亚姆！"一个女人的响亮声音让我们转过头去，只见一个黑头发向后束成马尾、脸上未施粉黛的矮壮女人像阵风一样向我们冲了过来，"你来了！"

"嗨，琳达。"利亚姆叫出了对方的名字。他的脸上没有了平时那种自信的笑容，他看起来很尴尬、不安。他跟这个女人关系不怎么样，我能看出来。反感让他的眉毛纠在一起，下嘴唇恼怒地噘着。

那个女人转向我。"你是谁？"她粗鲁地问道。

我等着利亚姆介绍我，但他似乎并不想从研究灰绿色地砖图案的状态中抬起头来，于是我交叉起胳膊冷冷地看着她。

"我是海莉。"我说，"我是利亚姆的朋友。"

"我知道了。"她低头看着我，"你也要去探视吗？"

我坚定的外表动摇了一些："不。"

　　利亚姆的目光短暂地投过来几秒，但我不去看他。我们说好了的，我在这里等着。没有任何东西——即使是利亚姆闷闷不乐的表情或他的社工脸上那自以为是的冷笑——都不能让我同意去那儿。

　　"那好吧。"琳达大声说道，把目光从那些拥挤着的人身上收回来，"咱们进去吧，利亚姆。把这事儿了结了。"

　　利亚姆忧郁地点点头，跟着她进入了通往探视区的幽暗门口。他没有再看我一眼。我咬着嘴唇，感到内疚。跟狱警交流了一会儿之后，他们就双双消失在了门口。我扑通一下把后背靠在等候区的墙上，打开播放器，把音量调到最大，让自己迷失在艾德·希兰①的深情里。

---

① 艾德·希兰，英国歌手兼创作人。

利亚姆

很奇怪，就好像他的脸我已经认识了一辈子，但与此同时又从来没见过。他的脸上有皱纹，两鬓灰白，但胡子刮得干干净净，看到我时露出了笑容。我们走过去时他站了起来，胳膊大大地伸展开，期待着一个拥抱。我不想跟他拥抱，但我也不想让他难受，于是我让他抱了我一会儿，接着退回来迅速坐下。

"儿子，儿子，见到你真好！"他的声音听起来是发自肺腑。

而我却依然没有下定决心。

"生日快乐。"我说，毕竟，这是我来的原因，"很抱歉我没有给你带礼物。"

"你给我带来了你自己。"他说，声音因激动而哽咽。

看到他眼中的湿润我瞪大了眼睛，他要哭了吗？我不确定我能处理那种场面。我低头看着丑陋的胶木桌子，给他时间平息情绪。

"所以，"他咳嗽了一声，用一只瘦骨嶙峋的拳头砸了下桌面，指节戳着纸一样薄的皮肤，"在学校怎么样？"

"挺好的。"我小声说，依然盯着桌子。

"艾登怎么样？"

我抬起头："好几年前艾登就退学了，在他十六岁那年的圣诞节前退的。我觉得是他们逼他那么做的。"

我爸爸点了点头，接受了这个事实。

"那他现在在干什么？"

"什么也没干。"

这样回答总比告诉他实情好。

他没再追问，似乎觉察到了我没说出口的事。

"你妈妈呢？"

"也挺好。"

"她还在历德①超市工作吗？"

"是的。"

尴尬的沉默。琳达故意躲着我们，在笔记本上涂鸦，但她装得太过了。我打赌她乱写乱画的东西都够再填满几页我那超厚的资料簿了。

"跟我说说，凯尔特人表现怎么样？"

我们突然想到了可以聊下去的话题，能让我们安全地谈论，不会导致某一方的苦笑或欲言又止。事实上，关于这个话题我们聊了半个小时。从球队的赛季表现、优秀球员、糟糕球员，到我爸爸年轻时在凯尔特人公园球场②见过的那些著名球员。我几乎能感觉到我们正在建立感情，但只是几乎而已。因为我们依然在探视间里，依然在巴连尼监狱里，而且——虽然我竭尽全力想忘了这一点——我对面坐着的依然是一个强奸杀人犯。

"所以，"当凯尔特人队的话题终于再没什么可聊的时候，爸爸说，"你是跟琳达一起来的吗？"

"不是，"我摇摇头，"我跟朋友一起来的。我们接下来要去看电影。"

"能陪你一起来监狱的朋友一定是很好的朋友。"他被自己的笑话逗乐了，接着他把头歪向一边，审视着我泛红的脸，"是女孩儿吗？"

我的表情已经说明了答案。他笑得更厉害了。

"她叫什么名字？"

我并不想告诉他，但我想不出不告诉他的理由，而且我无法确定如果我撒谎的话琳达会不会犯贱拆穿我。

"海莉。"

"哦，好吧，"他挑起眉毛笑了，"你是在教会中学认识她的吗？"

"不是，她念的不是教会中学。"

---

① 历德，发源于德国的连锁超市品牌。

② 凯尔特人公园球场，凯尔特人足球俱乐部主场。

话一出口我就赶紧闭上了嘴，我应该继续聊足球的。他的眼睛眯成两条绿色的缝，像一条毒蛇。每次我真的惹到艾登时，他也会做出同样的表情，很吓人。

"她念什么学校？"

我的心在颤抖。连琳达也从她的乱涂乱画中抬起头来，但一看到我爸爸的眼睛就又低下头去。

"市立中学。"我的声音就像被勒住了脖子。

"新教徒？"他压低声音，不让周围的人听到，但却灌满了我的耳朵。

我的第一反应是恐惧，接着是愤怒，两者搅在一起，令我想呕吐。但为什么要否认？而且他人被关在这里，能做什么呢？

"对。"我说，在椅子里坐直身体，直视着他的脸。

"我儿子和一个新教徒？"

"没错。"

"哦。"他咽了一下口水，思考着下一步的动作。我看了一眼挂钟，时间快到了，只剩几分钟就结束了。"好吧，我希望你得到你想要的，然后继续找一个像样的女人。就当是积累经验了。"

我给了他一个拘谨的苦笑，也许被当成了微笑。我又说了几句客套话，最后终于告了别。接着我几乎是跑了出来。

这次探视最棒的部分就是我的"新教徒"正在接待处等我。我眼里只有她，无视气冲冲离开的琳达。

"顺利吗？"海莉微笑着问我，笑容点亮了整个房间，"进行得怎么样？"

你不会想知道的。

"挺好，还是老样子。所以……看电影去？"我急切地想要把我们开心的一天拉回正轨，虽然我并不想看海莉选的电影。

她看着我不情不愿的表情开心地笑了起来。

"你答应过的！"

"没错，但……《完美音调》？真要看这个吗？"

"是的。"

但我并不觉得烦，她想干什么都行。往外走的时候我特别高兴，经过那道小小的旋转门时我跟她挤在同一个三角形的小空间里，闻着她身上的香水味，是苹果味的。去公共汽车站的路上我牵起了她的手。

"谢谢。"我笑着对她说。

"为什么？"

她真的不知道？

"因为，你知道的……陪我来，这里。"

"不用谢。"她的脸有点红，捏了捏我的手指。我一直牵着她的手，直到公共汽车到站。

电影很难看，真的很难看。好吧，里面的确有漂亮的女孩子，但她们演得像疯女人一样，动不动就唱歌。我吃光了海莉的爆米花来打发时间，还不停地在她耳边小声说些胡闹的评论，其实是为了再闻一闻她的香水味。那香味很好闻，很适合她。我想吻她的耳朵后面，那里的香味最浓，但我却一直胆怯退缩。

电影散场的时候，夜幕已经降临。我们差点没赶上火车，只能跳上离台阶最近的那节车厢，车厢里只有站的地方。海莉看到后面还有两个座位，但它们四周都是穿蓝色球衣的人。

"我们站着吧。"我告诉她。

我把她拉到一个角落里，挡不到任何人下车的路，用胳膊揽着她，带有占有欲地把她拉向我。也许我有点反应过大了，但我不喜欢有些男人看她的眼神，酒精给那种眼神又增加了一些色欲。而且，假装她是我的……是我的女朋友，这种感觉很好，让我觉得胸口暖暖的。每一次火车的晃动让她失去平衡靠近我的胳膊时，或朝与我相反的方向倒去使我不得不按着她更紧地贴近我的身体时，都让我心跳加速。她很暖、很软，而且她看着我，知道我在做什么，但她不介意。

就为这个，这一趟探视也值了。

15岁

卡勒姆

　　我在不断进步。好吧，虽然还没有海莉那么厉害，但也算是朝正确的方向迈出了一步。三年级考试之后我的英语成绩猛地提高了两个班的水平，现在已经进入十个班级里的二号班了。对一个除了《太阳报》体育版之外几乎什么也不读的人来说已经是很了不起的成绩了。

　　周一早晨，我在赖特太太的教室外排队。我认出了一些常见的面孔，但没有我真正认识的人，而且女孩儿的比例明显比男孩儿高很多。

　　等我们陆续进去之后，我在教室前面徘徊。这好像是那种指定座位的班级，而我从上一年级的时候就对赖特太太有印象，在她的课上你最好是坐在"正确"的一边。我一边因为自己的俏皮话傻笑，一边等着她注意到我。

　　"卡勒姆，"她的目光终于从桌子上移开，用锐利的眼睛审视着我，"你在这儿干什么？"

　　"呃，"我把手塞进兜里，被这个问题搞得有点疑惑，"汉密尔顿先生说叫我换班级。他说我应该来这儿。"

　　"所以我是被你缠上了？上帝啊，我作了什么孽要被这么对待？"

　　意识到她是在取笑我，我的脸有点红，然后扮了个鬼脸。坐在前面一排的女孩儿们因为我的尴尬而哈哈大笑。

　　"我也不知道，女士。"我说，"也许是你没求对人吧。"

　　我这话说得有点厚脸皮，但幸运的是赖特太太是个有幽默感的人，她笑了。

　　"拿着。"她把一本看起来很厚的书丢给我，"只剩一个座位了。对希瑟好一点，她可不习惯你这样的巨魔。"

桌子全都排列好了：两侧墙边各有两列，中间有四列。我趿拉着鞋走到有窗的那面墙边，坐在了倒数第三排。一个深色头发的女孩儿一边把她的东西从我这边收走，一边有点担忧地看着我。

"嗨。"我朝她点了点头。她给了我一个简短到微不可察的微笑，接着把头转回去看着教室前面。

好吧……

我从包里翻出破破烂烂的笔记本，但赖特太太甩了一本新的在我桌上。

"拿着。"她说，"这一本上不许乱涂乱画，卡勒姆，我可不想知道你爱慕谁！"

我听着周围开心的窃笑声咬紧牙，把我那封面画得乱七八糟、卷着页脚的旧笔记本扔回到背包里的其他乱七八糟的东西中间。

"第二幕，"赖特太太说，"我们就要见到麦克白背后的裤子了。"

所有的同学都翻开了他们手上的剧本，聚精会神地看着老师，准备开始。我看着周围，有点不知所措。纸飞机在哪里？在教室里横飞的纸片和纸团呢？嘘声和玩笑在哪里？

"卡勒姆，"赖特太太指着我说，"你可以扮演麦克白夫人……"

笑声更多了。

"没问题，女士。"我说。然后做了个鬼脸，翻开了用古英语写成的天书。

我读完了整场戏，我想这应该挺令赖特太太印象深刻的，以及那些脸上带着阴笑、期待我表现得像个废物的同学。但中间还是有一个令人尴尬的时刻，就是我要谈到胸部，但我像军人一样勇往直前。这之后，老师让我们做作业，挑出能够展现这个人物的性格的句子。我打开笔记本，在漂亮干净的第一页上整齐地抄下标题和日期，然后我环顾四周，完全没有头绪。其他人都在埋头努力，奋笔疾书，把脑袋凑在一起进行小组讨论。

我看着我的搭档——希瑟，她坚决不看我，笔尖在纸上沙沙地写着，脑袋弯得很低，头发散在了纸上。她的头发颜色很深，近乎黑色。

"呃……"我说。

她没有抬头。

我叹了一口气，她还是没反应。我吸着腮帮噘起嘴巴。

"你看，"我说，"如果我们不跟对方说话的话，那这一年会非常地漫长。"

最后她抬起了头，不确定地看着我。

"我叫卡勒姆。"我说。

"我知道。"她回答。

我等待着。

"希瑟。"

我对她微笑了一下。

"嗨，希瑟。"

她给了我一个非常紧张的微笑，接着又低头回到她的作业上。

"我觉得她好像是个贱人。"我赶在她重新躲回她的头发后面之前说，"但我挑不出任何句子来证明这一点。"

"贱人？"希瑟被逗得扬起了一边眉毛，嘴唇抽动着。

"是啊。"

她轻轻地摇了摇头，把目光转回她的作业本上："我觉得你不可以在作业里这么写。"

"好吧……"我用手指敲着桌子，"那我能不能写她很无情，很不像女人？"

希瑟的脑袋瞬间抬起来。

哈！这脑袋并不只是个帽子架嘛！

"可以，"她无奈地说，"你可以这么写。"

"好的。"我咧着嘴对她笑了一下，"有没有什么句子能支持这一点？"

在我们解决赖特太太布置的难题的过程中，希瑟放松了一点，只有一点点。她不太爱说话，而且决不允许对话有一点点偏离我们手头的学习，但到了最后她至少能看着我的方向了，而且下课铃响她收拾完东西以后，甚至还对我微微一笑，然后就消失在了门外。

之后我没有再想起希瑟，直到我和海莉在九月的细雨中耸着肩一起往山上走的时候。

"接着说啊，"她推推我的肩膀，"跟聪明人待在一起是什么感觉？"

对于我升班这件事海莉比我还激动，妈妈的激动程度比她更高。爸爸根本不关心，我觉得这样更好。

"还行。"我耸了耸肩，"我们在读《麦克白》，赖特太太让我扮演他老婆。"

海莉听到这个大笑起来："也许她觉得你太有人情味了，演不了谋杀犯？"

"啊？"

"没什么。"她翻了个白眼，于是我把她推到一个水坑里，笑着听她尖叫，冰冷的水渗进了她的鞋子里。"你的同桌是谁？"她问道。一群形形色色的高年级男孩儿正从主街的另一侧经过，她努力从慌乱中恢复镇静。我发现她在看他们后，正想把她推到另一个更深的脏水坑里去，但她正好提起了一个我很想聊的话题。

"一个叫希瑟的女孩儿。"

"希瑟什么？"

"希瑟……"我皱了皱眉，"希瑟。"

"真是有用的信息。"她哼了一声，"她长什么样？"

"深色头发，皮肤苍白，大眼睛。"

海莉皱着鼻子在脑子里筛选着叫希瑟的女孩儿。

"高吗？瘦吗？"

"我不知道！她是坐着的。"我妹妹的表情像是我应该检查一下希瑟的各项尺寸似的。"她……普通身材，挺好的身材。"

我立刻后悔加上了第二句评论。

"你是不是喜欢她？"

我叹了口气，没有用回答来助长她的反应。

"可能是希瑟·米尔恩。"海莉沉默地走了很长一段时间之后才说，"我很确定她在那个班，她特别安静，就好像根本不说话一样。"

"她跟谁一起玩儿？"

我不确定我为什么会感兴趣，只是好奇吧，我猜。午餐的时候我寻找过她，但没看到。

"不知道。"海莉回答，"也许老去图书馆吧。你明天问问她，如果你能让她开口的话。"

"她说话的。"我的语气有点激烈，我想替她辩护，因为她人不在这里，没法为自己辩护，"我们一起做了一个作业。"

"那你真光荣啊！"海莉窃笑道，"你应该把她的声音录下来，以防以后再也听不到了。"

我咬着舌头阻止自己回答，把手塞在兜里，闷闷不乐地沿着破损的人行道走。走了十步之后，我换了个话题，问海莉数学家庭作业的事——这是我们一起上的一门课——虽然我已经知道答案了。

接下来一周的课上我意识到我其实经常看到希瑟·米尔恩，她在我的法语班里，躲在后面。她也在我的研讨班，一些体育课也是一起上的，但我从来没在课堂之外见过她。她不常去餐厅或在操场周围的长椅上待着，也没见过她跟买零食的同学们一起去街上。她似乎在任何社交活动中都会消失。根据海莉的提示，有一次我在午餐时间去了图书馆，果然，她在那里。她把吃完的午餐包装并然有序地堆在面前的桌子上，她的脑袋则埋在一本书里。

我悄悄进去之后第一件事就是往左看。图书管理员柯林斯先生，如果你在离这里一百米的范围内携带任何可能掉渣的食物，他都会像金丝雀一样立刻发现。[1] 他绝不可能允许她在神圣的图书馆里吃东西。然而，他就在那里，藏在他的桌子后面，偷偷地在易贝[2]上买没用的东西。

---

[1]　在科学检测仪器发明出来之前，英国矿井工人发现金丝雀对瓦斯这种气体十分敏感，空气中哪怕有极其微量的瓦斯，金丝雀也会停止歌唱，因此工人们每次下井都会带上一只金丝雀以保证安全。

[2]　易贝，一个购物网站。

"你有什么事？"门在我身后关上时，他语气不善地问。

"做历史作业。"我回答。

我走到放着古老的、满是灰尘的非虚构类书籍的架子旁，然后从后面绕过去，从希瑟坐着的那排桌子后面走出来。从这里我能辨认出她正在看的书的封面，那是一本我从来没听说过的书。从书脊的厚度来看，我怀疑我永远都不会知道它讲的是什么。我正准备去她那里——看着她那样孤零零地坐着让我很难受——这时图书馆的门再次打开了，另一个女孩儿走了进来。她完全无视柯林斯先生不欢迎的嘟囔，踩着地毯走过来，挤进了希瑟对面的座位里。

"嘿，"她对她微笑，"很抱歉我迟到了。想跟我一起做地理作业吗？"

希瑟回了对方一个微笑，放下了她的书。我听不到她的回答——声音太小了，没法传到我徘徊的这个地方来——但她的手伸进了书包里。我决定让她们继续，悄悄地走回那些长排的书架旁，在那里小心侦查，防止她看到我。我觉得有点不高兴，虽然我不知道为什么会这样。

午餐之后就是英语课。我提前到了，甩掉了我的朋友们，好继续进行我小小的间谍工作，而我终于在教室外看到了希瑟。我看着她和刚才那个朋友一起慢慢走着，低声交谈。我不自觉地微笑起来，我喜欢看到她脸上难得出现的没有防备的表情，而不是平时刻苦学习时皱眉的样子或紧张兮兮的谨慎。

"又见面了。"我微笑了一下，她在我旁边停下脚步。我这才意识到她很娇小，头顶刚刚到我鼻子的位置，视线甚至才到我的下巴，此刻她正盯着那里。

"你好。"当她意识到我在等她回答时，才低声说。她的声音特别小，几乎被走廊里人来人往的噪声淹没。

"准备好读更多《麦克白》了吗？"我问，"你觉得赖特太太会不会又让我演女人？幸好她没兴趣让我打扮成女人！"

我的玩笑为我赢得了一个小小的微笑。我也回赠了一个。我第一次注意到了她的嘴唇，上面没涂颜色，但却轻轻地闪着光泽，我猜是润唇膏或凡士林之类的东西。看着她的脸，我不觉得她有化妆，也可能是她化妆的技术特别好，让我看不出来。但能看到一张保持本来模样的脸，这是一种令人耳目一新的感觉，学校里大部分女孩儿脸上都涂着各种橘黄色的阴影。

海莉也不那样，谢天谢地，我可不想上学、放学的路上跟一个看起来像乌帕卢帕①的双胞胎妹妹一起走。

"今天不读《麦克白》，"希瑟提醒我，"今天是周五。"

哦，好吧。

每个周五，出于某种令人痛苦的原因，赖特太太都让我们做精读或语法练习之类的东西，她说是为了帮助我们应付考试。特别可怕——整整五十分钟都要一边听讲一边抄下她那潦草的板书。

上课铃响时我们进入了教室，我对英语课的热情已经完全衰减了。看起来赖特太太又要没完没了地讲五十分钟课，她把所有的白板都擦得干干净净，做好准备。

我手部的肌肉提前开始了抽搐。"我的手会受重伤的。"我坐下时轻声对希瑟说。

她对我嘘了一声。赖特太太已经开始说话了，希瑟的笔尖悬在纸上，准备记下她说的每一个字。我皱眉，一边往外掏东西一边试图跟上老师的节奏，但句子中分号的用法实在无法引起我的兴趣。

我轻轻笑着，拿过一张废纸在上面潦草地写了一行字。

上完这节课我最好能通过精读考试。

我把纸条推到希瑟那边，她低头看了一下。我以为她会无视，然而我看到她的嘴唇抽动了一下。过了一会儿，她把字条滑到自己面前，开始在我的丑字下面写字。

如果你专心一点的话是可以的。

我无声地笑了笑。

我在努力。这些东西正在融化我的脑子。

希瑟这次的回复快多了。

---

① 乌帕卢帕，电影《查理和巧克力工厂》中的角色，皮肤为橘色。

什么脑子？

我不得不把我的喷笑赶紧伪装成干咳。赖特太太瞪了我一眼，我注意到她甚至都没往希瑟的方向看，而后者正一副无辜的样子，奋笔疾书。

这样如何，你来记笔记，然后我付你钱，拿你的抄一份？

我还是在开玩笑……除非希瑟真的愿意考虑一下。我很愿意用花钱来逃避这种折磨。

你是觉得我课余时间没别的事情可干吗？

我不觉得希瑟会喜欢她这个问题的真实答案：我几乎能想象到她晚上一个人坐在家里学习的画面。

你私下里是个派对女孩儿吗？

也许……

我笑了。

那你今晚准备干什么？

希瑟侧眼看着我，抬起一边眉毛，像是在说"你不会想知道的"。接着她皱起鼻子，承认了事实。

没什么。

我犹豫着，但我的笔却突然在手中动了起来。没经过我的允许，我的手就开始了书写。

想跟我一起做点什么吗？

我看着希瑟的脸，判断她的反应，心脏快要跳出喉咙。她却一直没有任何反应。教室前方，赖特太太那没完没了的课件翻到了下一页。希瑟的眼睛转向屏幕，但这一次她却没有再记她那完美的笔记，而是笔尖轻轻点在笔记本上，在我鲁莽地发出邀请之后多停顿了一段时间。

"卡勒姆，这些你都抄下来了吗？"赖特太太敏锐的眼睛发现了我没有在像其他旅鼠一样抄课件。我条件反射地赶紧快速念了一段讲倒装句的话，然后逐字逐句写了下来。我的大脑没有在正常运转，无法将其转换成简略的语言。

抄完那页课件后我低头扫了一眼，看到那张写着我们秘密对话的纸被推到了我的胳膊肘旁。希瑟的回复整齐地写在底部。

好的。

对上我的目光，她害羞地笑了一下，接着把视线转回前面。我们没有继续传纸条，希瑟把所有的注意力都放在了赖特太太身上。我也试图这么做，但我的脑袋里太混乱了——一会儿高兴，一会儿又因自己的所作所为而震惊——没有记下她说的任何东西。

我给自己争取到了一次约会，我却没太多时间去研究我们到底要去干什么。如果仅仅是逛一逛的话，似乎会非常考验我维持对话的能力，但带她去吃饭之类的活动对于一个最后一秒才做出的决定来说似乎又有点太过了。数学课最后的时间我几乎都用来努力想约会计划了——英语课结束后我跟希瑟分别时还没有任何正式的计划，除了说好七点在加油站跟她见面。

海莉注意到了我有心事，当年迈的数学老师阿诺德先生上课上到一半，去他那根本没人需要的"文具柜"里拿东西时，她捅了捅我的肋骨。

"你没事吧？"她在我耳边低声问道。

"没事。"我说，接着一个念头冒了出来，"嘿，现在有什么好电影在上映吗？"

她想了想说："利亚姆和我上周去看了那个新上的超级英雄电影，很不错。"

我做了个鬼脸。这是提到利亚姆时的条件反射——海莉什么时候才能明白他是个麻烦？但这部电影的确也不是我想要的。弹力制服和披风完全不浪漫，此外我也不想看太伤感的电影。

"有没有浪漫爱情喜剧，或者恐怖片？"

说不定潜伏在黑暗中的连环杀手能让希瑟蜷缩进我充满男人味的怀抱里……

也许我该继续超级英雄的话题。这下轮到海莉对我做鬼脸了。

"你要跟谁一起去看？"她凑近了打量着我。

我能理解她的怀疑，我不是那种会大晚上跟男孩儿们出去玩儿的类型。我吸着脸颊，不想告诉她。我能感觉到希瑟想保持这件事的私密性，而且我也不相信我妹妹能忍住不去跟别人讲。但太晚了，她看出了我的犹豫，就好像我已经大声说出了答案一样。

"你有约会！"

"嘘！"我四处张望，确保没有人在偷听我们小声说话。

"是谁？"她从我的怒视中读懂了我的意思，低下头在我耳边悄悄问道。

我告诉了她，因为我确实别无选择。但结果还好，她提出了一个很好的建议。有个什么马特·达蒙①的片子，海莉向我保证非常适合约会看。我把手机放在桌子下查了查时间——阿诺德回到了教室前面——七点五十分有一场。完美。

---

① 马特·达蒙，好莱坞著名演员。

利亚姆

我十五岁生日的时候，妈妈给我买了一场比赛的球票。不是普通的比赛，是那场比赛——苏格兰杯四分之一决赛，凯尔特人在公园球场迎战流浪者，整个赛季唯一一场老字号德比[①]！

"天哪，妈妈。这真是……太棒了。"

我手里拿着两张球票，低头看着它们，看着上面闪闪发光的金色字母。它们完全配得上这场比赛的重量。

"我想你可以带艾登一起去？"

什么？

"你已经这么跟他说了？"

我回头看了一眼，艾登那魔窟般的卧室房门紧闭着。他还在睡觉。

"唔，还没有。但——"

"我不想跟我哥哥一起去。"

"利亚姆，他会很乐意去的。"她责备地对我说道，"而且，我更希望你跟他一起去，会比较安全。"

我难以置信地盯着她，她是认真的吗？我打扮成牧师一个人跑去坐在流浪者的球迷方阵里做祷告都比和艾登一起去更安全。

"我想跟一个朋友一起去。"

"如果你和海莉一起去的话，就等于浪费了一张票。"

我没有费力去否认我想到的人选是谁，我的很多朋友都会超级想去的，但我更想带海莉去。

"票很贵的……"

[①] 老字号德比，凯尔特人和格拉斯哥流浪者之间的比赛被称为"老字号德比"。

又是这一招：提钱，让你觉得内疚。

然而今天，我充耳不闻。

"我很喜欢它们，这是我的礼物，所以我会带我想带的人去。"说完我低头盯着闪光的金色票面，这样就不用去直视她的眼睛。

当然，海莉不想去的可能性也是存在的。她讨厌足球，讨厌一切跟老字号有关的东西。对她来说，它们正是引发我们所有问题的罪魁祸首。我跟自己做了个交易：如果她不想去，我就带我哥哥去。

我准备好尽力说服她了……

卡勒姆

　　我到了加油站的时候差点没认出希瑟来，我从来没见过她穿标准校服之外的样子——她总是那么穿，一丝不苟。而今晚她穿着一条紧身的蓝色牛仔裤和一件修身的黑色夹克，一条厚厚的紫色羊毛围巾阻挡着早春的寒意。她的头发和平时也不一样，一半扎着，一半披着，在风中飞舞。我走近的时候，她紧张地看着我，搅着手指，仿佛不知道该如何安放它们。

　　她似乎对我的计划没意见，于是我们搭上 253 路公共汽车到了汉密尔顿，从汽车站慢慢往山下的电影院走去。出于绅士风度，我买了我们两人的票，但希瑟买了一大桶爆米花补回了票钱。那东西甜兮兮的，我不太喜欢，但等待进场的时候我还是抓了一大把。我们在大厅里徘徊时，我鼓起勇气去碰她的手，但那一刻她恰好抬手把一缕头发捋到耳后，留下我的手空荡荡地晃着，之后我就把手塞进了口袋里。

　　电影很不错，希瑟似乎也很喜欢。更棒的是，中途她靠了过来，跟我共用一个扶手，我们的手臂从肘部到手腕都挨着。我做了一个我自认为非常自然流畅的动作，我伸手去拿爆米花，接着把我的手挤进她的胳膊肘下面，然后往回收，于是它就放在她的胳膊和腰侧之间。接着不需要扭转手腕我们就掌心相对了，然后我去碰她的手指。希瑟的眼睛没有离开银幕，但她也没有移开手。我在黑暗中自顾自地笑了。

　　等待回家的公共汽车时我表现得甚至更好。气温变得非常低，无云的天空一片漆黑。冷风依然鞭打在我们身上，希瑟穿着薄薄的夹克发抖。我们几乎是沉默着走回汽车站，中间隔着一段空气，但当我们到了那里之后我用迅速降低的气温当借口再次去拉希瑟的手，把她拉进了怀里。

　　"很冷。"她疑惑地抬头看我时，我解释道。

　　她点了点头，但她的眼睛里透露出了然。除此之外，还透露出不确定。她舔了舔嘴唇，然后用门牙微妙地咬住下嘴唇。这似乎是一种邀请，但我在犹豫。我没有吻过很多女孩儿，但让我担心的并不是我自己缺乏经验。假如她不想让我这么做呢？假如她觉得这样很不妥、很廉价呢？汽车站里的长椅上坐满了因为无聊而有意无意地盯着我们看的人。

　　我觉得最安全的选项就是问一问。

　　"我能吻你吗？"我低声问道，提前半低下了头。

　　希瑟张开嘴正要回答，但就在这时公共汽车来了，打开了双扇车门，把黄色的灯光洒在我们身上。

　　气氛立刻毁了，我爬上汽车，然后把希瑟拉了上来。后面还有一段回家的路要步行，这一次我做得更好。我故意在她家旁边的转弯处停下来，因为我知道颤动的窗帘后面很可能藏着一个正在等待的家长。这一次我成功了，五分钟后当我走在短短几百米的回家路上时，我依然能感觉到嘴唇发麻。

海莉

"所以……你猜怎么着？"安吉·诺克斯把她的餐盘摆在我的旁边，把她的椅子从餐厅地毯上拖过来，直到几乎紧挨着我。

我怀疑地看着她，我们又不是什么亲密的朋友。

"什么？"

"我听到了八卦，关于你的。"她兴奋地笑着对我说。

"哦，是吗？"我尽量让自己的语气听起来不好奇，因为我知道如果她觉得我很感兴趣的话，就会故意卖关子。然而，我的确很感兴趣：大家到底在说我什么？

安吉没有回答，她正在大动干戈地折腾她的烤鸡肉面包的肉馅。我等待着，把我那块超大的无糖食堂饼干掰成小块，好延长一点时间。接着我失去了耐心。

"安吉，你到底要不要告诉我？"

她对我露出一个震惊而受伤的表情，就好像她根本无法理解我的话一样。但那个八卦一定是好的八卦，因为她无法控制她脸上的表情。

"好吧……有传闻说有人喜欢你。"

"你最好不要相信传闻，它会撒谎。"

"哈哈。真的，是真的。"

"挺好。"

她瞠目结舌地看着我："你难道不想知道是谁吗？"

想……但如果我蠢到会在你面前表现出来，你打死也不会说的，你这扭曲的贱人。

我耸了耸肩："如果你想告诉我的话……"

我不是个很好的演员，但安吉并没有太注意我，她深深地沉浸在自己的世界里，所以无所谓。

"乔丹·麦克格雷格！你能相信吗？"

不太相信。

"哦，好吧。"

我完全没被骗住。乔丹·麦克格雷格不仅比我大一岁，而且也绝对不是我能高攀得起的。他长得非常帅，还搞乐队。乔丹·麦克格雷格就像梦一样……虽然梦可能要比现实好很多。

"是真的！"安吉坚持，她听起来很真诚。

"好吧。"我奉承了一句，然后站了起来，"我下一节是体育课，如果我又是最后一个走出更衣室的话，就要被罚了。"

其实时间还很充裕，足以穿过校园，但我最想做的就是离开安吉和她的谎话，不管她相不相信那是真的。

"等等，"她跳起来，"我要上物理课。我陪你走过去。"

我盯着她。物理课教室完全在相反的方向。

"好吧。"我叹了口气，拿起我的包开始往前走，安吉像我的影子一样跟着。

"所以，"她在走出餐厅的路上把没吃完的午餐扔进垃圾桶，"我今晚要办一个派对，你想来吗？"

我噘起嘴唇，尽量不把我脑子里冒出的第一句话说出来。安吉几星期前就发出了她的生日邀请，而我并没有收到。她是怎么想的，觉得如果我去了，那个被编造成喜欢我的男孩儿就会出现？我瞥了她一眼。没错，她肯定就是这么想的。

"不了，谢谢。"我慢慢地说，"我已经有安排了，我的朋友要来。"

"什么朋友？"她反问，等着看我说的是谁，好决定值不值得她把这个人也一起邀请了。

"你可能不认识，他是教会中学的。"

"哦。"

现在肯定不会邀请了，新教徒的派对不允许天主教徒出现。

然后她就丢下这个话题，丢下我，在下一个走廊左转走了。去告诉乔丹·麦克格雷格不要在那个汤姆森贱人身上浪费时间，因为她已经在跟一个教会中学的人约会了。她肯定是这么想的，因为你不可能跟一个男孩儿只当朋友。

乔丹·麦克格雷格和我。哈，好像有可能似的。

我摇摇头，把这匪夷所思的对话从脑子里赶出去。

周五晚上利亚姆来了，就在我爸爸出门去酒吧之后、《圣橡镇少年》开始之前。他来的时机很完美，我爸爸刚走了不到五分钟，信箱就咔嗒咔嗒响了。卡勒姆不在家，所以我不需要冲过去开门。我让我妈妈去应门，我自己则趁机涂完精致的睫毛膏和粉底液，足够隐藏皮肤的糟糕状态和放大眼睛，但又不会浓到让他注意到。

我打开房门，他正在小心翼翼地上楼梯，他那些不穿的鞋子整齐地并排放在门口。他朝我一笑，我也不由自主地回他一个微笑。他不是乔丹·麦克格雷格（那人并不喜欢我！），但他无疑是很帅的，尤其是现在个子长得很高。想到他什么时候会找个女朋友，这让我的微笑褪色了一些。也许他已经有了，某个教会中学的女孩儿，只不过不想告诉我以防我嫉妒罢了。

就好像我会嫉妒似的。

在我的房间里，我猛地倒在床上，他则坐在了电脑椅上。《圣橡镇少年》还没开始，所以我们还有一点时间，用来聊一些事情。

"所以……你过生日时想干什么？"

"呃……"他转过去把他的夹克搭在椅背上，手在兜里捣鼓着，"我妈妈给我买了两张下周六老字号德比的球票。"

我看着他，不确定自己有没有听懂。

"你想跟我一起去吗？"

他当然是想跟他哥哥一起去的吧，或者某个他在学校玩得好的朋友，某个真正喜欢足球的人，某个支持凯尔特人队的人？

他明白了我在想什么，翻了个白眼。

“不，我只有出去吹牛的时候才带他们！我当然是想跟你一起去……如果你愿意去的话？”

你在邀请我约会吗？

也许不是，但我知道这场比赛对他来说有多重要。而他想和我一起去。

“我很愿意。”然后一个想法突然冒了出来，“哦，天哪，卡勒姆会超嫉妒的！”

周一早晨在学校，下课铃响时我从英语课教室出来，有个人堵住了我。

“海莉！”

虽然那个声音我并不熟悉，但我听到自己的名字后还是转过了身。一个个子高高的、深色头发长得足以让我妈妈嫌弃的噘起嘴唇的男孩儿正一路挤开熙熙攘攘往餐厅走去的人群朝我走来。他步子很大，几乎是小跑着，而且他改了他的校服，所以看起来更像是要上台去演出，而不是去上法语课。

是乔丹·麦克格雷格，他在我面前停了下来。

“还好吗？”他说，对我露出一个简短的微笑。

我没有回答，他这句话更像是开场白，而不是真的在问我好不好。

他把双臂交叉在胸前，突出前臂上的肌肉，斜靠着墙。

“我以为周五晚上会在安吉的派对上见到你。”

哦，天哪，她说的是真的。如果我当时相信了她，会不会就去了呢？也许依然不会。

“我没收到邀请。”我意识到轮到我说话了。

“哦，她说邀请了。”

哎呀。

“对，周五午餐时。我已经有安排了，所以……”

“好吧。”他点点头，对我假笑着。

我坚持立场，但能感觉到脸在发烫。路过的人都停下来看我，而他也在看我。

“呃……”在一阵尴尬的沉默后我说，“我得在下节课开始前去上个厕所，下一节是科技课，穆瑞先生从来不准有人中途出去，你知道的。”

你真的在说上厕所的事？

我该走了。

“嘿，在你走之前——”他在我转身时伸出手，“你下周六准备干什么？”

“下周六？”我重复道。

“对，我的乐队有一场演出。没什么厉害的，在城里的尼科酒吧。如果你能来的话就太酷了。”他笑着说。

我觉得听起来很厉害。

“你可以在酒吧演出？”

“是啊，嗯，是下午场。”

“哦，好吧。”

“所以，你会来吗？”

哇哦。乔丹·麦克格雷格在邀请我约会。而我将要拒绝他。白痴！

“我去不了。”我苦笑道，“我要去看比赛。”

他看起来很失望，然后是惊奇。

“老字号德比？”

我点点头。

接着他从惊奇变成了怀疑。

“跟你哥哥一起去？”

不是，而且我还没告诉他呢。糟糕！

“不是，跟一个朋友。”

惊奇变成了嫉妒……

“好吧，谁？”

“呃……利亚姆。利亚姆·麦加菲尼，他是教会中学的。”

“哦，好吧。我听说了你们俩是朋友。”

是我神经过敏，还是他用了一种怪异的方式强调了“朋友”这个词？

我们是朋友，我们真的是。

"好吧，祝你玩得开心。流浪者万岁！"

"好。"我挤出一个假笑，"嘿，演出顺利。"

他的身影消失了，我去了厕所，在上课铃结束前推开了教室门。

太棒了。

利亚姆

周六比赛那天我们坐火车去了市里。开赛时间比较早，以为这样球迷们就没有太多时间喝醉和惹事，但这并没起什么作用，只不过是让他们早点开始胡闹罢了。有些人在拉克霍尔上车，然后到汉密尔顿时又上来一批，他们都抓着啤酒罐，装作不是第一次去看德比的样子。

这趟火车旅程让我想起了去年的那一天，海莉跟我一起去监狱看我爸爸。而现在火车上大部分的男人都在一直盯着她看，全然不顾她年纪小得够当他们大部分人的女儿了。然后我的心里一阵颤抖。那时去见爸爸之前我特别焦虑，要跟一个强奸杀人犯面对面，跟一个几乎全然陌生的人闲聊。现在我跟海莉在一起，我在想这算不算是第一次约会，能不能成功牵到她的手，搂着她的肩。

她替我做了一个决定，到了坎巴斯兰附近时她伸出手来抓住了我的手。

"生日快乐。我给你准备了礼物。"她说。

"你不必——"我开口道。

"我已经准备好了。"她把手伸进随身带的小包里，然后掏出一个盒子，盒子外面裹着亮闪闪的绿纸。"拿着。"她把东西递给我，凑过来在我脸上亲了一下。

突然之间，我不需要礼物了……但我还是打开了。

"嘿，谢谢！"

那是一只手环，厚实的皮质，表面刻着凯尔特人队的图案。

"你确定吗？"她小心地看着我，"你真的不觉得有些女孩子气吗？但我的确是在男性用品店买的，我保证。卡勒姆有一个，他特别喜欢，而且我也觉得很好看……"

她紧张地不断说着话，我竖起一根手指抵在她唇边，很高兴能有理由触碰到它们。

"它很酷，我喜欢。帮我戴上吧。"

她把厚实的皮手环套在我手腕上扣紧，手指碰到我手腕内侧的皮肤时痒痒的。无论她给我买的是什么东西，我都会戴的——只要不是蓝色的就行——但我确实很喜欢它。它让我胳膊上的肌肉看起来更突出，遮住了手腕上瘦弱的骨头。

我们坐火车到了达尔马诺克，然后跟着会聚的人流前进。人行道上是一片绿色和蓝色的海洋，中间点缀着警察身上的荧光黄，他们正搜寻着麻烦的苗头。因为海莉想去小吃摊买个热狗，而我想去买个纪念品，所以我们花了很长很长的时间才找到座位。它们在一个很高的角落里，而且视野并不是最好的，但无论如何，我们是在现场。气氛令人震撼，无数说话的噪声在场内回响着。

"现在要记着，"我们坐下时我低声对海莉说，"我知道你爸爸是个蓝鼻子，但如果流浪者进球了，你不能欢呼。明白吗？"

"连一点点、轻微的都不行吗？"她问。

"都不行。你会害我们送命的！"

"凯尔特人球迷就没点儿幽默感吗？"她问。

"今天没有。"

"我以为你保证过会保护我的？"

"我是保证过，"我说，把她的话当成了搂着她肩膀的借口，"但如果你为流浪者欢呼的话，你就只能靠自己了！"

"胆小鬼！"她靠在我胸前，把脑袋放在了我的肩膀上。我灿烂地笑着。

生活还能更好吗？

还能。感谢利·格里菲斯的两粒猛烈进球，半场时我们已经两球领先。通往半决赛的路似乎已为我们打开，球员们回到更衣室去鼓掌庆祝。

下半场要紧张得多，流浪者迅速地扳回了一球，接着……

接着灾难爆发了。一个流浪者的球员正快速向前跑动，凯尔特人的后卫——我离得太远，没看清他球衣上的号码——冲过去双脚挡他，让他没能进入禁区。他倒在了地上。这位汤姆·克鲁斯①一定很自豪，他捂着自己的小腿打滚，满脸痛苦。接着裁判来了，吹响哨子，指了指罚球点。

"发生了什么事？"海莉大声问。

几米范围之内的男人全都转过头来盯着她。

"嘘！"我制止她，"他们得到了一个点球。"

"那很糟吗？"

她是认真的吗？也许我应该带艾登来。

"是的，那很糟。特别糟。非常可怕。恐怖极了。如果他们罚进了，以他们的决心……"

我们就在劫难逃了。

"哦。"

的确令人想"哦"。

海莉用冷静、愉快的眼神看着球场，而我们其他人则用手捂住脸，或躲在前排观众的肩膀后面，咬着指甲，我周围的几个人甚至抽起了不存在的香烟，备受折磨。麦卡洛克负责罚球，他看了看球，转身背对守门员慢慢走开。然后转身，凝视着球门，凝视着球。他往前走了三步，开始奔跑。

然后踢飞了。

爆发的欢呼声持续了很长时间，声音太大了，以至于没有人听到裁判吹响比赛结束的哨音。球员们尖叫着，嘶喊着，绕着球场奔跑，对观众摆出夸张的姿势。我自己则上蹿下跳，狂躁地跟坐在前面的男孩儿们拥抱在一起，而他们完全是陌生人。

太精彩了，太棒了。那是我一生中最棒的时刻，但却不是那一天最棒的时刻。

---

① 汤姆·克鲁斯，好莱坞著名演员。

卡勒姆

我的房间很小，比海莉的小得多，但作为补偿我父母给我买了一台电视机，占了半面墙。我们进屋时我打开了电视，希瑟在楼下跟我父母打招呼时结巴了，现在脸还很红。我抓着遥控器换台。我真正想看的是下午那场生死攸关的老字号德比的比赛亮点，但我知道希瑟对足球没兴趣。于是我换到了音乐频道，让轻柔的音乐声在房间里飘荡。

"这里很不错，"我在她身边坐下时她评论道，"很舒适。"

我耸了耸肩，还可以吧。用新的眼光打量四周时，那一大堆摆在外面的流浪者纪念品有点让我尴尬，看起来就像个十二岁小男孩儿的房间。

我们又说了一会儿话——聊周五发生在学校的那场打架，还有布置给我们的英语作业——但很快就转移到了我最喜欢的新活动上：吻希瑟。这件事我永远也做不够，永远都渴望，就像一首你没有购买的歌曲，只能等着广播里播放时才能再次听到。隐秘的机会总是不够多，而当我们有机会时，时间又不够长。

但是过了一会儿，我还是不情愿地停了下来，有件事我想跟她讨论一下。

"希瑟——"

"唔？"她凑过来想继续接吻，但我身体往后退了一下，在我们之间拉开了一段距离。

"你跟男孩子最远走到过哪一步？"

她看着我，眉心轻轻皱起，像是被这个问题搞得很困惑。接着她害羞地笑了，我心里一紧，我爱那个微笑。

"我跟你最远走到过哪一步？"

接吻。仅此而已。我抚摸她的腰侧时手曾经无意中扫过她的胸部一两次，但没有进一步。

"所以你从来没……"

她摇摇头，吸着脸颊，脸上凹了下去，她因我们这段对话而感到不自在。我清了清嗓子，觉得不安和紧张。

"你愿意跟我最远进行到哪一步呢？"我问。我的声音很粗，我的脸没经过我的允许就红了。天哪，这真是难以启齿！

"什么？"但她还在搪塞，她明明知道我在说什么。我深吸一口气，以对抗胸口的憋闷，决定说出来。

"你……我的意思是我想……我是说……"啊！我拉起她的手，对着她的手指而不是对着她的脸说，"我真的喜欢你，希瑟。而且……我想让你成为我的第一次。"死一般的安静，我不敢抬头，"所以……你是怎么想的？关于我们一起睡？"继续安静。我甚至听不到她呼吸的声音，我自己的呼吸声倒是清晰可闻。

"我……"希瑟打破了沉默。我抬起头，看到她正咬着下嘴唇，像要咬出血一样。她的眼神很痛苦，"我不想，卡勒姆。"

哦。

"哦。"

这是我所能说出的全部的话。我的舌头好像在嘴里肿了起来，说不出完整的词语。接着拒绝和伤害充斥了我的脑袋，我想也没想就说："到底想不想？"我的声音听起来很刻薄，很生硬。我不是故意的，我只是尴尬。

希瑟的脸色变得慌乱，我立刻就难受了。

"我只是……卡勒姆，如果我要做的话一定是跟你，我保证。我只是还没准备好。"她顿了顿，"请不要生我的气，求求你。"

这让我感觉更糟糕了。我咽下苦水，试着控制情绪。

"我没有，我没生气，我发誓。实际上，我很抱歉，我不该——"

我住了嘴，因为她的手指正轻轻地抵在我的嘴唇上。

"现在不行，"她说，"但不是永远不行。"接着她看了一眼窗外迅速暗下去的天空，"我该走了。"

"别走。"我伸出手，希望用胳膊拦住她。我不想让她就这样走掉，太尴尬，太紧张了。

"不，我真的得走了，已经很晚了。"

"那至少让我送你。"

"你不必——"

但我站了起来，无视她的拒绝。我不想让她一个人走回家，她家和我家之间有几条比较乱的街道。我打开房门，正好能看到楼下的大门口。玻璃窗上透出一个影子，我停下动作，片刻之后，海莉的脑袋小心地从门口往里看。在我身后，我感觉到了希瑟的退缩。我知道她不想跟我妹妹说话，被看到从我的房间里出来她会很尴尬，她会很担心海莉会怎么想，以及学校里会传开什么样的流言蜚语。

"稍等。"我低声说。

我轻轻关上身后的房门，把希瑟藏了起来。海莉和利亚姆一前一后地溜进了走廊，我皱眉看着他们，注意到海莉的眼神明亮，满面笑容，他们的手指纠缠在一起，利亚姆的另一只手放在她的腰上。尽管她始终否认，但在我看来他们就是正在交往的样子。

海莉发现了我，竖起一根手指放在唇边。她带着利亚姆向我走来，把鞋子甩掉，一只穿着袜子的脚踩上了楼梯的第一阶。

"海莉，是你吗？"爸爸在客厅里喊道。

"呃，是。"

她朝我做了个鬼脸，又看了看利亚姆。他正在不安地移动，神情机警，眼神在海莉和客厅门之间游移。爸爸肯定是听到了地板的动静，对于一个人来说声音大了点儿。

"谁跟你一起？"

海莉向我投来一个恳求的表情，我立刻知道她想要什么，虽然我很厌恶在这件事上帮她，但不幸的是，如果我想偷偷带希瑟出去的话，需要他们俩先从走廊上离开（并不是因为我们做了什么偷偷摸摸的事，但我了解海莉）。

"是我，爸爸。"我喊道。

谢谢！海莉对我做了个口型。

我让到一边，让他们从我旁边溜过去。

"电影怎么样？"我问。

她下午早些时候是这么跟我说的——虽然她没说是跟谁一起。看着他们俩，我一个字也不信。

"哦，你知道的。"她歪着嘴对我笑了一下，然后关上了房门。

我很生气，然后想起了我表现得这么友善的原因。

"安全了。"我轻轻对希瑟说。

利亚姆

我这一天中最棒的时刻，是在比赛结束几个小时后。我不太确定我们是怎么回的家，我觉得我一直在飘着。当我的思绪回到地球上时，我们正沿着拉克霍尔的主街走回海莉家。她爸爸在家，但我的生日显然是我的幸运日，因为她成功把我偷偷带了进去并上了楼，中间借助了她哥哥一反常态所提供的帮助。一进她的房间，顾不上她哥哥还在问那部虚构出来的电影，她就关上门，抓起我的手咯咯笑着倒在床上，拉着我跟她一起躺下。我屏住呼吸，惊讶又好奇。通常都是她待在床上而我坐在房间另一边的电脑椅上。

她在干什么？

我躺下来，头枕着她的枕头，被她的发香包围。她靠在我的胸前，用胳膊肘撑起身体，以便用一个舒服的姿势看着我。

"谢谢你带我去。"她说，"很好玩。"

"不客气。"我笑了，"我成功让你转换阵营了吗？"

"哈！我想我爸爸会跟我脱离关系的！"

"是吗？那如果他现在进来了会怎么做？"

她耸了耸肩："我们又没在做什么。"

"但看起来可不像……"感觉也不像。她的手在我的胳膊上上下下抚摸，穿着袜子的左脚脚趾蹭着我的脚踝。

"那——"她说，"我们就希望他不要进来吧。"

我完全支持。

"你想来点音乐吗？"她问。

"当然。"

她的蓝牙音箱在我后面，床上方的一个架子上。海莉从我上方伸手去按开关键，但够不到。这让我处于一个尴尬的姿势——她的左胸几乎碰到了我的脸。我跟自己想要窥视的本能对抗了短短一会儿，然后做了正派的选择，闭上了眼睛。

"利亚姆？"

当我再次睁开眼睛时，她的脸就在我的脸正上方，表情呆呆的。

"抱歉。"我说。

"我在想——"她说，她的声音在播放的轻音乐中勉强能听清。

"什么？"

"我还有一份给你的生日礼物。"

我没说话，大脑一片眩晕。她指的是我想的那个意思吗？

沉默在持续。我紧张地舔了舔嘴唇。

"是吗？"

"是的。"她说得像是一句轻轻的叹息，像是呼吸。

我的脉搏在猛跳。她还是没有动，只是继续朝下看着我。

"那，是什么呢？"我用嘶哑的声音问。

"这个。"

她低下头，把嘴唇压在了我的唇上。

一开始我没有动，没有回应。我以前吻过女孩儿，但我从来没吻过一个我在意的女孩儿。我比我想象的更加紧张，但海莉的嘴唇轻轻地在我的嘴唇上移动着，又软又甜。

我无意识地抬起一只手把手指插进她的头发里，我回吻她，分开她的上唇，接着是下唇，瞬间把舌头滑进她的嘴里。

"这是怎么回事？"

海莉迅速从我手中挣脱，我的掌心还在刺痛，刚刚她压在我身上的地方现在冷冷的。我坐起来时，她在房间另一头，靠在桌子上，看起来很害怕。

"怎么回事，海莉？"

她爸爸站在门口，气红了脸，怒气冲冲。他光着膀子，一条灰色的

Polo 衫搭在肩膀上。虽然他老了，但胸前和胳膊上的肌肉依然凸起，手指攥成了拳头。

"汤姆森先生——"我一边跳起来一边说。但他无视了我，眼睛死死地盯着他的女儿。

"向我解释，小姐，你在干什么？藏在卧室里，像个妓女一样趴在男孩子的身上？"

他的声音从大吼变成了雷鸣般的咆哮，所有的邻居大概都听到了。海莉的脸红得像火，跟她穿的粉色外套形成可怕的对比。但我只能任由她来解释，虽然她怕得浑身发抖，却依然为自己抗争。

"我们在接吻，仅此而已。那么做没有什么不对。"

她爸爸嫌恶地看了我一眼，接着再次死死地盯着海莉。

"你是在告诉我，你把自己送给了一个芬尼亚吗？"

"怎么，如果你进来发现我在乱搞，但只要对方穿着流浪者的球衣你就能接受了吗？"海莉的声音很低，但充满暴怒。

她爸爸目瞪口呆地看着她，一时说不出话来。然而，他没有忘记怎么使用自己的胳膊，他猛地伸出胳膊在她的脸上甩了一巴掌。她的膝盖一弯，多亏了手臂撑着才没撞到地毯上。蓝色的地毯。

"至于你……"

他转向我，刚刚打了海莉的那只手为我握成了拳。打男孩儿不扇耳光，打男孩儿用拳头。

但我不是他儿子，他也不是我爸爸，他不单单是想惩罚我而已。

我跑了，从他旁边夺路而逃，在他的手指揪住代表背叛的凯尔特人球衣领子时我挣脱了衣服。我跑下楼，从前门跑出去，跑到一半的时候我才意识到：我把海莉一个人丢在了那里。

"该死！"

我突然停下。转身，开始往回跑。接着又突然停下。

我决不要回到那里去。

我决不要丢下她。

但我丢下了……

我回了家，脱掉衣服钻到床上。我躺在那里，想着她会怎么样。一巴掌就够了吗？还会不会有第二下、第三下？他会不会气得觉得扇巴掌不够，想把她打得皮开肉绽？在我的脑海里，她的脸开始变形、破裂，又青又紫，跟鲜红的血混在一起。

我对自己感到恶心。恶心。

卡勒姆

我回到家里时没有注意到任何不对劲，客厅的电视依然开着，所以我大喊着跟爸爸打了声招呼。他没有回应，但这很正常。当我上完楼梯我才感觉到有些不对劲，一种刺激性的感觉，我脖子后面的汗毛都立了起来。我来不及多想就朝海莉的房间走去，手放在门把手上时，我听到了一声抽泣。我停了下来，不想进去撞见她和利亚姆正在做些我想和希瑟……但很快我就意识到那个声音完全不对。

"海莉？"我隔着门轻轻地叫她的名字，她没有回答。

这很不正常。

我迟疑着走进去，没看到利亚姆的影子。一开始，我也没看到海莉的影子。接着我循着声音找到了她，她蜷缩在地板上，半躲在桌子下。她的膝盖曲着，用手抱着腿，轻轻地颤抖着，抽泣着。

我冲过去，靠近后发现她的脸看起来不对。红红的，泪痕斑斑，她的右脸红肿，一道严重的瘀伤已经开始发紫。

"发生了什么事？"我轻声问，伸手拉住她。如果是利亚姆干的，我会杀了他。

不是利亚姆。

"爸爸！"她脱口而出，接着眼泪滚滚而下。

海莉

第二天我去找利亚姆，我必须见他，看他是不是有事，并向他道歉。我在主街看到了他的身影，他正在跟他的一群朋友一起走。他看到了我，我知道他看到了，但他带着他们穿过马路消失在了一家商店里，留下我傻傻地对着空气挥手。我还打了两次电话，但都是艾登接的，只告诉我利亚姆不在然后就挂断。

我还留着他的凯尔特人夹克，从垃圾桶里抢救出来的，借着还给他衣服的理由，我逼自己又去了他家。那天下着雨，等待有人应门等得太久，我差点就逃跑了。然而最终利亚姆的妈妈来了，依然穿着她的超市工作服。她看到门口是我时噘起了嘴巴。

"麦加菲尼太太，利亚姆在吗？"

她回头看了一眼。是的，他在。

"抱歉，亲爱的，他不在。"

"哦，好吧。"我垂头丧气地点点头，"我只是想把他的夹克还回来。"我举起那件衣服，证明我来这里是有正当的理由。

"给我就行了。"

她伸出手来，我别无选择，只能把我仅存的与利亚姆的联系交给她。

"你会告诉他我来过吗？"

"我会的。"在她在我面前关上门前，我似乎看到她的目光因同情而柔和了一些。

利亚姆

第二天我应该直接去看海莉的，我本来要去的，但接着我的朋友打电话来，说想出去玩，这就像是一张免罪卡片……而我接受了它。

我看到她了，她在街上走。这终结了我糟糕的噩梦，我以为会在医院，或者更糟。

但她的脸是什么样的？还有她的眼睛？它们在责怪我自己逃走，把她一个人丢下承担后果吗？我不敢看。我假装要买一些吃的，催促我的朋友们穿过马路，无视了她疯狂的挥手。我藏在商店里直到她离开。第二次看到她时我又做了同样的事，还有再下一次，她来我家敲门时，我让我妈妈去开门，假装我不在。

我无法面对那件事，无法面对她。我抛下了她，我太为自己的行为感到羞愧了，不敢回到那个犯罪现场去请求她的原谅；相反，我躲了起来。

懦夫，没骨气，可悲，但我就是那么做的。

我不知道用了一天，一个星期，还是一个月，我失去了她。

卡勒姆

"生日快乐。"

我的拇指猛地向下摩擦金属齿轮，火光闪出，有了生命。我在打火机柔和的光晕中对我妹妹微笑，她回应了一个微笑，低下头去点燃了她的香烟。

重新抬起头来，她深深地吸了一口，接着立刻开始干呕和咳嗽。

"嘘！"我的目光穿过花园，向房子里看去。虽然厨房窗户里还亮着灯，但后门依然牢牢紧闭着。

"抱歉，"海莉哑着嗓子说，"我不知道会这样。"

我们盯着对方看了一会儿，然后爆发出无声的大笑。

在廉价的芝宝①打火机烧到我的手指之前，我点燃了自己的香烟，通过过滤嘴吸了一口。我的喉咙收缩，肺部起伏，但我强迫自己不要做出反应。

"没什么大不了的。"我冷静地说。一声微弱的无意的咳嗽最后还是溜了出来，毁了我的优秀表现。尽管我不想，但为了阻止海莉脸上幸灾乐祸的表情，我还是吸了第二口。

"小心别把棚屋点着了。"我弹烟灰的时候她警告我。

"那样可就闯了大祸了。"我翻着白眼回答。我们的花园棚屋是一道丑陋的景观，它是绿色的，已经朽烂，屋顶也已经塌了。烧了它对于邻居们来说会是一项善举。

"我觉得我不会成为一个吸烟的人。"海莉再次尝试着吸了一口，皱着鼻子说。

---

① 芝宝，美国打火机品牌。

"如果你不按正确方法吸的话会容易一些。"我提出建议。

"可是吸本身不才是重点吗？"

我们大笑。

"我觉得我们应该去喝酒，这个感觉更像是一种惩罚，而不是一份生日礼物。"

"好吧，如果你敢从爸爸的酒柜里拿任何东西的话那你就比我勇敢。"我说，"从妈妈那里偷烟就已经够难了。"

"说得好。"海莉微笑，把燃烧的香烟重新塞回嘴唇之间。

我看着她，等着看恶心感毁掉她的姿态，然而实际情况却是我在她脸上感觉到了恐惧。我转身，去看到底是什么吓到了她，只见后门已经打开了，溢出的灯光映出了一个巨大的轮廓，正大步向我们走来。

"该死！"

我没有时间灭了我的烟，而且这么做也没有意义——他显然已经看见了。我往后退了半步，爸爸走上小路时我举起手表示投降。我看不到他黑暗中的脸，但感觉到他身上散发出愤怒的气场。

"爸爸——"

但我没能说出更多。他在我们蜷缩的地方一步之外停下，从我们手里夺走了香烟。他一句话没说，把烟扔在地上，用光着的脚重重地把它们踩灭。我屏住呼吸，等着他汹涌而出的大骂，但他依然没有说话。

相反，他举起了拳头，在我能移动之前，在我意识到要发生什么事之前，他一拳打在了我的脸上。

我的头被那股力量冲击得猛地向后折去，我因过于震惊而绊倒在地上，花园篱笆的粗糙木头擦伤了我的后背。我短促地喘息了三下，试图镇定下来。接着，五秒钟后，我感觉到了痛。抽搐着的火辣辣的疼痛一直刺进我的颊骨。

接着最痛的来了，愤怒、丢脸、差耻。正是这些，而不是左脸上爆发的疼痛让泪水充盈了我的眼眶。

我感觉到肩膀上有一双颤抖的手，意识到是海莉正试图把我扶起来。

"卡勒姆——"

"别管我！"我低声说。

我推开她的手，抓住棚屋摇摇欲坠的门板，借力让自己站起来。它有点承受不住，其中一个合页断裂时我听到了几下咔嚓声。我不在乎。当它慢悠悠向我这边晃过来时我踢了一脚，把它关上。

站起来后，我怒视着依然敞开的后门。我多么想冲进去把他打到失去知觉，让他尝一尝报应的滋味，但我知道如果我那样做的话他会杀了我。

我能感觉到海莉关心的目光在我的脸侧灼烧，但我不想去看她，不想看到她眼中的怜悯和歉意——她的惩罚呢？——但最主要的还是我不想让她看到我哭。转身背对着她，我跳过篱笆，跳进巷子里。然后我朝附近另一座房子的路灯走去，走得那么快，几乎是在跑。

我并不知道自己在往希瑟家走，直到我发现时已经拐过了她家的街角。然后我放慢脚步，花时间擦擦自己的脸颊，冷风已经吹干了泪痕。我深呼吸了几下，努力冷静下来。

没什么用，我依然因不受控制的愤怒而颤抖着，不公平的滋味让我舌头发苦。我穿过她父母那整洁的小花园，走上她家门前的四级台阶。没有门铃，所以我敲了三下信箱。尖锐的咔嗒声刺激着我的神经。

我没想过如果是希瑟的父母来开门的话要说些什么——对于一次礼貌的拜访来说时间已经太晚了，而且我们已经在一起待了整整一个下午——但一开始家里像是没人。这很奇怪，走廊里明明亮着灯，把大落地窗的深红色帘子映成了橘红色。

"快点，希瑟。"我喃喃自语。

她一定在的。我不能回家，还不能，再说我也没别的地方可去。而且，我需要她。

最后走廊尽头有了些模糊的动静，有人犹豫着向我走来。那个身影越来越近，直到填满了门上嵌的玻璃框。我听到那个不知道是谁的人打开安全链的咔嗒声，接着门打开了一条缝，一双带着恐惧的深色眼睛向外看着我。

我看了希瑟一眼，然后又开始哭。

"天啊，我很抱歉。"

在希瑟的卧室里，我用手掌根部狠狠压着眼窝，试图用纯粹的蛮力阻止眼泪流出来。没用，眼泪就是停不下来。希瑟看着我，她眼中的关心只能让我感觉更糟。感谢上帝她是一个人在家，如果她的父母或者哥哥看到这一幕的话我会非常难堪的。

"我给你拿张纸巾来。"她提出，然后从床上站了起来。

在我抗议之前她就已经走出了房门——我的袖子挺好用的——留下我一个人趴在她的电脑桌上。令人尴尬的是，在意识到我看起来有多蠢之后，我哭得更厉害了。

"冷静下来，卡勒姆。"我自言自语道。

我把手指攥成拳头，一拳砸在桌面上。深深地吸着气，我把注意力集中在一堆纸和散落在我周围的文具上，试图找到些什么东西，把我的注意力从可悲的受伤的自尊心上拉开的任何东西。希瑟在写一个故事之类的东西，我强迫自己读了第一行，是关于一片森林的，有个什么人失踪了。很不错，她甚至用了一个比喻句。

我在颤抖中咳出了一声笑。

"拿着。"希瑟回来了，手里拿着一卷纸。她走到我旁边，抓着我的左手腕拉我，直到我从她的旋转电脑椅上站起来。她带我走到她的床边，把我推倒，我倒在了她的枕头上。然后她在我身边躺下，我们的身体从脚趾到臀部都贴在一起。我张开我的胳膊邀请她，她抱住我。我感觉到她怀抱中的温暖又快让我开始啜泣了，但这一次我成功把它们压了下去。

"发生了什么事？"她问，低低的声音拨弄着我的耳朵。

我没有回答，于是她向后退了些，审视着我的脸。她的左手举起来轻轻地碰触我的脸颊，我往后缩了一下。最轻微的压力也能引发剧痛，传到骨头，传进我的大脑。

我不想告诉她——我的家庭问题是我们家的事——但我的确需要向她

解释一下我这样出现的原因，解释我为什么是这个状态。

"我跟我爸爸打了一架。"我用嘶哑的声音说。

"他打了你？"她看起来并不震惊，只是心疼。

我点点头。

"是不是很疼？"

希瑟再次试图碰触我，但我迅速躲开了。她无奈地笑了。

"楼下有冰块。"

她在床上扭动，但我的胳膊紧紧地箍着她。我不想让她走，至少现在还不想。

"没那么糟。"我告诉她。

有那么糟。真的，真的很疼。但有希瑟在我怀里让我慢慢冷静下来，压下心中沸腾的怒火和恨意。她对我微笑着，把脑袋抵在我的额头上。我回应给她一个勉强的微笑，用手指梳理着她的头发，让那发香在我周围飘荡。这也很有帮助。

"也许我能帮你分散注意力，"她提出，"让你不再想这件事。"

慢慢地，就好像害怕弄疼我一样，她把嘴唇压在了我的嘴唇上。我毫不犹豫地回吻了她，根本不在乎有多疼。我将她压向我，像一个溺水的人渴求空气那样吻她。她回应着，翻身趴下来，好更加贴近我。

换了这个新姿势后，她更容易碰到我的身体正面了。她的手指滑向我的衬衫扣子，灵巧地一个一个解开。在我的大脑意识到正在发生什么之前，她从我的肩膀处剥下了我的衬衫。我没有停止吻她，但我的眉毛却因为惊讶而抬起。虽然随着时间的推移我们的热情越来越浓，但我们的衣服一直都穿得好好的，从来没离开过身体。

我松开她之后用短短的几秒去甩开了袖子，衬衫落在了地板上。但我还没来得及再抓住她时，她却退后了。我眨了下眼，就在那一瞬她抬起手臂脱了她自己的上衣。

"你在干什么？"她重新回到我怀里时我轻轻问道。我们的腹部挨在一起，肌肤相亲的触感让我起了鸡皮疙瘩。

"我看起来像在干什么？"她回答，寻找着我的嘴唇。

我抬起下巴跟她拉开一段距离。

"你确定吗？"我看着她，想读懂她的表情。她为什么要这么做？因为她可怜我，还是因为她真的想？

她对我微笑着，我在她眼中看不到犹豫的痕迹。

"我确定。"

这值得等待，太值得了。我因为没有带避孕套而有些慌乱，但希瑟从床上溜下去，跑过走廊，片刻后拿着一个小小的方形薄片回来了。

"我知道凯文把他的东西藏在哪儿。"她看到我玩味的表情时说。

过了一会儿，我们一起躺在床上听音乐，我努力让自己的表情保持成熟，而不是像个傻子一样笑——我爸那件事已经被彻底忘掉了——这时希瑟的哥哥又冒了出来。这次是在楼梯上。

我们没有听到他开门，也没听到他开始上楼梯，但当他喊"希瑟"的时候，声音就在离她房门几步远的地方。门没有锁。

"哦，我的天哪！"她闪电般跳起来，开始到处摸她的衣服，"等一下！"

被她的慌乱提醒，我也跳下床来把脚伸进我的四角裤里。半秒之后我就穿上了牛仔裤，但还是不够快。

"你还没睡？"这次凯文的声音就在门外了。门把转动，门被推开的时候我正一只胳膊伸在衬衫里。

"凯文，等一下！"希瑟的声音变成了尖叫，她的手指正火急火燎地试图扣上内衣。"该死。"她咕哝道。

我一下忘了此时的情况，看着她，我以前从来没听过她说脏话。

"你在里面干什么？"他停顿了一下，"有人跟你在一起吗？"

希瑟没有回答凯文的问题，这就足以证实他的怀疑了。他迅速而果断地推门进来。

我只见过凯文几次。他比他妹妹大几岁，已经离开学校在议会工作了，做跟 IT 有关的什么东西。我猜工资一定很高，因为他开的是一辆很好的定制奥迪车。他是个大块头，又高又壮，有着像他妹妹一样的深色头发。他握着门把手的拳头很大，胳膊上的肌肉因用力而绷紧。我们之前几次说话的情形还好，但现在他瞪着我的眼神就像是我杀了他妈妈，或者更糟……

不用想就能明白我们刚才在干什么，我的衬衫依然敞着，希瑟虽然穿上了内衣和 T 恤，但她的牛仔裤还扔在奶油色的地毯上，深蓝色和闪亮的银色避孕套包装袋形成了完美的剧烈对比。

"怎么回事？"他咆哮着问道。

我张开嘴——道歉或者求他不要打烂我的另一边脸——但我还没来得及说话希瑟就先说了。

"你不知道敲门吗？"

又一个第一次：我也从来没见到过她生气。

她哥哥阴沉着脸："我敲门了，希瑟，而且这不是重点。你们到底在干什么？"

"在做爱！"

我张大嘴巴震惊地看着希瑟，余光中瞥见凯文也是同样的表情。

"我不是小孩子了，凯文。你不能就这么闯进来。"

凯文花了一点时间才缓过来，他似乎很惊愕，接着他摇了摇头。

"你还太——"

"小？"希瑟猛地抬起头，"别跟我来这一套！你当时多大？十四岁？"

"呃……那个……"凯文深吸了一口气，"妈妈知道你在做什么吗？"

我看出了这句话是什么：绝望的底牌。希瑟的哥哥已经知道他输了这场争论，他已经远远过了使用"我要告诉妈妈"这招的年龄，而且希瑟也有对付他的答案。

"知道！我们谈过这个，她说当我准备好的时候我自己会知道的，而我准备好了。所以如果没别的事的话，凯文，出去，让我接着换衣服。"

除了按她要求的那样，他现在确实也不能做别的什么了。凯文依然很不高兴地小声嘟囔着，向后退回去关上了门，门锁发出一声代表尊重的咔嗒声。我听到他下楼梯的脚步声。

我转向希瑟，以为她在继续穿衣服，但她却依然站在房间中央，用一只手捂着嘴。

"你还好吗？"我走到她身边，轻轻地把那只手拿下来。我能感觉到她的脸在发烫。

"我很抱歉，"她看着我，"这真是太尴尬了。"

"你太厉害了，"我笑了，"但是希望他不要告诉你的父母。"

希瑟稍微耸了耸肩："就算告诉也没关系，我没有撒谎。"

"哦。"

这有点不自在，跟希瑟的父母说话就已经够不自然和尴尬的了。

"别担心那个。"希瑟对我微笑，就好像她能猜到我在想什么一样。我的想法可能就清清楚楚地写在脸上。

我叹了一口气："我觉得你哥哥会收拾我的！我以前从来没注意到他的肌肉那么发达！"

如果我之前意识到了希瑟每天在自己家看到的男人是什么体格的话，刚才脱衣服时可能会觉得更尴尬。我可没有施瓦辛格的身材。

"他练拳击。"她说，好像没什么大不了的似的，"在步兵团中心的一个什么俱乐部。"

"练拳击，啊？"所以他能把我打成渣，"他为什么会练这个？"

"因为学校里发生的一件事。他被一些男孩子揍了，他想保护自己，但他说自卫课程是给女孩子上的。"

接着她看着我叹了一口气，因为她再次准确地看出了我在想什么。

我喜欢拳击，我觉得很有意思，而且我很擅长。我速度很快，能轻易地判断对手的动作，我艰难地通过了教练高强度的体能训练，开始变得强壮。当我出拳时，我的对手就会倒下，而且爬不起来。

我也开始从其他女孩儿那儿得到了更多注意，她们的短信和派对邀请不断，上课或吃午饭时试图坐在我的旁边。这惹恼了希瑟，但我很喜欢，她嫉妒的样子很可爱。

我也通过拳击交到了很多新朋友，一些不在市立中学上学的人。跟他们一起玩儿也占用了我和希瑟相处的时间，我们做了一个妥协：我的父母买了一台巨大的新电视机，并购买了天空体育的会员，所以我现在可以看到所有的体育频道。我开始在有重大比赛的时候举办拳击派对——经常有——鉴于派对地点就在我家，而希瑟的哥哥也经常参加，因此她同意出来参加一些社交。到了夜里结束的时候，其他人都回家以后，我就有时间跟她独处。在我看来这是个完美的解决方案。

星期六我又要举办一场这样的派对，希瑟保证她会来，甚至看起来还有点期待。她不会是唯一一个在场的女孩儿，海莉几乎每次都待在家里，号称她在照看房子，以防妈妈和爸爸回家后发现房间被搞得一团糟，但我知道她真正感兴趣的是我那些有六块腹肌的朋友。而且她很喜欢当一屋子男孩儿中的唯一一个单身女孩儿，她跟希瑟不同，很享受成为别人关注的焦点。

七点左右人们开始陆续到了。海莉已经就位，占据了沙发中间的位置。我看到她坐在那里时翻了个白眼，那是最佳观看位置，而她两边的位置会被激烈地争抢，这样我的朋友们才能在最好的角度看到比赛动作。当然，这也是她占领那个座位的原因。我去给另两个男孩儿开了门——马克和杰米——当我回到客厅的时候，海莉身边的一个位置已经被占了。

是达伦。他是不久前才加入俱乐部的，刚刚来这里练拳击一个月左右。更重要的是，他以前在汉密尔顿训练，而他对于回到这里的原因含糊其词。但他住在拉克霍尔，一直都住这儿，所以也许只是为了方便吧。

我不喜欢他坐在那里。几天前我在一节训练课上看过他打拳，他残忍且狠毒，还有一点阴险。也许那只是他在拳台上的样子，但我依然不想让他跟我妹妹说话。

"达伦，要喝点什么吗？"

我晃了下脑袋示意他跟我去厨房，他欣然站起来，我从冰箱里给他拿了一瓶啤酒。我爸爸为了我的聚会把冰箱塞得满满的，我想这是他表示认可的方式。

"你妹妹真是个尤物，"达伦压低声音对我说，"真的，她很性感。"

另一个拳击手杰米在水槽那头无声地笑了，他是我很喜欢的一个人，如果他还是单身的话我会很愿意他带海莉去约会。

"我觉得这也许是本世纪最保守的评价了，但别告诉尼基我说了这话！"他眨了眨眼，然后大口喝他的啤酒。

这时凯文也来了，我微笑着，期待看到他妹妹跟在他身后进来，但她却没进来。凯文直接走到我面前，我立刻就知道情况不对。他愁眉不展，脸色难看。

"你得去看看我妹妹。"他声音低沉地说。

我没有问任何问题，直接去了他们家。

我刚敲了一下门希瑟就来开门了，所以我猜她是在等我。她眼睛红红的，穿着睡衣，看起来一团糟。

"嘿。"我轻柔地说。

"你跟凯文谈过了？"她抽噎着问。

我点点头。她站在一边让我进门，我经过她走进了门厅。客厅的门关着，我能听到墙那边她父母微弱的声音。

"咱们上楼去。"她建议。

我点点头，默默地跟着她。我心中有一种不好的感觉，但我想破脑袋也想不出我做了什么能让她这么心烦的事。

希瑟刚在我身后关上她的卧室门，就立刻爆发了："我不想去，卡勒姆。我不想去！"

"什么？希瑟……什么？"

她看着我："凯文没告诉你？"

"他只说你要跟我谈谈。希瑟，怎么了？"

她没有回答，只是缩进我的怀里在我肩膀上抽着鼻子。

"跟我说说。"我试图退后，但她把脸埋在我的胸前，不愿看我。

"我爸爸得到了一份新工作，"她贴在我的衬衫上说，"一次大幅的升职。"

"哦。"

我现在有点懂了。

"在伦敦。"

他们要走了，这就是那个消息。她爸爸被提拔当了总监什么的，一次大跨步似的升职，薪水翻倍。对方现在特别需要他，昨天甚至急着给他租了一个大房子，房租都付好了，好让他能直接开始工作，不用等着卖房子或找房子。所以几天之内希瑟就要从我的世界中消失了。

几天。

我茫然地走回家。眼睛是干的，但心中却有一种恐惧沉下去。我觉得像是喝醉了一样，蹒跚着走回斯特拉瑟山时，世界在我脚下怪异地移动着。这消息来得太快、太突然了，我无法承受。

我麻木地推开大门，听到客厅里传来的欢呼声，意识到拳赛已经开始了。我呻吟了一声，知道比赛结束前我都无法摆脱我的朋友们。为了逃避他们善意的戏谑和笑声，我溜进厨房从冰箱里拿了一瓶啤酒，一口气喝了半瓶，然后把额头靠在冰箱凉凉的金属门上。我的头剧痛，需要一些新鲜空气来清理我的意识。我拉开了厨房门。

海莉的身影在花园小路的中央，而抱着她，手放在她屁股上，嘴唇贴在她脸上的，是达伦。

海莉

我觉得卡勒姆很不高兴看到我和达伦交往，但他没说什么，所以达伦带我出去了——去吃饭、看电影、进城逛商店，还去了几次酒吧，我坐在角落里，他去吧台买酒——我无视了每次达伦来接我时卡勒姆脸上那隐约浮现的阴沉表情。他是嫉妒，我告诉自己，因为达伦之前是他的朋友，而现在变成了我的男朋友。此外，因为我要上学，达伦要工作，还要去拳击俱乐部训练，我们没有太多时间约会，所以我们的关系进展很慢，我觉得这多少平息了一些卡勒姆的不满。

也许我们约会的次数不是很多，但达伦的问题却很多。我不在学校的时候，我没跟他在一起的时候，我在哪儿，跟谁在一起，在干什么，谁给我发了邮件，谁给我打了电话，住在我家后面的男孩儿是谁（我的邻居，安德鲁，只有十四岁）。说实话，这些问题开始让我觉得烦了。我告诉自己他只是感兴趣，只是想知道更多关于我的事，但我不完全确定我喜欢这样，而且我觉得这导致了我们之间的另一个障碍——性。我们没做过。因为我从来没做过，而且我对他感到不确定，我还没准备好。他有经验，很多次，跟很多不同的女孩子，而这并没有让我感觉好些。

所以我拖延着，而他又开始问更多问题。就比如我们在我房间里待着的那个早晨，只是在看电视，《足球聚焦》什么的节目，达伦躺在我的床上，在手机上选择周六足彩的球队。那是唯一安全的地方，因为我为了找充电器把房间翻得底朝天。我的手机昨晚没电了，而充电器不知道在我那一堆杂物中的哪个角落。我一定是弄出了很大的噪声，因为他终于抬起了头。

"你在找什么？"

"我的充电器。"我屏着气小声地回答，正把手指塞进抽屉之间狭小的空间里扭动。我的手指碰到了什么软软的毛毛的东西，于是我迅速把手抽了回来。

看到他环顾房间四周，打量着这一片混乱，我不好意思地笑了。

"你上次用是什么时候？"

我耸了耸肩，如果我知道的话……

"我周四晚上充了一次电，因为在学校时没电了。"答案突然蹦进了我的脑子里。

他得意地笑了。

"你会不会是在床上充电然后它掉到床后面去了？"他虽然这样问，但却没有转身去察看。我强忍住翻白眼的冲动。

"可能。"

我几步走到房间那头，跨坐在他身上，趴下去摸床架和墙之间的空隙。果然，我感觉到达伦的手向上滑到了我的腰上，探进了我的 T 恤。我背上鸡皮疙瘩冒了出来，但接着他的手又向上移动了些，而我的手抓到了什么线状的东西。

"啊哈！"我宣告胜利，坐直身体，充电器在我的手指下方晃着。

达伦的手滑下来抓我的屁股，但我动作比他快。几秒钟后我已经下了床走到桌子旁，把手机插在墙上，留下他空空的手和带有一点受挫的表情。

屏幕重新亮了起来，接着手机立刻响了两声，是一条短信。

"是谁？"这个语气听起来是单纯的好奇，但潜在的含义却不是。

"不知道。"我抓起手机去看名字：利亚姆。

天哪，已经多久了？我低头微笑地看着手机，一阵怪异的温暖让我的心提了起来。

"是谁？"

我抬头，差点忘了达伦在房间里。我的第六感开始发出警报。

"只是一个朋友。"我含糊地回答。我早该知道他不会就这么算了。

"谁？"

"利亚姆。"我咕哝着，按下"查看"键看他给我发了什么。

　　"利亚姆是谁？"

　　我没有理他，我在努力破译利亚姆短信里的字。他是喝多了给我发的吗？我的后脑勺感觉到了达伦从床上起来时床单发出的动静。我本能地转身面对着他，不让他看到手机屏幕和利亚姆的短信。

　　"海莉，利亚姆是谁？"

　　我回答了，我控制不了。他几乎就在我的头顶，我从他的语气中听出了因为被我无视而产生的烦躁。警报声更大了，我抬起头看着他，柔柔地笑着。

　　"只是一个朋友。我们认识很久了，好几年了。"

　　然后我低头想要继续研究利亚姆的信息。他一定是用了自动联想的输入法，打完字后没检查。那是一个无意义的乱七八糟的句子，但有几个词语很显眼："想念""你"，还有"吻"。我心中的暖流再次颤动。这是什么意思？我应该给他打个电话。

　　"他说什么？"他的手伸过来把手机拿走了。

　　"嘿！达伦，还给我！"

　　但他转过身去，专心地读着，伸出一只胳膊把我拦在桌子旁。

　　"达伦！"我试图从另一边去抢手机，但他太强壮了。我的体重怎么可能跟一个拳击手比？

　　接着他转过来看着我，我停止了挣扎。他看起来非常生气，非常危险。

　　"这是什么？"他嘶声问道，把手机上利亚姆的短信推到我眼前。

　　"我不知道。"我说，既倔强又害怕，"我很久没跟他说过话了。"

　　"所以他只是没来由地给你发短信，是吗？"

　　"是的！"我厉声说，气愤战胜了恐惧。

　　"鬼才信。那这些吻之类的是什么？"他怒视着我，我不知道该怎么回答。我不知道利亚姆在说什么。我的沉默被当成了愧疚。"所以是这么回事：你在跟这个浑蛋乱搞，跟他而不是跟我睡？"

　　"别胡说八道。"

　　没有警告，他的手猛地伸出来抓住了我的手腕。不是轻柔的抓法，疼痛向下传到我的胳膊，让我双腿发软。他使劲儿摇晃着我。

"你对我撒谎！"

"达伦！"

我很害怕。我的本能反应是退缩，求他放开我。但我不要当一个壁花，不想像妈妈一样，生活在对爸爸脾气的恐惧之下。

"放开我！"我厉声说道，同时用尽全力往后退。

我没有期待能挣脱出来，但我成功了。我冷不防地向后倒去，脸撞到了书柜尖锐的棱角上。我的右边颧骨被撞得最狠，撕裂了眼睛下方的皮肤。我呆了一下，震惊多于疼痛，虽然疼痛很快也跟上了。

我用手捂着脸，痛得一跳一跳的手腕弯曲着，防御性地挡在肚子前。我盯着他，我希望他脸上有歉意或懊悔，但当他向我逼近时手却不是像投降那样举起来的，而是握紧了拳头，好像我们正在拳台上对打一样。我的勇气消失了，我向后退，腿碰到床沿时发出的一声抽泣变成了慌乱的尖叫，我倒在了满床散乱的杂物上。

也许是我恐惧的高声尖叫，或者我倒在床上的撞击声，或者也许是我猛撞到架子时的动静，总之是有什么东西让卡勒姆冲过来救我。房门打开，他冲进房间内。

"怎么回事？"他问，眯起眼睛扫视着眼前的场景。

我发不出声音，而达伦什么也没说。他放下拳头，转身一言不发地踏出了房门。只有从我捂着的颧骨上滑下的血迹向卡勒姆讲述着刚刚发生的事情。

卡勒姆为此揍了达伦一顿，虽然我没看到，但安吉说她在城里看到他眼圈乌黑，嘴唇红肿，而我第二天吃早餐时则看到了卡勒姆指节上的血印。但不管他是不是穿着闪亮盔甲的骑士，都不是我想要寻求安慰的人。

几分钟后我离开了家，卡勒姆很疑惑，沮丧地大喊着追着我到大路上，我坚定地往内维森街走去。我没有停下擦掉脸上的血，甚至没照镜子看看到底有多严重。我告诉自己我不想看，但我真正的目的是要在敲利亚姆家的门时获得最强烈的效果。我想要同情，这很幼稚，但却是真的。

利亚姆

神志不清。艾登又在飘了，四肢张开瘫在沙发上，脑袋向后仰着，眼白在半合的眼皮中无神地向外看着。音响在播放狂躁的舞曲，尽管他的头在随着节奏晃动，但我觉得他根本听不到。不，他的神志根本不在这里。

妈妈从家里逃了出去，去打另一份工。我们需要钱，但更重要的是，她需要离开这里几个小时，我完全能理解。但她走后留在这里看着艾登的任务就落在了我头上，确保他不会被自己的呕吐物呛死，或者试图做饭时把房子烧了。

我给自己做午饭时隔着大厅看他，完全看不出这到底有什么吸引力。他的皮肤像蜡，表面的汗迹闪着光。他失去了骨头上本来就不多的肉，还开始流口水。我之前见过他小便失禁，现在也一样。他从来没有跟哪个女朋友交往超过一年，都很短暂，从来不会长久，这一点也不意外。他变得刻薄、易怒和多疑，这个人身上只残余了很少我记忆中的哥哥的影子。

音乐声太大了，我差点没听到砸门的声音。也许邻居们终于受够了，他们不经常抱怨，因为舍不得他们的窗户和车胎遭殃，但艾登时不时地还是会打破他们恐惧和耐心的极限。现在也许就是这样的时刻之一。我叹了口气，在想他到底晕得够不够厉害，会不会注意到我把音量关小。

我打开门时很震惊，不是楼上的彼得斯先生或隔壁的多丽丝，是海莉。她大大的棕色眼睛看着我，嘴角向下挂着，而她的右脸上有一道深深的伤口，几乎露出了骨头。她被攻击了。

我的大脑有点失灵，怒火在我体内沸腾。在我意识到之前，我已经离开了门口冲到她面前，朝她大喊："到底发生了什么事？"

她往后缩了一下，然后眨眨眼睛赶走眼中的恐惧，但她掩饰的动作不够快，我还是觉察到了她对我的害怕。然后我注意到她左手蜷曲着保护着右手的手腕。到底发生了什么？

控制自己，利亚姆。

我逼自己做了一个深呼吸。我吓到她了。捏着她的下巴，我抬起她的脸，仔细地看了看她脸上的伤口。颧骨上的皮肤撕裂了，血一直流到了下巴。

"怎么回事？"我又问，这次温柔了些。我放开她的下巴拿起她的手腕，在她拒绝时轻柔地捧着，她细长的手指松开，露出伤痕累累的皮肤，表皮下面有些地方已经瘀青了。我再次感觉到眼前一片红雾——哪个浑蛋对她做了这种事？——但我吞回了这句话。

"我能进去吗？"她问。

该死。

"当然可以。"我说，心跳慢了一拍。

求你了艾登，继续晕着，人事不省吧，甚至死了也行，只要别注意到我们。仅此一次，我哥哥按我所请求的做了，我带着海莉穿过客厅时他连头都没抬。我在走廊里犹豫着，我的房间是最私密的地方，也是最能让海莉躲过我哥哥的雷达的地方。但我没想到会有人来，我没有整理床，衣服扔了满地，还有昨天晚饭的盘子，而且只有上帝才知道我上一次打开窗户是什么时候。那就厨房吧。

等她坐在摇晃的桌子旁，我在她面前放了一杯茶和一块软奶油饼干后，我才开口问道："谁干的？"

她做了个鬼脸，转过头去，咬着饼干的边缘。

"海莉，是你爸爸吗？"

"不是！"她看起来很生气，好像我在指控他骚扰了她一样。并不是没这种可能，而且，我以前见识过他的脾气，但这次不是他。

"那是谁？"

她用脚后跟摩擦着油地毡，突然看起来很不安，就好像希望自己没来过这里似的。我冷酷地笑了，我没意识到她有了男朋友。

"说吧，海莉，他叫什么名字。"

她低着头胆怯地看着我，像是害怕我会生她的气，而不是生那个打了她的懦夫酒鬼的气一样。

"他叫达伦，是卡勒姆的一个朋友。"

"打拳击的朋友？"

她看起来有点惊讶我竟然知道这个信息。卡勒姆以前没练过拳击，但现在已经尽人皆知了。他块头变大，变得强壮。以前欺负过他的人现在见了他都低着头溜走。这是他的一个很聪明的举动，然而对他妹妹却没什么用。

"是的。"她点点头。

"还有呢？"

她只是看着我。

"海莉，发生了什么？"

一段很长的停顿，接着她深吸了一口气，忍住了眼泪，然后她告诉了我。

简而言之：他是个浑蛋，而这是我的错。

我前一天晚上给她发的短信，说实话，当时我喝醉了，直到她的故事讲了一半我才想起来做了这件事。我不知道自己说了些什么，但当我躺在床上，看着房间旋转时，的确隐约回忆起了一些事，我想到了她。

她那天晚上没收到短信。出于某种不幸的巧合，她的手机没电了，而她直到第二天才找到充电器，也就是达伦在场的时候。手机响了，那个达伦好奇得有点过分了。他把手机从她手里抢走，然后看到了他不喜欢的东西。他指责她背着他偷偷见我，跟我睡觉。

我要有那么幸运就好了。

她不敢还嘴，这更加激怒了他，也就是在那一刻他决定使用暴力。

她磕磕巴巴地说出所发生的一切时，眼睛死死地垂着，肩膀耸起，好像觉得很羞愧。我发现自己越来越紧张，右胳膊上的肌肉抽搐着，我开始像被关在牢笼里的狮子一样踱起步来。我想好好给他一个教训，让他试着来打我，然后我会把他那张可恶的脸揍得连他亲妈也认不出。

"他以为他是谁？我的意思是，他以为他是谁？我向上帝发誓，我想把他的脸打扁！然后看看他什么反应。对个女孩子动手，该死的懦夫！他以前碰过你吗？"

我强硬地盯着她，想知道真相。她摇摇头，瞪大眼睛，更多的泪水从她脸上滚落。

小小的安慰。

"那不重要，一次就已经够过分了。我要去把这浑蛋解决一下，他住在哪里？"

但她接下来的一句话却立刻打击了我，让我很受伤。

"卡勒姆会解决的。"

卡勒姆？卡勒姆！在我看来这事有一半就是他的错，是他把那个浑蛋介绍给她的。

"我不需要卡勒姆解决。我引起的，我解决！"

我一拳砸在橱柜台面上，擦伤了手的侧面。打到什么东西的感觉很好。但我看到她退缩时立刻就觉得难受了，她今天已遭受了够多的暴力了。我只是很生气她竟然觉得我解决不了，而让她哥哥介入。

冷静，利亚姆。她来找你吐露心声，而不是卡勒姆，是你。

我张开嘴想继续争辩，但她下一句话却让我分了心。

"那不是我来这里的原因。"

我眨了眨眼："那你为什么来？"

她没有立刻回答，而是喝了一口茶——多加糖，多加奶，我准确地记着她的喜好——继续低着头。我犹豫了一下，接着在剩下的唯一一张椅子上坐下，好让我们能平视对方。

"嗯，我收到了你的短信。"

啊，短信。

"看不懂。你喝醉了吗？"她对我微微一笑，眼中有光在闪烁。

"也许。"是的，而且我不知道我发了什么，所以请不要问我。

"你想说什么？"

"呃……"我朝她做了一个无助的表情，她笑了。

"你可以看看。"

我不好意思地掏出妈妈的破烂三星，自从艾登卖了我的苹果手机后我一直在用它。我很容易就找到了那条短信，那是我发出的最后一条。

哦，天哪，利亚姆。稳住。

"你还在用这样的老古董吗？"海莉的声音打断了我的恐惧。

"不是，"我咕哝着，"这是我妈妈的。我有一个更好的，但被艾登摔坏了。"

这样说总比老实说他卖了我的手机买药物要好，至少他把我的手机卡和所有存的电话号码留下了。虽然他罕见地表现出了兄弟情，但也许他没这么做的话反而更好，那样我就没法给海莉发这种脆弱的话了。

海丽我想我们不你。吻它。全是胡。想念。利亚姆。

我应该是想这么写的：海莉，我想你。我怀念我们当朋友的日子。我经常想起那个吻。我们为什么闹翻？我真的很想你。利亚姆。

该死，应该什么也看不出来才对，因为我就不该把它发出去。不管是真是假，我都不该把它发出去。虽然是一堆乱码，但依然足以让达伦产生怀疑。该死，如果我是她男朋友，有一个别的男的给她发了这样一条短信，我也会愤怒的。

"抱歉，海莉。难怪他会发火。"我皱眉，"但这不是对你动手的理由！"

她看起来很生气，这让我很惊讶。

"你不要道歉！这不是你的错！"

某种程度上是的。

"对，但如果我没给你发……"

"那我就要花更多时间才能发现他是个浑蛋。"

的确。

接着她又把话题拉回我身上。"你为什么给我发短信？"

因为我总是想到你，因为我想你，因为我喝醉了，因为我躺在床上，梦到了我希望能躺在我身边的人，而你的脸在我脑海中冒了出来。选一个吧。

但我没有说出以上理由中的任何一个，而是假装挠着后脑勺，使劲想着有什么看似合理的借口。

"我不知道。我只是想到了过去的时光，你明白吗？然后我想到了你，我已经很久没见到你了。所以我只是……想着可以发短信给你打个招呼。只是一时冲动。"

"那个吻是指什么？"

求求你了大地，裂个口子把我吞了吧。

"肯定是自动联想输入搞的。我也不知我本来想写哪个词。"

"好吧。"

她不相信我。当然不信——我在撒谎。但她失望的表情没有逃过我的眼睛。那是什么意思？不仅如此，甚至在我的短信害她有了麻烦、害她被暴力弄伤后，她依然选择来到这里。

突然间我很高兴我给她发了短信，这么想让我觉得很糟糕——她的脸实实在在地证明这是个坏主意——但就是这样。

她不久后就离开了，我不想让她走，而且我能感觉到她也想再待久一点，但我们都不知道艾登什么时候会从他那小小的世界里醒过来。他清醒后不会让人感到愉快的，我和海莉都不希望发生这种情况。但她走之前，我们约好了第二天见面，一起去喝咖啡，小聚一下。

我刚关上门就赶紧又抓起手机拨了一个电话号码，响了三声之后电话那头的人接了起来。

"凯蒂？你好吗？我今晚能见你吗？不，别来这儿。"我回头看了看艾登，他正无力地沉醉于药物带来的兴奋中，"我去找你。"

音乐很好听，它渗透进我的身体，跟我的脉搏同步。我产生了一种奇怪的感觉，那就是如果音乐停下的话，我的心跳也会停止。

我呼出一口气，陶醉在每一个神经末梢传来的刺痛所带给我的极乐中。我的身体松垮地摊开，心满意足。

我朦朦胧胧地听见利亚姆在厨房里说话，他到底在跟谁说话？他正在毁掉我逐渐进入的高潮。真实世界在这里不存在，除了美妙的感觉之外什么都不存在。

老天，他以为我这样做是为了什么？

为了跟生活作对，跟世界作对，跟那些人作对，反正他们的存在只是为了践踏我。

那个噪声移动到了走廊，他听起来像是在跟什么人说再见。好的，让他们出去。实际上，利亚姆也可以滚蛋。

他们的声音提高时我抽搐了一下。我想爬起来，用拳头让他们闭嘴，但如果我动了，就会失去它，那紧紧抱着我、爱我的仙气，我唯一可以依靠的该死的关系。那样会有多糟？

我迟钝地听出那是一个女孩儿的声音，不是利亚姆时常带回来的那个泼妇，那个女人如果知道我在家的话绝不会让她的鞋子离开视线范围。自大的贱人。

听起来倒像是另一个。那一个。但不可能。利亚姆不会那么蠢的。如果他又把那个新教徒婊子带回来，他们两人都会后悔的。

门关上了，噪声停止了。我转过头，微笑着让退潮的快感把我带进睡眠。

利亚姆

我搭乘253路公共汽车到了汉密尔顿，接着走了两英里到雷格斯通豪。凯蒂就住在这个区域的边缘地带，和她妈妈一起住在一套两居室公寓里，有时还有她妈妈的男朋友。她也在教会中学上学，我们已经交往了六个月左右。她很好，很可爱，我们相处得不错，这是我没想到的。

我按门铃后她很快就来开了门，我知道她在等我。她给了我一个大大的微笑，点亮了门廊。

"嘿。"她说。

"嘿。"我回答，但我的心却沉了下去。

她的头发像两条长长的金色的帘子一样铺在脸的两旁，她穿着一件紧身的针织外套，紧紧贴在胸前。她下面穿的是一条牛仔短裤，脚上的高跟靴子使整套造型更加完美。她看起来很漂亮，而且我意识到了她认为我是来干什么的。

"我妈妈跟史蒂芬出去了。"她带我上楼梯往公寓走时说，史蒂芬是她妈妈的临时男友，"所以家里只有我们自己。"

"太好了。"我说，试图忽略她对我露出的轻佻微笑和她那因踩在高跟靴子里而拉长的腿部肌肉。

她试图带我直接走进她的房间，但我犹豫了下拉住了她的手。

"我们就坐在这儿吧。"我指了指客厅，"我想跟你谈谈。"

她疑惑地看着我，但还算情愿地跟了过来。我让她坐下，然后用尽可能温柔的语气告诉她，她很聪明，很漂亮，很有趣，我真的真的很喜欢她，但我们结束了。

我一路上都在想这小小的演讲，在公交车上和走来这里的路上不断练习。

凯蒂没有流一滴眼泪，她只是咬着嘴唇，用大大的、圆圆的、婴儿般蓝色的眼睛看着我，时不时地点头。

"我很抱歉。"我很蹩脚地说完了，捏了捏她的手。

我由衷地觉得抱歉。她是我的第一次，我也是她的第一次。我从来没爱过她，但我们在一起很开心。我心里特别难受，伤害她这件事让我觉得自己就像被人一脚踢在了肚子上一样。她没有表现出难过，但我了解她，我知道我伤害了她。

"好吧。"她对我微微一笑，"也许你该走了。"

我们快走到门口时她突然拉住了我，血红的指甲抠进我的胳膊。我转身时她站得特别近，近得能彼此亲吻，近得能够看清我眼睛里的所有情绪。

"利亚姆，你有背叛我吗？"她轻声说。

我微笑，摇了摇头。我第一次为自己来了这一趟而高兴。

"没有，这正是我来这儿的原因。"

海莉

就这样，利亚姆和我回到了彼此的生活中，虽然很难。利亚姆不能去我家，我爸爸在的时候不行，而最近大部分时间他都在家。本地的工作机会很少，就像地上稀薄的霜，爸爸甚至没有钱去赌马，所以只能待在家里，在电视上看比赛，抱怨着如果妈妈多给他一些余钱的话他能赚多少。但妈妈没给，因为根本没有余钱。

利亚姆妈妈的公寓始终大门敞开，她带着友好的微笑回应我的问候，绝口不问为什么这么长时间没见到我。但艾登总是在暗处阴沉地看着我，打量着我身上有没有他可以偷的东西。他让我觉得不舒服，而且他丝毫不向利亚姆掩饰他不喜欢新教徒渣滓总跑来家里，像苍蝇一样……

我险些说如果我是苍蝇，那他是什么。但我没有。他也是一个会在我脸上撕开一个洞之后还能毫无悔意的人。

所以大部分时间我们都待在外面，到处走，风雨无阻。当然，这样也不是没有风险。有很多窥探的眼睛在看着我们，并且会很乐意在酒吧小饮一杯之后向我爸爸透露他女儿在跟一个芬尼亚见面，或者在艾登的耳边悄悄告诉他利亚姆依然在跟那个新教徒贱人一起出去。因为看起来的确是这样。我们两人四处散步，为了让我的手指保持温暖，利亚姆还时常拉着我的手。对于外人来说，我们看起来像一对男女朋友，以至于有一天晚上卡勒姆直接问了我。

当时我们正在厨房里洗盘子，妈妈在楼上洗澡，爸爸在沙发上半昏睡着，电视里播放的蹩脚老电影传来枪声。卡勒姆把厨房门踢上，给我们制造了一个隐私空间。接着他抓起一条茶巾跟我肩并肩站在一起，把我洗好的盘子擦干。

"所以。"他说。

"所以。"我朝他微笑,把小仙女洗洁精①的泡泡弹到他的脸上。泡泡比平常厚很多,所以我弹歪了,落在了他的衬衫领子上。他微微笑了一下,用茶巾抽我的肩膀,但接着他的脸色又再次变得严肃起来。

"所以,你和利亚姆。"

"我们怎么了?"

"你们在交往。"

这是个陈述句,不是提问。

"不,我们没有。"我慢慢地说,好奇地打量着他,试图读懂他的表情。他的脸上小心地保持着一片空白。

"得了吧,海莉。"他向我投来一个不相信的眼神,"你们总是在一起,到处溜达,还拉着手。"

"我们只是朋友。"

我在想他是不是也像我一样轻易地听出了我声音里的失望。

"朋友,仅此而已。"我微笑着说,就像对这一点感到高兴一样,但这一次尽量说得认真。

卡勒姆给了我一个长长的、探寻的表情,我忍不住低下了头,拿起一个沾满咖喱的盘子用洗碗布狠狠地搓洗它。

"是啊,好吧,"他对着我的头顶说,"也许这样倒好。"

"你这话是什么意思?"我没有抬头,但我尖锐的声音很凶。

这是我发出的警告,我希望他退让,但这个全新的拳击手卡勒姆从来不在任何交锋中退让。

"看看他的爸爸和哥哥,海莉。他们家里都是麻烦制造者,你应该离他远一些。"

"利亚姆都不太认识他爸爸,"我激动地说,"利亚姆五岁的时候他就不在了。"

"不在了,"他嘲笑道,"你是指在监狱里吗?那他哥哥呢,啊?他

---

① 小仙女洗洁精,宝洁集团旗下产品。

是个凯尔特人渣。刚刚从波尔蒙特青年犯监狱里被放出来，因为殴打了一个本应是他女朋友的姑娘。"

我张大嘴巴看着他。他忘了他自己的朋友对我的脸做了什么吗？达伦的肩膀上可没有文着凯尔特人的文身。

卡勒姆明白了我在想什么，他的脸黑了下来。我们从来没谈到过达伦，他只是神秘地消失了。卡勒姆已经"解决了"，指节都打出了血，而我再也没见过达伦。据我所知，他没来我们家，也没去拳击俱乐部。我们没有提起这件事，但我意识到现在卡勒姆在责怪他自己。他当时就不喜欢我跟达伦交往，他知道达伦本质上是一个用拳头思考的暴徒，但他却没反对这一次，他似乎决定不再冷眼旁观。

我很感动，但利亚姆不是达伦，也不是艾登。

"利亚姆跟他哥哥完全不一样。"我嘶声说。

卡勒姆张开嘴想继续反驳，这时爸爸蹒跚着走进了厨房，手里拿着空的威士忌玻璃杯，眼睛看着酒柜，我暂时得到了解救。

这件事让我非常烦恼，一小时后，我详细地对利亚姆复述了一遍。那天晚上我们罕见地待在室内，他妈妈去历德超市上晚班了，艾登跟朋友出去了，可能一整晚都不回来。我们在利亚姆的房间里待着——以防他哥哥提前回来，如果他心情不好的话我就能从这间位于一楼的公寓窗户里翻出去——利亚姆听完了整个故事，一次也没打断，但他的脸色越来越不好，然后彻底愤怒了。

"我从来没打过你，"当我终于讲完以后，他说，"我从来没打过女孩儿。"

"我知道，"我说，"我跟卡勒姆这么说了，他就是……"我吞吞吐吐，找不出一个词能准确地形容卡勒姆。

"艾登也跟我说了同样的话。"利亚姆温柔地说。

"跟你说了什么？"我没有接话，而是问他。

"关于你和我，说我们不应该交往。"

"但我们没有。"我抗议道。

　　"我知道。"他停顿了一下,"我们为什么不呢?"

　　我看着他,没有回答。因为我的嘴巴突然很干,我的胸口有一种奇怪的感觉,让我喘不过气来。就像是既兴奋同时又很害怕,被车大灯照到的兔子。

　　"什么?"在一阵痛苦的沉默之后,我终于动了动嘴巴。我觉得我根本没发出任何声音,但利亚姆似乎能理解我。他对我轻轻地微笑,接着在床上移动,向我靠近。我胸口那种奇怪的感觉超速了,我的心脏狂跳,在我的肋骨后面像一头困在笼中的野兽一样乱蹦。

　　"我们为什么不交往呢?"他向前倾过来,轻轻地问。

　　"我们出去的啊,"我说,"但现在在下雨。"

　　什么鬼?闭嘴,海莉,你这白痴。

　　但他又笑了:"我不是那个意思。"

　　我想不出任何聪明的话可以说,所以我只好保持沉默,气氛变得浓稠而深沉。我移不开与利亚姆对视的目光,接着他捧起我的脸,把我的脑袋拉向他,广播里传来的低沉的音乐声被我自己的呼吸声盖过。

　　这跟我们第一次接吻完全不同。我不用害怕自己手足无措,也不用害怕我哥哥会进来。我也没有因为不知道手该放哪里,或我的嘴唇很干而紧张。我既不紧张也不害怕。

　　我很恐惧。

　　因为这是利亚姆和我,我太渴望这一切了,而我们走到了这一步——终于——在这一刻。那样脆弱,那样短暂,就好像随时可能化成灰一样。于是我几乎不敢呼吸,不敢动。除了心脏快要爆炸、胃里搅动的感觉,我几乎注意不到其他任何东西。但当利亚姆的手从我的下巴向上伸进我的头发,抓了满满一把,然后带着我向他靠近时,我忍不住呻吟了一声。

　　这声音似乎让他变得更加大胆,他把我推倒在床上,接着在我身边躺下,一只手把我的头发从我脸上拨到后面,另一只手抚摸着我的胳膊。是我把身上的衣服从头顶脱掉,是我笨拙地解开了他牛仔裤上的皮带,是我拉着他压在了我的身上。

艾登

我不敢相信。那个小浑蛋是彻底傻了吗？我真是没想到那个蓝鼻子女人回来了，而利亚姆使劲讨好她。我亲眼看到他们两人拉着手在街上闲逛，她还微笑着。好啊，如果她爸爸看到他们俩她还笑得出来吗？不会，因为他觉得我们是废物。

虚伪的酒鬼。汤姆森家显然没有镜子让他照照自己什么样子。

我不可能支持他们。我的兄弟不能跟新教徒搞在一起。没门儿。

他试图从家里溜出去时被我抓到了，不用想也知道他要去哪儿，跟她出去呗。我拽着他的领子把他扯回来，抵在墙上。他最近块头大了很多，几乎跟我一样高了，而且这个小蠢货居然还有脸瞪着我。

"她是个新教徒，利亚姆。"我倾身向前，告诉他，确保他在注意听我说话，"一个肮脏的新教徒！"

"闭嘴，艾登。"他咆哮道，推开我挤出去。但我更壮实，年纪更大，也更坏。我把他推回去，这还不算完。

"我可不要一个爱上新教徒的叛徒弟弟。绝对没门儿。"

"我不会停止跟她见面的，你能怎么样呢？"

我能怎么样？

我不是一个很擅长威胁的人。我揪住他的衬衫领子把他往前拉，拽得他踮起脚尖，这样我跟他的脸近在咫尺。

"我能怎么样？我先解决你，如果不起作用的话，也许我会去拜访拜访她……"我把话头留在这里，确保利亚姆知道我什么意思。

"离她远点，艾登。"

"你离她远点，我就离她远点。"

17岁

卡勒姆

　　我躺在床上，盯着卧室的天花板，第一千次想到希瑟正在干什么。我想象着会不会有另一个版本的我正坐在她的身旁上英语课，并注意到她有多么漂亮，多么聪明，多么甜美。我给她打过几次电话，但这并没有缓解我心中的痛苦。事实上，这反而让情况变得更糟了，我们似乎已经没有什么可聊的了。我感觉她像是在比几百英里还要遥远得多的地方，也许在火星上。

　　但我觉得我已经开始忘记她了。我猜干净利落的分开起了很大作用，没有漫长的、拖拖拉拉的告别。前一秒她还在这里，下一秒她要走了，再下一秒她已经走了。有一阵子我像只被抛弃的小狗一样消沉，但我的生活中还有很多事发生，想念希瑟被推到了我脑子里很靠后的位置。

　　而最靠前的那件事现在就在卫生间里，正努力压抑着呕吐时的声音，就像她过去一周以来每天早上所做的那样。我一开始没有太注意，以为她只是生病了之类的，请假在家休息个一两天就能恢复健康。

　　只不过她没有请假，也没有跟妈妈或爸爸说，甚至在我问她有没有事的时候对我不理不睬。

　　接着是情绪变化。我妹妹平时是活泼阳光的，虽然偶尔有点烦人。但近来她不再是这样了，她在家的时候会一直待在自己房间里，洗澡时不再唱歌，不再取笑我的头发、我的音乐品位或可能喜欢我的人。不再为了看那些糟糕的跳舞节目而跟爸爸吵架抢遥控器。她变得孤僻而沉默。有几次我从她房间前溜过去的时候，听到了奇怪的抽鼻子声和不规律的呼吸声，让我觉得她在哭。

　　最终让我盖棺定论的是她的胸部明显变大了很多。海莉非常瘦，她虽然有胸……也仅仅是有而已。现在她却升级成了贝蒂娃娃①，只不过穿得更保守一些。她试图用宽大的外套和羊毛衫来隐藏。

即使注意到了所有这些事，我还是花了几天时间才根据这些线索推测出她怀孕了。然而一旦我想到了这一点，事实就显而易见了。

棘手的是要怎么处理这件事。我的本能反应是找出孩子爸爸然后撕了他，像解决达伦那样解决掉他。我很享受那件事，非常享受，这有点吓到了我自己。我不想回想那件事——我讨厌记忆带回那令人作呕的罪恶感——但海莉害怕而痛苦的哭声侵蚀着我的大脑。

这次登场的是利亚姆，该死的麦加菲尼，孩子最亲爱的爸爸。他们有一年多没见面了，但达伦的事把她推回了他的陷阱里。有一段时间她告诉我他们只是朋友，而我相信了她。但接着情况就变了，海莉从来骗不过我。过去六个月里她都跟那个天主教小子在一起，而现在他把她弄怀孕了。

我叹了一口气，翻身下床。杀了利亚姆的选项淘汰了，因为那样并不能解决问题，而且海莉会因此而恨我。出于某种神秘的原因，她被他迷得神魂颠倒。第二个选项更难，更不吸引人——该跟她谈谈了。

我打开房门蹑手蹑脚地穿过大厅，轻轻贴在卫生间门上仔细地听。那个声音停止了。

"海莉？"

没有回答。我尝试去转门把手，轻易就转动了。卫生间里空荡荡的，残留着呕吐物的酸味。我很高兴自己没有目睹那个过程，转而去她的卧室。正在我又要敲门的时候，左边突然传来一阵刺耳的哔哔声，阻止了我。那是妈妈的闹钟。我静静地退开，如果我要跟海莉谈的话，一定要私下里谈。

去学校的路上也不好，听力所及范围之内人太多了。课间休息时间太短，但午餐时……我想也许我能用请她吃薯条的借口把她骗到街上，然后我们找一个没人会偷听的地方，但我还不知道什么地方能符合这个要求。

然而这不重要了，因为海莉很快就破坏了我的计划。我知道她中午最后一节课是法语课，而我在楼下一层上历史课，能很轻易地比她先到餐厅，

① 贝蒂娃娃，美国卡通人物，形象性感。

在她排队打饭之前把她抓出来。但坎贝尔先生一直在讲二战的历史政治背景，然后他又使脸色让我们坐回去，因为他忘了让我们填一个登记表。等我出了教室的时候，正好看到海莉一个人消失在大门外。

出于好奇，我远远地跟着她，混在朝主街走去的大群学生中间。我不需要跟太久，因为海莉转过体育中心的背后，走上了通往火车站的路。站台上已经有一趟火车启动了，她上车后没一会儿火车就开走了。

她到底要去哪儿？

我茫然地站了一会儿，然后从兜里掏出手机。我应该给她打电话吗？我用手指点了点手机屏幕，但又把它放回了裤子口袋里。我要等。但她不可能在一小时内回来，火车的发车频率没那么高。还有很多时间可以吃薯条……

海莉

上帝啊，我怎么能那么蠢？

我坐在公共厕所冰凉的地砖上，用腿抵着坏了的隔间门，把世界的其他部分隔绝在外，大哭起来。这里很脏，有一股浓烈的漂白剂味和尿味。厕纸、口香糖和卫生棉包装袋散落在地上，但我却动不了，而是盯着我手中的那个东西，好像我能用意念改变这个事实一样。

怀孕。

我早该知道的。几个星期前我就该知道的，但我却拒绝面对。消失的月经只是其中一个迹象，还有呕吐——反正学校里很多人都有胃病。我一直拖着，但接着开始感觉到了疲劳，所有的内衣都穿不上了，第二个月的月经也没来。我再也不能继续无视下去了。

我坐火车来格拉斯哥买验孕棒。拉克霍尔没有安全的地方，汉密尔顿也好不到哪儿去，总有被别人看到的风险。但在城里，在工作日……

但我还是很多疑，不断回头看，在三个商店里都退缩了。我在博姿①买了一大堆我不需要的东西，只为了藏起两支验孕棒。然后我盯着结账台上的口香糖架子，这样就不用看到售货员审视的目光。到了要扫两支验孕棒的时候，她停顿了一下，拿起其中一个盒子，我慌了。买验孕棒有年龄限制吗？她打算让我出示身份证明吗？

"这一支要怀孕满六个星期才能用。"她举着那个盒子对我说。

"好的。"我结结巴巴地回答，慌忙回头确认有没有人在盯着我。

我选那一支是因为它号称自己是最准确的，也是最贵的，但我想这钱花得值。

---

① 博姿，英国连锁医药经销商。

　　她对于做完自己的工作感到很满足，把我买的其他东西也都推过来，我付了现金。然后我尽可能快地走进了最近的公共厕所。

　　我的手抖得太厉害，差点把第一支验孕棒掉进了马桶里。六十秒后它变成了蓝色。第二支更糟，它不是出现一条蓝线，而是用加粗的黑体字直接写着"怀孕"。

　　怀孕。

　　我在想什么？第一次，好吧，那次不是计划好的，而且我当时太迷乱了，根本没顾得停下来想保护措施的事。但第二次，还有第三次……

　　我们太愚蠢了，靠着运气鲁莽行事。能跟对方亲密接触的私密机会太少了，以至于我觉得自己肯定没事，肯定很安全。现在我的运气到头了。

　　我该怎么办？

　　我又在地上坐了至少一个小时，无神地盯着空气，哭哭停停，直到腿变得麻木，背开始发酸，双手因为冷而颤抖。然后我站了起来，回家。

　　当我从火车上下来时，卡勒姆正在等我。

卡勒姆

　　海莉离开了三个小时。我坐在地下通道附近的长椅上看着每一趟进站的火车。一些人向我投来怪异的目光——我穿着校服，而现在显然还是上学时间——但没有人说什么。接着，就在我以为她不在这趟车上，准备放弃时，海莉出现了。她脸色苍白，手里抓着一个博姿的袋子。突然我一下明白了她是去干什么。

　　我站了起来，在一个我知道她肯定会注意到的地方等她。

　　她看到了。

　　"你在这儿干什么？"她结结巴巴地问，脸色开始——如果还有可能的话——在看到我的一瞬变得更加苍白了。

　　我差点笑了。

　　"你在这儿干什么？你逃学了？"我指着她手中的袋子回道。

　　她试图不理睬我。

　　"是啊，没错。我需要购物。"

　　我打赌你的确需要，海莉。但这儿也卖那些东西。

　　但我只是挖苦地笑着，摇了摇头。

　　接着我转身走了，我知道她会跟上来。

　　"你还记得那个笑话吗？"我转身看着她问，等着她加快脚步跟我并肩而行，"一个男孩儿去药房，向柜台的女孩儿买了差不多五件东西，然后才买了避孕套的笑话？"她的脸变白了，吞了一下口水。"你在博姿买了多少东西之后才买了验孕棒？"

　　从那个袋子鼓鼓囊囊的形状来看，应该是买了店里一半的东西。

　　我妹妹陷入了沉默。

"海莉？"

"我不知道你在说什么，"她喃喃地说，"什么验孕棒？"

她撒谎一直都很差劲。

我冷眼盯着她。我已经知道了。她知道我知道了。该结束这些废话了。

"检测怀孕的验孕棒，海莉。"

一段长长的冰冷的沉默。

"你都告诉谁了？"她终于问。

好吧，她至少反击了。

"谁也没告诉。"轮不到我去告诉妈妈和爸爸，虽然我并不羡慕她的这项优先权。然而，还有个人需要知道。"你都告诉谁了？"

"谁也没告诉。"她小声说。

听到我比利亚姆先知道时，我感觉到一丝不正常的愉悦，但没有持续太久。我妹妹的痛苦太令人心碎了。

"你打算什么时候告诉他？"我问。

虽然我不想让他知道，但我知道她得告诉他。

她抬头看着我。

"今晚。现在。"她的声音颤抖着。

"走吧，"我拉住她的手，"我送你过去。"

但利亚姆那天晚上没能知道，因为妈妈抓到了我们。

海莉

学校给她打了电话，所以她知道了。当我午饭后没有再次出现时，我的名字就被标记在了电子登记表上。他们给家里打了电话，吵醒了我妈妈——她上的是夜班——然后她整个下午都在给我的朋友们打电话，在拉克霍尔到处找我。她甚至去了利亚姆家，但他当然不在，他在学校。艾登倒是在，他骂了她一通，对她的心情毫无助益。

回家的路上她什么也没对我说，步子大得我得小跑才能跟上。卡勒姆跟我们一起，依然拉着我的手，时不时地捏一下，让我知道他在那里，在我身边。

更糟的还在后头：我爸爸在家。我被押进客厅，被迫坐在沙发上面对着父母——一道统一战线。卡勒姆挪过来坐在我身边，但爸爸斥责了他，他只好退到了角落的扶手椅上。我孤身一人了。

"你到底，"妈妈的声音虽然很低，但却因难以克制的怒火而颤抖着，"去了哪儿？"

我忍不住，我开始哭——然后说出了真相。

没有人说话。很长很长时间，都没人说话。卡勒姆看着我的父母，他们瞪着我，而我则用红肿的眼睛盯着地面，像是要烧出一个洞来。

我爸爸打破了沉默。

"谁的孩子？"

我闭上双眼，吞了一下口水，喉头有一个很疼的肿块。但在我开口之前，妈妈先回答了。

"别傻了，你觉得会是谁？"

我抬起头。爸爸看起来很困惑，而妈妈则一脸嘲笑。

"她已经跟那个男孩儿约会六个月了，看在上帝的分儿上。"

我傻眼了，她怎么知道的？我以为除了卡勒姆之外没有人知道。我扭头盯着他，他赶紧摇了摇头。他什么也没说。

"谁？"我爸爸大喊着，他被惹怒了，而且他似乎是唯一一个不知情的人。

"利亚姆！"妈妈吼回去，好像这是显而易见的一样，"利亚姆·麦加菲尼。"

"什么？"

妈妈的怒火我已经忘到了脑后，我全部的注意力都集中在爸爸身上，他看起来危险而暴怒。

"你是在告诉我你一直在跟那个……天主教小子约会吗？"他把所有的恨意都咬进了那个词中，"背着我，像个下贱的妓女一样跟他睡觉，现在还怀了那个芬尼亚渣滓的孩子？"他的声音越来越高，以至于最后三个词完全是冲我尖叫。

妈妈把手放在他的胳膊上，但被他甩开了。他喘着粗气，像是刚跑完步一样。我从来没有像现在这样害怕他。

但这并不意味着我会静静地坐着承受他的怒火。

"这不只是利亚姆的错，我也有份。"

我不知道我哪里来的勇气说话，但我不准他把一切都算到利亚姆头上。我跟他一样有罪。

妈妈对我摇头，她紧紧地抿着嘴唇，睁大眼睛。但我拒绝退缩，我又坐直了一些，虽然我的心脏正因为惊恐而重重地跳着。

"是这样吗？"我爸爸咆哮着，"好，让我告诉你，海莉。这件事到此为止。你再也不准见他了，永远。而且你要去医生那里把这个错误，"他指了指我的肚子，"解决掉。"

"爸爸！不！"我颤抖着双腿站起来，"你不能这样做！"

"不，我能！"

"妈妈！"我从爸爸面前转身，他脸上的暴力倾向让卡勒姆从椅子里站了起来，肌肉紧绷着。我看着妈妈，"妈妈，帮我！"

但她没有。她只是站在那里，静静的，让爸爸做出了裁决。

"我不会的。"我狂怒地低语。

"你会！"爸爸嘴边带着唾沫，"如果我把你揍一顿然后关在房间里直到事情解决，你就会！"

妈妈发出了一个含糊不清的声音，但没有反对他。我求助于剩下的唯一一个人：卡勒姆。从我们一起待在子宫里时他就是我的盟友。

他看起来准备介入，如果情况变得暴力就插手。但当我看着他，用眼神向他求助时，他严肃地跟我对视了很长时间，然后看向了别处。

我孤立无援，绝望中再一次试图跟爸爸讲道理。

"求求你，"我小声说，"求求你，爸爸，我们能不能谈一谈——"

"从我眼前滚开。"他咆哮道。

我跑回了我的卧室，扑倒在床上哭个不停。

五分钟后妈妈进来了，但她什么也没说，而是拿走了我的手机，我的笔记本电脑，然后关上门走了。

利亚姆

跟海莉在一起是天堂,绝对的天堂。我们依然必须偷偷摸摸,躲着她的爸爸和哥哥,但在一定程度上这增加了更多的乐趣。就好像我们在取得某种个人的胜利一样,在他们的鼻子底下发展秘密关系。这也让我们在一起度过的时光——我是指真的在一起,显得更加特别。

但天堂不会长久,对于我这样的人不会。

我注意到有些事情不对,还不确定,只是一种感觉。当我们俩在一起的时候,我感觉到海莉心不在焉。她要花更多时间才能笑出来,她眼中有一种奇怪的神情,就像身在某个很远的地方。我注意到了,但我什么也没说,我很怕搞砸了这一切。如果有问题的话,我不想去应对,不想让我的泡泡破灭。

我真傻,因为接下来发生的事让我的泡泡破成了千万块小小的玻璃碎片,每一片都留下了细小的划痕。

海莉失踪了。

不是寻常意义上的失踪,没有警察在搜寻,也没有寻人启事,新闻中也没有她父母的哭诉。因为她仍在那里,依然在走着、活着、呼吸着,她只是从我的世界里消失了,就像一个画家把手伸进自己的画里把她擦掉了。

一开始我还不明白。我给她发短信、打电话,然后等待回复,接着继续发短信打电话。没有人回应。我想也许她的手机被偷了,于是我发了电子邮件,我登录 Facebook 和 Instagram 等她上线。什么也没有。一个周末过去了,接着从星期一到了星期二,我开始渐渐明白,我被删除了。

我在脑子里回想了我们最后一次见面时的对话,想找到我说过的什么话,做过的什么事,能解释她为什么要突然躲开我。但我什么也没找到。

她到底怎么了？

到周三结束时我已经快疯了，差点害自己被停了课，因为我的注意力无法集中在任何东西上，除了她。她在哪儿？她在想什么？我做了什么？我第一百万次拿出手机，抱着一线希望，期待能有一条短信或一条语音留言来解释这一切，让我明白这痛苦到底有什么意义。平时跟我关系还不错的经济学老师没收了我的手机，这是他的课堂上的标准政策，只要你拿出手机，就会被没收一整天。

不能是今天。我不能放弃我跟海莉之间唯一的联系。万一她给我打电话怎么办？

"抱歉，先生。"我尽力朝他做了一个抱歉的表情，然后把手机塞回口袋里。

"没门儿，麦加菲尼。"他敲了敲他的手指，"交上来。"

"我不能，先生。"我回答，用手捂着口袋。

"不能？什么意思，你不能？"

"我在等一个重要的电话，先生。"

纳尔逊先生给了我一个不信的表情。

"你是个青少年，麦加菲尼。你能有什么重要的电话要等？"他抬起一边眉毛，班上其他同学发出了一阵窃笑。"交上来，孩子。"

不。

"我不能，先生。"

他叹了口气："利亚姆，想一想。这真的值得吗？"

今天是值得的。纳尔逊先生似乎从我脸上读出了这句话。

"好吧，你自己去葛莱斯先生的办公室。把你的东西也带上，快到下课的时间了。"

我闭口不言，三十秒后来到了"坏脾气"的办公室门前。我跟教会中学的校长打交道的次数不少，但最近没有。他看起来并不高兴见到我。

"这到底怎么回事？"

"纳尔逊先生让我来的。"

"为什么？"

"因为我不愿意上交我的手机。"

"为什么不交？"

"我在等一个重要的电话，先生。"

"哦，是吗？什么电话？求爱电话？"

他大笑起来，但他不知道他其实猜得很准。

"好了，利亚姆。交给我，你放学的时候可以来领。"

"抱歉，先生，但我不能。"

"坏脾气"叹了一口气，把正在看的文件放到一旁，把所有注意力都放在了我身上。他坐在桌子后面看着我，灰色的眼睛上方浓密的白眉毛拧成一团，思索着下一句对付我的话。我打赌他一定会使出"老师是为了你好"这个套路。

"听着，利亚姆，你去年已经改变了自己。你哥哥离开了，只剩你自己。我一开始有点担心你，但你表现得不错。"他停顿了下，增强我的信心，然后再使用愧疚的绊索，"但现在，现在你已经过了离校年龄，你还在学校是因为你想接受教育，你能留下是因为我的同意。而校规说上课时不准把手机拿出来。交给我。"

不。我不会这么做。先生。

我挪了挪肩膀上的书包，盯着他。他怀疑地看着我。我知道，下一步要来了。校长让你干什么，你必须得干，否则就得承受后果。

走运的是，他心情不错。他皱着眉，身体前倾，把胳膊肘撑在桌子上，双手指尖对在一起。

"麦加菲尼——"现在是叫麦加菲尼了，而不是利亚姆，他是认真的，"把手机交过来，否则就去做六倍的惩罚练习题。"

"请让我接受惩罚，先生。"

晚上我等海莉电话的时候也好有些事可做。

他翻了翻白眼，伸手拿过一摞练习题。

"反正是你的晚上时间，麦加菲尼。肯定是个天大的电话。拿着，现在给我消失。今天剩下的时间里把手机藏好，否则你就回家去。也许永远不用再来了。"

"是，先生。"

但这纯粹是浪费我的时间，浪费了我的晚上和努力奋斗来的好名声，因为海莉没有打电话，也没有发短信，而我打给她的十个电话——课间时，午餐时，午休时，在回家的公共汽车上——她都没有接。

没有别的办法，我只能到那个地方去了。我已经不在乎她爸爸会不会知道我们的事了。他能做的最坏的事是什么？阻止我们见面？反正我们已经没了联系，不再见面了。而且我的直觉告诉我，他在某种程度上参与了这件事。

我先做了惩罚练习题，潦草地写完了六倍的单调废话，到最后我的手都抽筋了，用完了两支圆珠笔。已晚的天色，几乎给了我勇气去站在海莉她爸爸的门前按响门铃。

我回家后穿上了我的凯尔特人外套，因为公寓里很冷，但出门前我换掉了它，套上了一件黑色的连帽衫。一想到我还要考虑自己穿什么，这让我觉得很烦，但故意去火上浇油没有任何意义。他是仙境的守门人，如果我还想有一丝希望通过他见到海莉，就必须让他高兴。

我出发了，心中翻江倒海。我将从她爸爸那里得到什么反应，这让我觉得很紧张，但更要命的是，我担心会是海莉自己开门并把门在我面前关上。

我知道他们在家。客厅窗户里的灯亮着，虽然帘子放了下来，挡住了在离门最近的房间里徘徊的那个身影。但我怀疑那不是海莉，因为楼上的一盏灯也亮着，就在那个最小的窗户里，她的窗户。有一瞬间我考虑用石头扔她的窗格来吸引她的注意力，把她引到窗边，但我知道以我的运气可能会砸到玻璃。而且如果她爸爸抓到了我往他们家房子扔东西，一定会报警的。再说，我也早过了那样做的年纪，不该再采取胆小鬼的方式。深吸了一口气，我打开大门走上了小路。我按了门铃，但却没有声音，于是我敲了敲信箱。

　　一阵短暂的安静，接着走廊的灯亮了，一个影子向我走过来。片刻之后，海莉的妈妈站在了打开的门口，身上依然穿着护士服。她的脸上一开始带着礼貌的好奇，但当她看到是我后，脸色阴沉了下来。

　　"利亚姆。"她冷冷地说。

　　"嗨，汤姆森太太。"我试着微笑，但那寒霜一样的欢迎在我笑出来之前就扼杀了它，"海莉在吗？"

　　"我得请你离开。"

　　这意味着：是的，她在家。我试着看向海莉妈妈身后的走廊，但她侧向一边，把门缝关得更小了些，把家中其他地方挡在了我的视线外。

　　"汤姆森太太——"

　　"回家去，利亚姆。"

　　"我想见她。"

　　"是谁？"一个声音从她身后传来。是一个男人的声音，显得更老一些，并且有些醉意。是海莉的爸爸，而且他听起来很烦躁。

　　"谁也不是。"她回答的速度太快了，显然不是真的。

　　没错，汤姆森太太。谁也不是。只是住宅区的那个浑蛋小子而已。谁也不是。

　　"你得离开，"她小声说，"现在。"

　　"但——"

　　"请离开，利亚姆。"

　　她目光灼灼地看着我，我知道她是在向我发出警告。现在就离开，否则海莉的爸爸就会出来给我好看。这不是一个空洞的威胁，但我还没准备好放弃。

　　"我不见到她是不会走的。我想知道发生了什么事。"

　　"你不能进来，利亚姆。而且她也不会出去。所以回家吧。"

　　我盯着她，咀嚼着她的话。我不能进去，但海莉不是不想见我，而是不能出来。他们不准她出来。我明白了，不是海莉删除了我，是她的家人，她的父母。我确定。我希望是。上帝，我希望是。

海莉的妈妈瞪着我，我听到她身后的客厅里传来了动静，是大声的、沉重的脚步声。这下我没有了选择，只能慢慢地退回小路，摸索着倒退出了大门。最后一刻我抬起双眼，盯着海莉的窗户，希望能看到一张脸或晃动的窗帘。什么也没有，灯已经灭了。我别无选择，只能回家。

但我没有放弃。第二天我在午餐时从学校溜了出来，搭乘 253 路公共汽车回到拉克霍尔，去了市立中学。我不敢在大门前晃荡，因为身上还穿着教会中学的校服，我不想引来不必要的注意，不论是来自老师的，还是来自午休时无所事事的高年级学生。我站在了路的尽头，那条我知道她回家时会走的路。天下着雨，等到三点半铃声响起时，我已经湿透了。学生们蜂拥而过，用疑惑的眼神看着这个湿淋淋地站在大雨中、穿着教会中学校服的孩子。一些年纪更大、更凶恶的男孩子对我威胁地咆哮，但天气太冷了，他们懒得来找碴。虽然很不舒服，但下雨其实对我是有利的。

然而，这也是浪费时间。我早该认出停在学校外面的那辆破破烂烂的宝马车。我听到了它发动时的声音，咳喘着活过来，接着在司机试图让它跑起来时引擎开始高速运转。我看到它时露出了一个嘲讽的微笑，很同情那个要坐进这堆垃圾里的傻瓜。然后我看到了熟悉的半躲在一本被用来当作雨伞的课本下面的深色头发。我的心被牵动，接着沉了下去，因为我看到海莉钻进了副驾驶座，而卡勒姆像个打了类固醇的保镖一样护送着她，然后自己坐进了后排。汽车小角度地掉头时排气口发出啸叫，接着加速开走了。海莉的爸爸从车窗往外弹烟灰时我看到一个小小的光点掉进了路边水沟。

又失败了。

只剩下一个人可以试一试了。卡勒姆跟我关系不怎么样，但他不是他的爸爸，就像我不是艾登一样。而且他知道海莉和我的事，知道这六个月我们在一起的时间里都发生了什么。海莉对她的双胞胎哥哥保密的水平特别差。我希望他现在意识到了我多么关心他妹妹，我希望他能给我五分钟时间，就算不看在我的分儿上，也要看在他妹妹的分儿上。

但要找到他并不容易。自从他妹妹得到了免费的顺风车后，他也不再走路上下学了。天气也越来越不好，而且我觉得再去他家门前一次绝非明智之举。再说了，我怀疑他们家父母允许我跟卡勒姆说话的可能性并不会比允许我跟海莉说话高多少。

但他依然在练拳击，每星期有三个晚上他会去维琪街的步兵团中心训练。这机会并不理想——他通常会跟俱乐部的朋友们一起走，而我并不想在他脑袋里还残留着暴力和击打的时候去找他——但这是我最好的机会了。

我回家换了衣服，等着雨停。从我最后一次见到海莉到今天已经过了两个星期。也不算太长时间，但感觉却像过了一生，接下来的两小时也一样。天色已经够晚，雨也停了，于是我吃了一点过期的减价的即食餐之后，出发前往步兵团中心。

一开始我以为自己不走运。九点刚过，一批男孩子和男人从里面走了出来，消失在了小巷或汽车里，但卡勒姆的身影却没出现。他一定不会偏偏在今晚决定缺席训练吧？我决定再多等一会儿，以防万一，而事实证明这是一个明智的选择。五分钟后卡勒姆跟一个年纪较大的人一起从俱乐部出来，从灰色的头发和拉到腰的运动服来看，我猜那人应该是教练。他们聊了一会儿，然后教练朝他的车走去，而卡勒姆显然是朝我这边走来。完美。

我等到他差不多走到我面前时才从阴影中走出来。我看到他的身体紧绷起来，双手握成拳头，准备打架。拳击手的本能反应。

"嚯！"我说，把两只手举起来表示投降。

他看清是我时眼睛眯了起来，但他放下了拳头，掠过我向大街走去。我咬了咬牙，紧追上去。

"卡勒姆，卡勒姆，朋友，等等。"

他真的等了。实际上，他完全停了下来，然后转身面对着我。我后退一步，退到他一臂以及他脸上的怒火之外。

"我不是你的朋友。"他咆哮道。

"好。"我再次抱歉地举起手，"我很抱歉。我只是……需要跟你谈谈。求你了，卡勒姆。"最后我的声音低了下去，变成了恳求。我太绝望了。

他考虑了一会儿，拳头握紧又松开，接着他转过身背对着我，走了。

"卡勒姆！"我追上他，跟上他的步调。他斜睨了我一眼，但这次没有再试图甩掉我。

"卡勒姆，告诉我这是怎么回事。"

"我没有什么可对你说的，利亚姆。"他说出我名字的方式就仿佛它是句脏话，也许在他家里的确是句脏话。

"她为什么不接电话？"

他无视我。

"为什么她放学要人接？"

更多的沉默。我固执地继续问下去。

"为什么不准她见我？"

卡勒姆把手塞进他的皮夹克口袋里，也许这样才能不让它们揍我。然而，我注意到他并没有否认这个问题。

"卡勒姆，我不知道我到底做错了什么！"

这一句有了效果。他把手从口袋里拿出来并掐住我的脖子，速度太快了，以至于我被按在墙上时才反应过来。

"你不知道你到底做错了什么？"他几乎是贴着我的脸，眼睛里燃烧着愤怒，"你毁了她的一辈子，这就是你干的好事！你甚至都没想过，对不对？而现在她被留下面对这一切。你——"

他突然停下，咬牙瞪着我。我知道他在准备挥拳揍我，但我却动不了。他掐在我喉咙上的手快把我扼死了，我甚至连话都说不出来。接着就在我以为拳头要打过来的时候，却结束了。他松开了手，从我面前退开，然后他全速往山上跑去，留下我在加油站耀眼的黄色灯光下弯着腰喘气、干呕。

"卡勒姆！"我试着在他身后喊他，但发出的声音却嘶哑而破碎，他根本听不到。

无所谓，他早已跑远了，留下了一大堆新的疑问。他说那些话到底是什么意思？

海莉

我必须等两个星期才能排到我的"手术"。两个星期的地狱。而最糟糕的是利亚姆完全不知道发生了什么事。

他必须知道，在那之前。

在那两星期里，我要用尽所有的手段才能联系到他，因为我生活在一座监狱里，就像利亚姆的爸爸待的那个地方，也许还要更糟。我爸爸每天接送我上学，我晚上不许出门，周末也不行。我的父母开始在睡觉时敞着卧室门，这样他们就能知道我去了几次厕所。我几乎一直待在自己的房间里，躲着那些啧啧声和失望的表情。我甚至无法忍受跟卡勒姆说话，因为他不愿意帮我。他同意妈妈和爸爸的做法，想杀死孩子。

而利亚姆，可怜的利亚姆，被丢在了寒冷中。他一定给我打了一百次电话，然后才意识到我没有手机了。他来了家里，他试图在放学后找我，他在卡勒姆练完拳击回家的路上拦住了他。没有人会跟他说话，而我不被允许。无论任何一种方式，门都在他面前关上，而他并不知道原因。这一点超越了其他的任何想法，使我泪流不止。

因为这不是我一个人的孩子，而是我们的孩子。

妈妈和爸爸态度极其坚决。卡勒姆直到现在态度也非常坚决，但他是我唯一的希望了。我抓住了他一个人关在房间里写作业的机会。我也被布置了同样的作业，但我无法去面对它。我怎么可能专注于数学这样单调的东西？

我进去时他抬起了头，当他看到是我时，脸上的表情扭曲了。他知道我想要干什么。

"你在干什么？"我问，试图愉快地开启对话。

我的企图显而易见。因为我已经很多天没有跟卡勒姆或家里的任何人说过话了。

然而他足够礼貌地回答了我："写作业。"

"好吧。"浪费时间是没有意义的，"卡勒姆，我需要你的手机。"

"为什么？"

这比直接拒绝好一些，但却是一个愚蠢的问题。他觉得能是为什么，还是说这是个测试，为了看我会不会撒谎？我没撒谎。

"我需要告诉他，卡勒姆。"

他吁了一口气，放下了笔，从桌子旁移开。

"坐下，"他对着床点点头说，我顺从地坐了下来，"你为什么想告诉他？"

我只是盯着他。他觉得能是为什么？

他看到了我眼神中的震惊，匆忙开始解释。

"我的意思是，你想得到什么呢？你想让他改变妈妈和爸爸的想法吗？那是不可能的。"

他说得轻柔却坚定。我苦笑了一下。

"这不该是由他们来决定的，卡勒姆。应该是由我们！"

"决定已经做好了，海莉。"卡勒姆的声音依然很低，但也依然坚定。他想让我接受这件事，我知道。

"不是我做的！"

"这是妈妈和爸爸的房子。你住在这里，就得按他们的规矩生活。"

他直接引用了爸爸的话，使用那些每次我试图跟父母讨论这个问题时都会听到的字眼。

"好吧，既然如此——"

"不。"在我说出我心中那个在过去的每一天都越发有吸引力的想法之前，卡勒姆打断了我，"不，海莉。不行。"

我执拗地怒视着他，卡勒姆平静的外表第一次破碎了。他从椅子上站起身，从房间那头走过来俯视着我。我绷紧身体，心想他一定要开始大吼了。但他却轻轻地握住了我的双手。

"好好想一想。"他柔声说。

"我想过了！"

"不，真正地想一想。如果你和利亚姆一起奔向夕阳，就此私奔，你觉得究竟会发生什么？事实是，你会没有地方住，没有钱用；你会没有妈妈和爸爸帮你；你甚至不知道要怎么照顾一个小宝宝，海莉！你有抱过小婴儿吗？你会被迫离开学校，会没有学历，利亚姆也会没有；你会没有——"

"我会没有你？"我问，声音小得像是耳语。

卡勒姆捏紧我的手，努力挤出一点微笑。"你永远都会有我。"他慢慢地摇了摇头，"但这不是正确的方式。求你了，海莉。我想让情况对你最有利，而我觉得这样就是。"

他确实是，他真的真的这样认为。也许他是对的。我低下头盯着他的地毯，上面的图案随着我眼中逐渐噙满泪水而变得模糊。

"好吧，"我最终哽咽着说，"好吧，卡勒姆。但——"我停了下来，抬起头确保他全部的注意力都在我身上，"但是他需要知道，这也是他的孩子，他应该知道。在我杀掉他之前。"

他畏缩了一下。我的意思是他也有份。

"给我你的手机，卡勒姆。"他喉头动了动，犹豫着。"我不会跟他安排见面，我也不会消失。我只是需要跟他谈谈。"

卡勒姆凝视了我很久很久。我不知道他在我的脸上寻找什么，但他一定是看到了什么，因为他最终把手伸进了兜里，把手机递给我。

"谢谢。"我说。然后我就走了，留下他继续做他的数学作业。

卡勒姆

我尽力在自己的房间里待了三十秒。我知道这不关我的事，但我必须知道正在发生什么。而且在那之后，不管他们说了什么，我知道海莉都会需要我来收拾残局。

我没有让地板发出一声嘎吱声。我知道她不想要观众，我至少可以给她拥有隐私的印象。我的耳朵贴在门上，试着屏住呼吸。海莉的声音开始飘向我，低得几乎听不清。

"……没有手机了。这是卡勒姆的。"

这里停顿了一下。

"利亚姆，有件事我必须告诉你。"

我同情地闭上眼。我能从海莉那破碎的语调里听出来她几乎要坚持不住了。

"我怀孕了。"

我的心跳停了，因为我的耳朵迫切地需要安静，但房间里却没有声音传来。利亚姆在说什么？他生气吗，还是高兴？又或是因为过于震惊而陷入了沉默。我甚至无法想象换作是我的话会有什么反应。

"利亚姆？"

海莉的提示让我觉得我的最后一种猜测是对的。

"是的。"

一个词，声音太低了，我几乎听不到。他问了什么？

喘息。急促的呼吸。海莉在哭。我的手靠近了门把手，但我忍住了推门进去的冲动。

"我不能……我不会留下他，利亚姆……不，利亚姆，这是已经决定了的。"

我绝望地把额头抵在门上。海莉听起来那么卑微，那么残破。有那么一秒钟的时间，我怀疑我的父母是不是做错了。

"已经被安排好了，"她重复着，接着她更加轻柔地说，"别，利亚姆。千万不要。"

我想退开，停止偷听。我对于这样入侵她的隐私而感到内疚，但我却像粘在了门上一样无法动弹。

"我很抱歉，利亚姆……我不这样认为。请不要来这里，求你……我很抱歉。"

她在请求他。我听到她做了三次深呼吸，但这并没有让她的声音变得更稳定一些。

"我们不能再见面了。"

接着是一阵很长很长的沉默。我在想利亚姆会怎么回答，或许也是在请求，而每一个词都会是又一把刺向我妹妹的刀子。我闭上眼睛，眼泪让它们感到刺痛。海莉的痛苦同样疼在我身上。

"再见，利亚姆。"

我想象着她静静地按下手机，挂掉电话。有那么一秒，我想到了偷偷溜走，假装我没有听到这每一个字。但我还是打开了门，没受到邀请就走了进去。

海莉坐在床上，双手捧着手机。她看起来破碎了，完全破碎了。我知道没有什么话可说，只是把她拉起来，紧紧地抱着她，尽我最大的努力让她振作。她剧烈地颤抖着，脸埋在我的肩膀上，大哭起来。

一周后，妈妈把海莉带上车，她们出发去格拉斯哥，去诊所。爸爸站在床边看着她们离去，双臂交叉，面色冷酷。我知道他想跟她们一起去，但海莉听到这个主意后吓坏了，而且妈妈也坚决拒绝，仅此一次。

我也想去，但我跟爸爸的理由完全不同。他是想去确保手术做了，给整件事画下一个残忍的句号。而我只是想去握着海莉的手，但她说不要。

我在客厅的中间稍微站了一会儿，盯着爸爸的身影。但接着他转过身，看着我，张开嘴巴好像要说什么。我应付不了这个。

"我要出去。"我快速地说。

他没有阻止我，三十秒后我已经出了门，走完了小路的一半。我去了街上，习惯性地左转，但走了还不到一百米我就停下了。

我没地方可去。

实际上，我有很多地方可去。拳击俱乐部有一节调整课二十分钟内就会开始；学校里有一场五人制足球赛，好几个朋友叫我去加入他们的队伍；而迈克尔躲在他的卧室里玩 X-box，他一直都有一个多余的手柄。但这些选择都毫无吸引力。我不想跟任何人说话，不想去某个地方找乐子。不想在海莉正在……经历那个的时候。

我穿过镇子，沿着工厂背面走，这样就不会看到任何我认识的人。当我迂回走到商店街的另一端时，我穿过马路晃进了公园。

这里曾经是海莉最喜欢的地方之一。我还记得那时妈妈说她年纪太小，不能一个人走到这里，她是怎么缠着我陪她一起来的，这样她就能坐在秋千上假装在飞。那是在她遇到利亚姆之前，在她长到可以卷入麻烦的年纪之前。

这里有太多记忆。出于急躁和紧张，我迅速从公园后门出去，去了荒草坡。下山的方向是一条长满野草的条形坑洼地带，顺着铁路线延伸。这个区域被围栏挡了起来，但在我之前的孩子们已经掰弯了栏杆，所以随便就能钻过去。我轻而易举地进去，无视旁边的"危险"标识牌。

我终于可以放松一下了。我向前走着，手塞在夹克口袋里，低着头，盯着分布在铁轨边的各种垃圾。我在想此时此刻海莉是什么情况。她在哪儿。停车，被押送进去。我希望她不用等待，希望他们不会强迫她做什么心理咨询，不会有某个陌生人希望她吐露心事。

她不想谈那些。如果她想，她就会跟我说了。

我叹了口气。这可能是真的吗？

"你在这儿干什么？"

突然的一个声音吓得我抬起头来。一个男人就站在我面前几步远的地方，而他的身后，另一个身影正快速离去。我认出了他的绿色运动服，剃光的头和瘦弱的身形。接着我的目光移回到说话的人身上。

老天。不要是他。不要是今天。不要是现在。

艾登·麦加菲尼正盯着我，眼睛眯成了两条恶毒的细缝。他冷笑着，上嘴唇抬起，双臂在胸前交叉。不顾寒冷的天气，他依然穿着一件肮脏的白色 T 恤和一条破烂的牛仔裤。他的皮肤过于苍白，几乎是半透明的，两条胳膊上都文满了不协调的文身。

我移动重心，绷直身体，盯着他。他没认出我，我觉得没有。他脸上的愤怒只是他的惯常表情，他看待这个世界时眼前蒙着一片仇恨的乌云。现在他在挑衅，非常好斗。

但如果他认出了我是海莉的哥哥，我就会看到艾登全新的一面，这我是知道的。

"不好意思。"我说完，然后试图走过去。

那是不可能的。

"我认识你吗？"艾登说。

"听着，伙计，我不想找麻烦。"

我再次试图侧身绕过他。我的块头有他的两倍大，但艾登既坏又恶毒，还很下作，我真的不想跟他对上。他是那种可能会身上带刀的人。

"我的确认识你。"虽然似乎不太可能，但他的眼睛眯得更小了些，"你是卡勒姆·汤姆森。"

该死。

我深吸一口气。

"是我。"

"你妹妹是海莉。"

我的眼睛也眯了起来。我妹妹的名字从他嘴里说出来，这让我想把他所有的牙都打掉，让他再也说不出来。

"艾登。"

他笑了，很高兴我认出了他。但那不是一个友善的微笑，更像是狐狸对兔子的微笑。我的汗毛竖了起来。

"告诉她让她放弃。那个新教徒婊子总是围着我弟弟转，她想黏在她的同类身边。"

我向前迈了一步。我的脾气已处在爆发边缘，只有一个顾虑在阻止我，那就是不要跟艾登这样的罪犯渣滓产生纠葛。

然而，我不会让他那样说海莉。

"说话小心些，艾登。"

他大笑起来："但我也很难说这怪我弟弟。她很性感，对于一个新教徒来说。而且如果她主动送上门的话……"

他没说出后半截，他对我露出的嘲笑表情把我推到了极限。我猛地动手，抓住了他那松松垮垮的领子猛推，把他挤在我正在咆哮的脸和围栏之间。

"你知道我妹妹现在在哪儿吗，你这块狗屎？她正在医院被挖开心脏，就因为你弟弟管不好自己的下半身。你和你的天主教规矩只顾自己没事。"

我从来没问过海莉她到底为什么不用保护措施，不知道那是不是利亚姆的信仰——如果他有的话——但这是可以用来骂艾登的话，而且我过于暴怒，脑子不清楚了。

艾登的表情先是惊讶，接着爆发出一阵震耳欲聋的笑，我看着他，恐惧感逐渐升起。他不知道，他还不知道发生了什么事，而我刚刚……

哦，天哪。海莉，我太抱歉了。

我对自己感到恶心，我扔下他转身离开，我尽可能快地走开。他那高兴的笑声沿着铁轨传来，就像一列逐渐逼近的火车。

卡勒姆

僵尸之地，这就是我家的情形。每个人都继续表现得正常，起床，去上班，去上学，但没有人说话。爸爸非常痛恨他一直被蒙在鼓里，妈妈为她逼迫自己女儿所做的事而感到羞耻。而海莉……海莉就像不在这儿一样。

她缩回了自己的壳里，在自己的大脑中构建了一个世界。流产之后的几个月，她几乎没有出过家门。她坐在她的房间里，盯着虚无，听着寂静。她就像已经死了一样，就像她的精神已经放弃了，走掉了，只留下她的躯壳。这种情况折磨着我。

我希望她抗争，我希望她尖叫着对我的父母发火，让他们去下地狱，说他们无法阻止她去见利亚姆；我希望她说她要自己做选择，选她自己的路；我希望她还是我妹妹，我那固执、强硬、刁蛮的妹妹。

读完这个学年后我就能离开学校了，我已经拿到了我需要的准高级证书——虽然我还不够年龄去做我最想做的事，当一个警察——我已经准备好了走出去进入社会，开始挣点钱。我已经受够了学校，受够了像旅鼠一样从一节课转移到另一节课，受够了听老师们高高在上地说话，受够了被一个铃声主宰着我的生活。我想开始攒钱买一辆车，一间公寓。我已经准备好开始我的生活了。

但我不能离开海莉。她搞砸了所有的资格证考试——而这已经比她年初时选择的范围少了不止一半。尽管实际上她比我聪明得多，是整个年级最聪明的学生之一，但她依然就那样考砸了全部的科目。因为她无法集中注意力，无法逃离那正在慢慢将她扼杀的萎靡。她什么都无所谓了，无论是她的家人，她的朋友，还是学业。

指导老师想让她离开学校休息一段时间，等她的头脑清醒过来之后，就可以去学院读她的准高级证书。她依然可以上大学，只是会晚一些，等她准备好的时候。我觉得这样很合理，慢慢来，一点点回到正轨上来。

但海莉却完全不会照这样做。

她几个月来第一次展露出生命的信号，是在学生支持办公室里发了一次让人惊掉下巴的火。她大喊大叫，扔东西，然后从办公室冲到走廊，狠狠地摔上了门。

我正坐在地理课教室里，完全心不在焉。我几乎不怎么学习，一边用半只耳朵听老师在讲秘鲁的气候，一边在文件夹背面的废纸上涂鸦。我没有在记笔记，我已经决定了六月底就离开学校。现在只是在数日子罢了，以防万一——万一八月考试结果出来时我没得到我所需要的东西。

让我感觉到有什么事不对的第一条线索，是史密斯太太轻轻地敲了敲门，推开一条缝往里偷看。坎宁安先生半途停下来，跟学生们一起疑惑地看着她。我还在低着头画箭头和卡通人脸，甚至没意识到老师已经停止讲课了。

"坎宁安先生，我能跟卡勒姆说几句话吗？"

我猛地抬起头。

"卡勒姆？"坎宁安先生晃了一下头示意我。

我从椅子里半站起身，疑惑地看着史密斯太太。

"我需要拿上我的东西吗？"

"不用，你人来就行了。"她对我露出一个紧张的微笑，"快，卡勒姆。"

我的心沉了下去。她脸上的神情紧张而憔悴。我立刻想到了我妹妹。

"是海莉吗？"走廊里只剩我们俩时我立刻问。

她点点头，担忧在她前额上刻画出了线条。

"卡勒姆，你妹妹发生了一些情况。她本来在学生支持办公室里，然后突然开始变得烦躁不安。她跑出了学校大楼而……"

她没有说下去。

"你找不到她了。"我替她说完，我的声音生硬而充满指责。

"卡勒姆——"

她叫了我的名字作为一种警告，但我不在乎。他们弄丢了她。他们惹怒了她，然后弄丢了她。我不屑地摇了摇头。

"我会找到她。"

我从史密斯太太身边走开，把所有东西都留在了地理课堂上，包括我的夹克和钱包。我口袋里有我唯一需要的东西：手机。我下到楼梯中间，这里的墙全是玻璃，手机很可能收到信号。我试着给她打电话，铃声响了四声，然后在响第五声时被按断了。我冷酷地微笑着，又打了一遍，接着又一遍。终于在第三次铃声响起时她接了。

"海莉？"

一片安静。只听到海莉小声的、有节奏的呼吸声，这让我得到了一些安慰。至少她没哭。

"海莉，你在哪里？"

我听到她咬牙的声音。

"我想一个人待着。"

不可能。

"你在哪里？"

她叹了口气。

"别管我，卡勒姆。"

拨号音响起时我已经开始走了，所以如果电话断了的话，我无法分辨是她挂了还是我走出了有信号的范围。没关系，我已经知道她在哪里了。人行横道灯那尖锐的嘟嘟声暴露了她的位置。

我发现她坐在一张长椅上，就在我猜测她会在的地方：学校门前那条路和通往主街那条路的岔口。离她两米的地方就是出卖她的交通信号灯。我在她身旁坐下时，她闷闷不乐地苦着一张脸看我。我能从她脸上看出，我这么快就找到了她让她非常恼怒，但她没有要走的意思。

"所以，"我把双手在身前合拢，手机夹在手掌之间，"怎么回事？"

她耸了耸肩。

"史密斯太太说你逃走了。"

她翻了个白眼。

"我没有逃走。我离开了。反正他们也想让我走。"

接着她解释了整件事。指导老师想让她做什么，以及怎样替她计划好了一切。

"你觉得我应该那样做？"海莉说完了，审视着我的脸。

"嗯。"我往后坐了坐，感觉到她的眼睛在看着我时黯了下去，并眯了起来，"这样比较合理。能给你一些空间，让你离开那个地方。"我指了指学校，能看到它就在路的尽头。

她摇摇头，脸色苍白而憔悴，几乎是一种害怕的表情。"不，我还没准备好，没准备好去学院，去接触那么多陌生人。而且我还得每天跑到汉密尔顿去。"

"你不用现在就去，你可以休息一年。"我提出建议。

这一次她笑了，但却是带着不屑的酸涩。

"做什么，坐在家里跟妈妈和爸爸谈心吗？我不这样认为。"

关于这一点没什么好说的。我们静静地坐了一会儿，看着车流向主街移动。

"卡勒姆？卡勒姆，我会需要你的。"她听起来是那样卑微，那样弱小。我伸出手，把她的手包在我的手心里。她的手冰凉。

"我知道。"我叹道。

就这样，我成为大人、去挣钱、考驾照、给自己买辆车和攒钱买公寓的计划都化作了一阵轻烟。第二天我去见了高年级规划老师，改掉了我所有的科目，改成跟海莉匹配的、她需要的。

然而，当她的支柱是一项艰难的工作，因为跟她待在一起不再有趣。她没有大笑，也没有微笑，终日郁郁寡欢，嘴角向下耷拉，两眼无神。她像胶水一样黏着我，我猜是因为她知道，只有在我面前她不用伪装，只有我知道真相。据我所知她没有告诉她的朋友们，反正她也没有很亲密的朋友。当她再次跟利亚姆开始的时候她就甩掉了她们，这样她就能在醒着的每一分钟都跟他一起度过。但人们纷纷猜测，她变了太多，精神创伤的表现太明显了。大部分人都够聪明，知道不能在我面前提起，但我依然听到了流言蜚语。有些很荒唐——说她染上了一种 A 类毒品，正在戒毒；另一些则更现实——说她和爸爸发生了严重的冲突。还有一些人猜对了，但我不会告诉他们。

然而我并不太介意海莉在我身边。我喜欢知道她在哪里，喜欢确保她没事，防止学校里那些阴险的贱人靠得太近，用她们的爪子将她那已然破碎的自信撕得更烂。但她完全没有了玩乐的情绪。我的朋友们因为应付不来她身上萦绕的悲惨气息，都渐渐地疏远她了。午餐和课间休息时，我都是独自和两个影子坐在一张桌子上。我非常孤独，但更重要的是时间太漫长。八月似乎要花掉永远那么长的时间才能慢慢进入九月，而当十月终于到来时，我已经确信时间的确变慢了。这一年剩下的时间似乎在我面前漫无目的地扯得无限长。有无数次我觉得我已经受够了，我要走了。但接着当我转向左边看着我妹妹时，我知道我不能那样做。她是对的：她一个人绝对撑不下去。她需要我，需要我帮她留在这里，需要我帮她阻挡那些潜伏在走廊和安静的教室里的恶意。我必须坚持下去。

有时候海莉会清醒过来。她会眨眼，会抬起头来，就像一幅窗帘被拉了起来，扼制着她的哀愁神秘地消失了一样。她会变得正常，眼睛明亮而犀利，接受着周围的东西。每次这种情况发生时她都会看着我——我是说，真正地看着我——她的眼睛里会出现一种静默的悲伤。然后她会抓住我的手，或用手肘轻推我的肩膀，或扯扯我的头发，把嘴唇扭成一个最小的微笑，每次都是相同的两个字从那嘴唇中滑出。

"抱歉。"

这种小小的插曲不常出现，而且也持续不久。但它们让我有了希望，也许当足够的时间过去后，过去的她会奇迹般地再次出现。而且它们的存在使得我给她当支柱这件事——她的保护者，她的同伴，她的教练和激励者——变得可以忍受了。

海莉

　　每年八月初的新闻都播着同样的事情。各色记者被派往全国各地的家庭，跟激动过头的青少年一起在门口徘徊，等待着有一个人走到他们家门前。考试结果发放日是邮差最受欢迎的一天，那一天会有喜悦的尖叫、拥抱、亲吻和一些失望的泪水。

　　但无论他们是什么情况，都不会有人像我这样等得如此期待，如此焦虑。我的考试成绩不是我的未来，不是我进入大学的钥匙，也不是把那些恶毒卑鄙的人踩在脚下的机会。

　　它的重要性远超这些：它是我离开这里的车票。

　　八月八日，考试结果投递的这一天，我整个人都不正常了。如果我这次再考砸的话……如果我得不到我需要的东西……如果我还得在这儿再多待一天……如果，如果，如果……

　　这些想法快要把我逼疯。

　　我知道如果我没拿到我想要的结果，一定藏不住失望的表情，所以我偷偷溜出来在街角等着邮差。他本来不愿意把信交给我，拿"违反政策""规定"和"条例"之类的话打发我，但我脸上的某种东西让他改变了主意。他虽然整张脸上都写满了不愿意，但还是从手里成堆的信件中翻出了一个棕色的 A4 信封。我抢过来，紧紧地将它抓在手中，然后跑了。完全没有方向，我任由自己的腿把我随便带到哪里，任何地方。到了一条街上，我甚至说不出来它叫什么。到处都是人，有走路的，有坐在车里的，但同时也空无一人。这是一个很适合崩溃的地方，或者欢庆。

　　打开信封的时候我差点撕破了里面的证书。然后我把它拿在手里，上面的字像是泡在水里。我在哭吗？我懊恼地摸了摸脸，但脸是干的。我眨了眨眼，摇了摇头，但这却让情况更糟了。

呼吸，集中注意力。

我抬起头，把眼睛挤在一起，尽力让狂跳的脉搏平静下来，它导致我的头就像刚从过山车上下来一样晕。然后我重新把视线移回那张在我手中颤抖的纸上。慢慢地，那些杂乱的字母重新组成了词句。

"我进了。"我的声音轻得像耳语。

我要离开了……

利亚姆

我之前从没上过法庭。爸爸受审时我还太小，妈妈不想让我或艾登接近这个地方，不想让我们出现在那些相机前。记者围在房子外面，家里的窗户和门，还有走在街上时我们的后脑勺都承受着人们的恨意，这已经够糟糕了。她每天都自己一个人去，不是为了表示对我爸爸的支持，不是因为她觉得他无辜，甚至也不是因为她爱他。只是因为她觉得她应该这么做，她是他的妻子，那是她该在的位置。而且在她内心深处的某个地方，她想知道他到底做了什么，这样她就能因此而鄙视他了。

她也去过几次艾登受审的法庭，在法官念出她的儿子被指控犯了扰乱治安罪、盗窃罪、伤害罪的时候，因羞愧而垂着头。但我没有，她从来不允许我去。她不想让我知道那是什么样的，不想让我跟那些徘徊着、等待着用谎言为自己辩护的各类犯罪分子混在一起。她说，她希望我永远不要像爸爸和艾登那样让她失望。

我在想我今天来了这里，会不会让她失望。

我不在被告席上，跟一串罪名一起被念出来的名字不是我，但我在这里。我在这里是因为妈妈不在，是因为这一次艾登做得太过头了。

这是一项伤害罪的指控，又一次。他之前已经被两次定罪，作为嫌疑犯被逮捕的次数更是数不过来，但这一次不一样。其他那些艾登都可以辩解过去，说他只是在错误的时间出现在了错误的地点；说那些斗殴不是因他开始的，只是由他结束；说一个女孩儿攻击了他，而不是他攻击了对方。这最后一条是很糟糕的一条，非常糟糕。那个女孩儿最后被打断了鼻子，喉咙上还有一圈瘀伤。他因此被送进波尔蒙特青年犯监狱关了六个月。但他总有个理由，他坚持那么说，而妈妈会站在他这边。

这次没有童话故事能解释他的所作所为。性侵。他都不认识那个女孩儿，在被酒精、药物或两者一起弄得失去理智之后，他感觉到了冲动，然后去侵犯她，而她奋力反抗，试图逃跑。要不是正好碰到了刚从酒吧出来的她男朋友及其伙伴，也许就是一次强奸，完全有可能。而这对妈妈来说太过头了。她没有把他从家里赶出去，没有冲他尖叫或大喊，实际上她一个字也没说，在逮捕和开庭之间的六个星期里没有对他说一个字。今天早晨她拿出了他的西装——只在一次葬礼和几次庭审时穿过——她做好了给他的早餐，然后就去上班了。于是我跟他一起搭火车进了城，而现在我坐在旁听席上，第一次看到我哥哥坐在那个让他舒适自如的地方：被告席。

这是一次正式的庭审。他之前已经做了一次预审听证，就在他被捕之后。即使他被抓了现行，即使有一大堆目击者都证实了他的所作所为，即使他对我、对妈妈和他的律师都承认了，但他依然辩称自己无罪并要求保释。他有罪，罪大恶极。但当我问他要怎么为自己辩护的时候，他却得意地笑了，眨了眨眼说"无罪"。我完全无法理解。

"这就是玩这种游戏的方法，弟弟。"他回答我。

我觉得没必要向他解释他的所作所为并不是游戏，仅仅想到就让我觉得恶心。但他依然是我的哥哥，所以我还是来了。

旁听席上有很多人。那间法庭只安排了艾登这一场审判，所以在场的都是多多少少跟本案相关的人。我一个人坐在左边。第一排坐着一个三十多岁的男人，他穿着皱巴巴的西装，正无聊地在笔记本上涂鸦，我猜他是个记者。我的右边是一大群坐在一起的人，几乎占了旁听席的半数座位，他们是受害者的家人和朋友。我尽量不去看他们，但我感觉到他们在打量我，猜我是谁。

我并不太懂庭审的流程。陪审团进来了，脸上的表情从紧张到好奇到不满都有，然后他们宣誓。艾登跟他的法律援助律师坐在一起，而对方律师，也就是地方检察官的代表，和他的助理坐在一起，旁边还放了一大摞资料。出于只有他自己才能理解的原因，艾登看起来极其自信。然而法官却是一副觉得无聊的样子。

那个女孩儿本人作为第一证人被传唤，在非常令人不适的二十分钟里，我听着她复述了一遍我哥哥所做的事。他如何咒骂她，威胁她，把她按在墙上，摸她，扯烂她的衣服。如何在她试图逃跑时殴打她。最后当帮助她的人到来，他意识到自己被包围时如何企图逃跑。我右边的那群人一直在发出嘘声和咕哝。一个年长的女人，我猜她是那个女孩儿的妈妈，在用手帕捂着脸哭泣。

艾登微笑着听完了她的叙述，当她讲到他抓住她的胸部时他发出了一声刺耳的笑声，她的声音哽住，过于痛苦，无法继续下去。

他到底有什么毛病？

我突然希望自己不在这里，我为自己坐在这里支持他而感到羞愧。哪怕他有一点懊悔，哪怕对自己的行为表现出一丁点儿的抱歉都好。

在她之后，还有另几个证人：女孩儿的男朋友，男朋友的朋友，一个要去商店买烟的女性路人，第一个赶到现场的警察，也是拘捕了艾登的人。他们的讲述几乎每一句都和女孩儿说的吻合，当你所说的是事实时，这很容易做到。

艾登在午饭后被传唤，他大摇大摆地走上去，懒洋洋地瘫在椅子里，好像什么也不在乎一样。我身旁的审判席上爆发出嘘声，声音大到法官不得不发出警告。我在座位上扭动，希望那群人不要发现我的身份。

检察官在艾登面前踱步，他那自信的微笑完全可以理解。陪审团根本不用听艾登说什么，他们已经有了足够的信息来做决定，但他的工作还是要做。

"麦加菲尼先生，你被指控性侵里德小姐。"

"我从来没碰过她。"艾登带着讥笑打断他。

检察官抬起了眉毛。

"你被当场拘捕。"

"我是在那里，但我什么也没做。"他舔了舔嘴唇，得意地笑了，"你们抓错人了。"

我闭上了眼睛。

哦，天哪，艾登，你这个笨蛋。不要再做出一副扬扬得意的蠢样了，你听不出来自己像什么吗？

"里德小姐已经指认了你就是性侵她的人——"

"她撒谎。"

"还有多位证人。"检察官低头看了看他手上的资料，"克拉克先生，威廉姆斯先生，麦克诺特先生，墨菲太太……"他没有继续说下去，而是看着艾登的反应。

"他们都在撒谎吗？他们为什么要那么做呢？"

"这是个阴谋，不是吗？他们都针对我，因为我是个天主教徒，而他们都是新教徒，新教渣滓。"

"所以你是从根本上否认性侵的发生吗？"

"也许有，我不知道。但不是我，我什么也没做。我只是在那里安静地喝酒，就这些。"

"我知道了，有人可以为此做证吗，麦加菲尼先生？"

艾登的眼睛对上了我的。

别。你敢，艾登。

我轻微地摇了摇头，我不会为了他而做伪证的，不可能。我不知道他看没看到我静默的信号，但他嗤了一声，把头转开了。

"没有，我是一个人。"

我又能呼吸了，但我从余光中看到旁听席上的其他人正带着一种新的兴趣打量着我。我和艾登的交流没能躲过别人的注意。

"所以你否认侵犯了里德小姐吗？否认试图逃脱警察的拘捕？"

艾登身体前倾，慢慢地回答，就像在对一个智障人士说话。

"是的。"

艾登的法律援助律师站起来问了几个问题，试图说明艾登当时不在场——他刚刚一个人在酒吧喝完酒，出来时撞上了这场骚动——但他似乎意识到了这是徒劳的，因为他很快就坐下了。

陪审团去他们的房间商议，但他们的背应该都还没来得及碰到椅子，因为他们极其迅速地就回来了。

有罪。

艾登的脸上其实出现了一阵震惊的表情，接着他笑了。当法官判处他在巴连尼监狱服刑六个月时笑得更加厉害。

也许他可以和爸爸住一间囚室。

我站起来离开，希望赶在旁听席其他人之前离开。愚蠢，愚蠢的我。这个动作吸引了艾登的目光，把他的注意力从正在按照程序给他戴上手铐的法警身上转移了过来。

"利亚姆！"他喊道，我本能地回头，"让妈妈把我的东西送来。"

然后他就消失了，被带出了侧门，而我被留下面对旁听席上的成员。

我张开嘴想说些什么——为了我哥哥而道歉——但什么也说不出来。我做出苦脸，希望能表达出我有多么抱歉，但没有人回应，于是我决定出去。

我走到了门厅，接着我感觉到有只手抓住了我的肩膀，拉我转过身。

"那个渣滓是你哥哥吗？"

是那个叫里德的女孩儿的男朋友。他很高，俯视着我，他的脸上满是愤怒。

"什么？"我不悦地回答，推开他那依然抓着我的手。

他扫了一眼周围，看到了在近处看着我们的法警，放开我，但他向前走到我的面前。

"那个渣滓，"他咆哮着，"是你哥哥吗？"

那一刻我真的很想说不是，而且不是因为他正怒视着我。但我依然残存的一点点家族荣誉感替我做出了回答。

"是又如何？"

"是的话等我抓到他他就是个死人了。"他上下打量着我，嘴唇上带着冷笑，"你也一样，芬尼亚，地球的渣滓。"

我被激怒了，向他走去，逼得他后退了一步。

"说话小心点，新教徒。"

他眯起眼睛，俯下身，这样我们几乎是鼻子对着鼻子了。我能感觉到我们周围聚集起了人群，但我拒绝成为率先从对视中逃离的那个人。

"不，你小心点，"他嘶声说，"小心你背后。因为你哥哥或许可以有六个月的安全，但你没有。利亚姆·麦加菲尼，我不会忘记你的名字。"

接着他把我推到墙上，走掉了。两个法警连忙赶过来，但他已经走了。我站着，颤抖着，双手扶着墙，努力让自己振作起来，然后我快速穿过门厅走出了大门，一路上感觉到所有人都在盯着我看。

坐火车回到拉克霍尔后我冷静了一些，心脏已经不再像打雷一样在胸腔里跳动。但我却觉得头晕和多疑，走出车厢和走到地下通道的路上一直回头看，除了平时那些迈着沉重而疲倦的步伐回家的工人，并没有其他人。但我还是快速穿过逐渐被夜色笼罩的街道，专心地听着身后的脚步声。踏进家门后我看到客厅里的灯光，妈妈在，我松了一口气。

"还好吧？"她问。

我走过去，她躺在沙发上，依然穿着历德超市的工作服，手里拿着一个酒杯。我从咖啡桌上的瓶子看出她至少已经喝了两杯。

我叹了一口气，坐在对面的扶手椅上。

"我知道你去了。"她指责道。

我耸耸肩，决定不让自己觉得内疚，但却无法隐藏脸上惭愧的表情。

"我不想让他一个人去。"我说。

她听到后伤感地笑了，摇了摇头，然后又喝了一大口酒。

"他做出了他的选择，利亚姆。他是时候承受后果了。"

我没说话，低头看着我的手。我不喜欢看到妈妈这个样子，迷醉而苦涩。这让我感到迷失，就好像又回到了五岁时。

"你见识到了吧，艾登的法庭表演？我敢肯定他精彩的故事又起作用了，对吧？"

"别这么说，妈妈。"我小声说。

她轻蔑地嗤了一声，又喝了一大口，喝光了杯子里的酒，伸手拿过瓶子重新倒满。

"好吧，他被判了多长时间？"

"六个月。"

"那就有三个月的安宁了。"三年以下的刑期都自动减半。

"三个月不用担心他的心情怎么样，不用担心他又做了什么把警察引上门的事。或者会不会发现他又躺在房间里，针头还扎在胳膊上，脸色像床单一样苍白，快要被自己的呕吐物呛死。"

我的喉咙动了动，觉得不安。

"我做错了什么，利亚姆，啊？"

"什么？"我抬起头，有一点慌乱。

"告诉我，我做错了什么？告诉我，为什么我是这么糟糕的妻子，这么糟糕的妈妈，以至于你爸爸和艾登要这样对我？我做了什么？"

她喝了一大口酒，用哭得红肿的锐利眼睛盯着我。我必须竭尽全力才能留在椅子上，我想逃走。

"你什么也没做，妈妈。"

"哈。"

"你没有。艾登只是，艾登只是……"

我想不出有什么办法能解释我哥哥的行为，根本不知道他为什么要做那些事。但我那一刻非常恨他，恨他对妈妈所做的事，恨他让她承受的痛苦。

自私，自私的浑蛋。

"答应我，利亚姆。答应我你永远也不会变成他们那样，法庭上的罪犯。答应我，我永远不用去监狱里看你。"

"我答应你。"

然后我站了起来。我不能再待在这里了，我觉得我要尖叫了。

"你要去哪儿？"妈妈抬起头看着我，脸上快要溢出更多的啜泣。

别哭。请别哭。

"我得出去。"

我去了最近的酒吧，躲在角落里，用口袋里所有的钱买了尽可能多的酒。

第二天早上六点闹钟响的时候，我感觉像在地狱一样。太阳穴像有锤子在重击，啤酒、廉价伏特加和烤肉串的混合物在胃里搅动。我站在浴室里，把额头贴在瓷砖上，直到热水流出来，然后我穿上工作的衣服沉重地走下楼梯。

厨房里没人。妈妈依然在床上，但后门边的台子上摆着两个空酒瓶，准备好被丢进回收垃圾桶。我给自己做了吐司，然后穿上钢头工作靴，走进了霜冻的早晨。太阳还没有升起，街灯就像针一样刺进我的大脑，于是我只能低下头走路。每走一步，那湿滑的地面似乎就想跟我来一次亲密接触，但我顾不上那么多。今天会像在地狱一样的。

事实证明情况比这还要糟。我刚到了一个小时，正在把砖头从工地的一边搬到另一边，这时我被叫到了工头的活动板房里。我有点好奇，但也没太当回事，小跑着穿过建筑工地，想着能暖和一会儿，还挺放松，并往嘴里丢了一块保罗牌口香糖，以防嘴里依然残留昨晚狂饮后的酒气。

“来，坐下，麦加菲尼。”我进去后戴维声音低沉地说。

这个地方很乱。两张桌子占据了大部分地面，上面都高高地堆满了文件。

我依然没觉得有什么不对，直到我坐在了一张塑料的硬椅子上，看到他面前的桌子上放着我的人事资料。接着第一个不祥的念头开始在我心里颤动。

“麦加菲尼，”他从桌子那边把身体倾斜过来，面对着我，我看到了他刚才吃培根卷时在下巴上留下的一道番茄酱，“你昨天去哪儿了？”

“我请了一天假，”我说，“你上星期签字批准的。”

“啊。”他打开档案，开始迅速翻看，“你上周一迟到了。”

“不，我没有。”

“二十二号那个周一。”

“那是三个星期以前了。”

“所以呢？迟到就是迟到！”

我盯着他。他为什么突然提起几乎已经过了一个月的迟到？

"戴维，怎么回事？"

他把嘴唇挤在一起，摩擦着下巴，但却完全错过了番茄酱。

"听着，利亚姆，经济情况不如从前了。他们卖我们已经建好的房子就很困难了，更不用说在建的了。困难时期，必须要做一些削减。"

胡扯。戴维上周刚刚招了五个新工人，工作太多，人不够用，而工期就快截止了。但不管他的理由是不是撒谎，有一件事已经很清楚了。

"你要解雇我？"

"不。"我抬起眉毛，他赶忙纠正自己，"我在让你走，利亚姆。这不一样。"

"什么不一样？"

"你会得到推荐信和一个星期的工资。"

"很好。太棒了。"我感觉到胸口的怒火快要燃烧起来，站了起来，"真正的原因是什么，戴维？"

他不安地咽了一下口水，下巴晃动着说："我告诉你了，利亚姆。裁员。"

"好吧。"

他拿起档案挥了一下："明天来拿你的推荐信，我会准备好你的钱。"

"得了吧，戴维。"

我重重地迈着步子走出去，差点撞上了另一个正要进活动板房的工人。我从那人身旁挤过去时跟他对视了一下，因为惊讶和认出了对方，我的脸耷拉了下来。是他，里德的男朋友。他在这里工作。

突然之间，我知道我为什么被解雇了。

19岁

海莉

"这个座位有人吗？"

我抬起头，吓了一跳。我埋头看那一行一行的小字已经太长时间了。

"唔，没有。"

这一层其他的座位也都没有人……

周六早晨十点半，大学图书馆的顶层安静得如无人之地。所以我喜欢来这里，来享受这一份平静与安宁。

"谢谢。"说话的男孩儿给了我一个简短的微笑，然后坐下来，马上沉浸在了从书架上拿来的大厚书里。我没被骗到，他随机翻开了一页，而我知道如果我偷偷看一下他的眼睛的话，就会发现它们是直直地朝下看的、呆滞的，而不是一行一行地移动。但我没有，我只是继续看我的书。我猜他大概要过十分钟才会再次开口。

到第八分钟的时候他叹了口气，合上书向后靠在椅子上。我的嘴唇抽动了一下，但没流露出其他迹象来表明我注意到了他的动作，而是继续专注在眼前的书上，这是一本我真的需要好好读的书。

"所以……"就在我的目光重新回到书中的论证上时，他开口了。这次轮到我叹气了，这逗乐了他，"我打扰到你了吗？"

目前还没……

"没有。"我安抚性地微笑了一下，然后继续看书。

但这却没有用。我知道他随时可能再次打扰我，而且我发现比起读书，我更像是在等待这件事发生。我把同一段文字来来回回读了四遍，然后我放弃了。我用力把书合上，心想我应该躲进一个那种带门的小隔间里去，或者咬牙把这沉重的厚书拿到大厅里去看。

　　"我懂，"在我刚要拿起铅笔盒，表露出要离开的意思之前，他突然说，"我周六的时候也从来学不进去，感觉特别不对。"我生气地盯着他，他出现之前我一点问题也没有。"所以你为什么大周末的跑来这里？赶论文？"

　　"不是，看辅导书。"

　　他对我傻笑了一下："你是大一的吗？"

　　"不是，大二。"

　　他抬起眉毛，表情在愉悦和释然之间往复。

　　"知道吗？你其实不用看辅导书。你的教授会在上课时把所有基础知识都讲一遍。"

　　"反正我在看。"我的语气有点不好，但我已经听好几个室友和同学说过同样的话了，而且开始对此产生了防御心理。

　　想学习有什么不对？我印象中这就是来这里的目的啊。

　　"那挺好。"他微笑着说。我没有用微笑回应，我不确定他是不是还在嘲笑我。"我要休息一下，"他伸展着站起来，"你想去喝杯咖啡吗？"

　　不太想。我想待在这里把这该死的书读完，因为我下午得去工作，然后我才会想出去玩一玩。但他正低着头对我微笑，现在是真正的微笑，不是嘲弄的笑，而且我必须承认，那张充满吸引力的脸上最让人移不开眼的就是那个微笑。

　　"好吧。"

　　我们略过了图书馆门口的咖啡厅，因为那里的咖啡很难喝，朝隔壁小剧场里的咖啡厅走去，那里的环境更舒适，也更雅致一些。我通常不去那里，因为那里的价钱贵出一倍，但如果是他付钱的话……

　　"我去拿。"他提出，"你先坐？"他这句话的尾音上扬，变成了一个问句。

　　"海莉。"我说，慢了一拍才意识到他在问什么。

　　"海莉，"他问完那句话，又给了我一个温暖的微笑，"我是马克。"

　　他很快就端着我们的饮品回来了，这间咖啡店安静得像图书馆一样。

"所以，"他边坐下来边说，"你学的是什么，那么有意思，能让你周六早晨还跑到图书馆去？"

"会计和经济学。"

他吹了声口哨。

"你呢？"我问道。

"运动学。"

我努力想忍住笑，但失败了。

"我知道，你大概在想怪不得他不用看书。"我试图做出一副有说服力的无辜表情，但我觉得没骗住他。"但我确实想当个理疗师，而且我领着一份英式橄榄球奖学金，他们给我付住宿费，我还拿到了很多钱用来买装备和去外地参加比赛之类的。"

"听起来很不错。"我若有所思地说。至少他不用靠赌马赚钱过日子。

"的确是。你有没有来看过比赛？斯特灵大学校队很不错的。"

"你在里面吗？"我问。他非常有风度，明明很得意但却又带着一点害羞。"我对运动不太感兴趣，"我不得不承认，"我连英式橄榄球的规则都不知道。"

"也许我可以教你。"他提出。

"也许。"我微笑道。

他端起他的卡布奇诺，我这才第一次注意到他胳膊上凸起又收缩的肌肉。他确实是一个橄榄球运动员应有的样子，皮肤晒得很黑，我希望那是长时间待在户外的结果，而不是日光浴晒出来的；头发是深棕色的，发型带着随意的凌乱；灰色的眼睛下面，下巴很宽，上面留着胡楂。他很英俊。

"所以，呃，"马克向我投来一个带着一点害羞的笑容，"我只是……在想你愿不愿意再跟我出来一次。也许今晚。你有时间吗？"

他满怀期待地看着我。我有点震惊，过了一会儿才开口回答。

"呃……"这是我一开始所能发出的全部声音，我的脉搏在急速跳动。我咬住我的嘴唇，希望让它恢复一些生机，但他的脸上显露出了一丝失望。他觉得我的拖延是在想办法说"不"。"我……我今晚没时间，我跟我的朋友们约好了的。但我会去活动中心，如果……如果你去的话。也许我能在那儿见到你？"

我说话听起来像个口吃的十二岁小姑娘。太尴尬了。但他却笑了。

"听起来很棒。"

我们十个人早早到了学生活动中心，占了一张大桌子。鸡尾酒是今天的主要议程，先喝点酒，然后跳舞。我没有四处寻找马克，我猜他应该已经把我忘得干干净净了。所以接下来当他在酒吧里把我堵在墙角的时候，我非常惊讶。

"嘿。"他在我耳边轻声说。

我转身，他就站在我身后，只不过离得有点太近了，超过了礼貌距离。他轻轻地摇晃着，瞳孔放大，显然已经喝了远远不止他手里那一瓶啤酒。他的指节上有血迹，太阳穴处还有一块深色的瘀伤，我猜是比赛时弄的。

"嗨！"我说，"你们赢了吗？"

"当然！"他对我眨眨眼。

他的队友们大喊着让他回去跟他们一起玩儿，但他无视了他们的请求，而是带着我去了舞池。我们跳舞，喝酒，接着继续跳舞，继续喝酒，直到 DJ 开始播放闭场音乐，清扫人员打开了大灯督促我们快点离开。不知怎的，结束来得有点太快了。当刺眼的白色灯光照亮每一寸角落的时候，我立刻低下了头。我出了很多汗，而且我知道我的妆肯定已经花在了脸上，头发也是又卷又乱。

"喂。"他抱怨着，把一根手指塞到我的下巴下面，试图把我的头抬起来。我拒绝，但他用了更大力气，直到我抬起头。他就在那儿，近得连我们的呼吸都混杂在一起。那只没有捏着我下巴的手滑过去搂住我的腰，把我拉向他，然后他低下头靠近我。

我喝了足够多的鸡尾酒，所以不在意周围乱晃的人们会看到我们接吻。他的嘴唇很温暖、很柔软，与我的嘴唇纠缠着。他的肩膀宽阔而强壮，我整个人挂在上面。

"我能跟你回家吗？"他在我耳边小声问。

我的心突然一沉，但不是好的那种。我在他的抚摸中僵住，手突然变得像冰一样凉。他感觉到了我的变化，放开了我，但依然握着我的手指。

"抱歉，"他低下头看着我的眼睛，"真的，很抱歉。那样太过火了吗？"

我努力平复自己，朝他挤出一个勉强的微笑。

"你可以送我回家，"我没有直接回答，"但你不能进去。"

他笑了，温暖而真诚。"没问题。"

他说到做到，把我送到了公寓门口，然后问我要电话号码，除此之外没有任何其他要求。我给了他号码，同时向他道歉。

"你为什么要道歉？"他问。

"因为……我的意思是……"我的喉咙吞咽了下，"你可以进来，如果你想的话？"

他笑了，而我则极力忍着内心不适的感觉。我是怎么回事？

"晚安，海莉。"他吻了吻我的额头，然后消失在了夜色里。

我在原地站了一会儿，看着他离去。我为什么会有那种反应呢？我不是那种第一次约会就跟对方上床的女孩儿，但他没有逼我，没有试图用甜言蜜语或内疚来让我就范。他只是问了我，我所需要做的只是说不。我说了，而道歉的那个人是他。

所以我为什么会僵住呢？

一段记忆涌进我的脑海：一个护士拉着我的手，一个医生在用冷静、安慰的声音说话。这些画面并不是噩梦，但随之汹涌而来的情绪却令我难以呼吸。恐惧、痛苦、愧疚、愤怒，它们就像那天一样强烈地折磨着我。

我使劲儿用手捂住嘴，堵住从那里发出的哽咽与啜泣，眼泪盈满我的双眼。顾不上多想，我抓起了手机，却不知道要给谁打电话。我的手指按了卡勒姆的号码，但我在按下拨打键之前深吸了一口气，然后用拇指点了清除键。

我想要倾吐心声的对象不是卡勒姆。我继续向下滑着通讯录，然后看到了它，他的名字。

然后我关了手机。

利亚姆

我找到了另一份工作，跟我妈妈一起在历德超市兼职整理货架。我觉得这份工作有它的好处，首先是温度更暖和，而且下班时我往往还能带两大袋减价食物回家。但这份工作很丢脸，我必须穿着无趣的绿色工作服，午餐时还要在店里四处尾随高中生，防止有人偷东西。每当我以前在建筑工地的老同事们下班后来店里买啤酒时，我都得跟在他们沾满泥巴的靴子后面拖地，像个丑陋版的灰姑娘。

我妈妈对此丝毫不感到同情。她告诉我，工作就是工作，我应该感谢自己没在排队领失业救济金。而且这只是临时的，肯定会有其他机会出现。

但没有其他机会出现。附近有很多建筑承包商的大楼：布莱克伍德和科克姆尔山有威姆佩公司；莱斯玛哈哥有布莱恩特公司；斯特拉文有泰勒公司；南汉密尔顿有佩西蒙公司。他们都在招聘，都在寻找有工作经验的工人。我给每一家公司都寄了简历，但没有回音。传言已经散布开了，那个天主教小子是个麻烦。只有一家公司给了我面试机会，但就连这面试也是恶作剧，只是为了侮辱我这个芬尼亚。

面试地点在工地上经理的活动板房里，但我还是穿着我的西装，希望能给对方留下一个好印象。一个十六岁的傻子告诉了我怎么走，我干扰了他早上的主要工作：一脸困惑地站在一堆砖头中间。他连门也没敲就直接推开朝里面大喊，并把门半关着，不让我看到里面。

"汤姆森先生！那个人来面试了。"

听到这个名字时我皱了一下眉，但接着把那个想法从脑子里赶了出去，不可能是……

就是他。海莉的爸爸干这份工作的时间足够长，一路爬到了工地经理的位置。我走过去时他站起来对着我假笑，跟我握手时想把我的手指捏断。显然酒精并没有减弱他的力道，我的指节被捏得一抽一抽地疼，就像要断了一样，但我没有退缩。

"利亚姆·麦加菲尼。"他边说边坐下拿起一张纸，我认出那正是我的申请。

"约翰。"我回答，坐在了剩下的唯一一个位置上——一张肮脏的橘黄色塑料椅子。

他抬起头。"我更喜欢这里的工人称呼我为汤姆森先生。"他说。

我打赌你的确更喜欢那样。浑蛋。

但我需要这份工作。

"好的，汤姆森先生。"

他得意地笑了，继续看我的简历，寻找着漏洞。我盯着他，试图找到一丝与海莉相似的地方，然而失败了。我找不出来，对此我觉得很高兴，但身处这里，在他的面前，是我最接近海莉的时刻，自从……

天哪，我的双眼开始模糊。我清了清嗓子，控制住自己，把海莉推回我脑海中最远的角落。在那里，我可以紧紧地抱着她，保护她。

集中精力，利亚姆。

"所以，你有多少经验？"

"我在上一个工地干了一年。半年普工，半年正式砖瓦匠。"

海莉的爸爸点了点头，咬着嘴唇。

"好吧，你的推荐信的确不错。但我想知道，"他停顿了一下，"你到底为什么离开呢？"

"因为他们在裁员。"

"我明白了。"

是啊，他明白了——明白这是谎话，但这不是我撒的谎，而我无法向海莉的爸爸解释真正的原因。

是这样的，汤姆森先生，我那人渣哥哥企图强奸一个姑娘，结果那姑娘的男朋友跟我在一个工地工作，而且人脉很广，他四处插手，所以我申请的工作几乎全都拒绝了我。他不喜欢天主教徒，就像你一样。

"你现在有工作吗？"

我盯着他。这是个真正的问题，还是在给我挖坑？他肯定知道的，我去超市工作以后他老婆去过店里很多次了，我礼貌地跟她打招呼，而她却匆忙从我旁边走过。我决定按照表面意思来回答，以防万一，万一奇迹般地，他会在无奈之下认真考虑给我一份工作。

"我现在在历德超市工作，只是临时的兼职。"

"好吧。你从那边离职需要多少时间？"

他是认真的吗，还是说他只是想让我落入陷阱，这样当他最后出手的时候可以给我一个更狠的耳光？我无法确定，所以我依然抱着一线希望。

"不需要时间。"

"孩子，你毫无疑问是合格的。而且我们也需要帮手，我们的进度已经落后了，我们这里有些家伙连自己的屁股和胳膊肘都分不清，更不用说区分砖头和托梁了。"我感觉到我有希望了。也许我之前对他的看法是错误的。

然而事实证明我没错。

"但是麦加菲尼，"他的语调变了，叫出我的名字，"我宁可在我悲惨的一生中剩下的时间里，一天二十四小时，一周七天，徒手盖起这里的每一座房子，也不会给你一份工作。"他满意地向后靠在椅子上，"但谢谢你来面试。"

我有很多话想说——辱骂和诅咒，请求和祈祷——但主要是脏话。然而我只是站了起来，然后转身走了出去。

海莉

　　我等到早上才回了马克的短信。我不想安排任何事，不希望他请我出去约会，除非是约在寒冷而清醒的白天。我以为他会让我等一阵子，没想到他立刻就回了一条信息，提出要请我吃午餐。几天后我们共进了午餐，接下来还去看了电影，喝了饮料，最后去一家高级餐厅吃了晚餐，这些钱都是用马克那慈悲的奖学金付的。一个月过去了，虽然我们在一起非常开心，我也很喜欢他的陪伴，但我们并未在身体接触方面有所升级，只停留在晚安吻的阶段，虽然那些吻的长度和激情都有所增加。我能感觉到马克在谨慎地避免再犯他之前所犯的错误，他在等着我迈出第一步。

　　但我没有。我做不到。脱掉衣服的念头给我带来的不是激情，而是不确定感、恐惧和慌乱。

　　相反，我等着他厌倦我的犹豫不决，我的不情愿，然后甩了我。我几乎已经放弃了，但这个想法却令我感到非常沮丧。

　　我再次低估了他。

　　一天晚上，他没有告诉我就突然出现了，因为训练后刚洗了澡，头发还是湿湿的。公寓里只有我一个人，其他人都进城去了。那是周四晚上，俱乐部的学生之夜，门票便宜，酒水更便宜。我没去是因为头疼和急着赶论文，但门铃响的时候我正躺在床上用我那小小的便携式电视机看一张很老的DVD。

　　"我能进去吗？"他问，穿着T恤和牛仔裤在门口轻轻地哆嗦着。那是十一月啊，老天！他看向黑着灯的厨房和紧闭的几扇卧室门，"你的室友都不在吗？"

　　我摇头表示不在。

"很好。我想跟你私下里谈谈。"

来了。

我做好了准备。我没有奢望太多。男人，尤其是长得好看、打橄榄球、聪明、有魅力而且有趣的男人，不会在不主动的冷淡女孩儿身上浪费时间，有大把主动的女人急着往他们怀里扑。

"我们能去你的房间吗？"他轻轻地问。

我叹了口气。我本来准备带他去公共区域的，那里没有那么私人，而且我希望那样能促使他在说完他想说的话之后尽快离开。我已经能感觉到后悔和自我厌恶在我身体里积累，在喉咙处堵成一团，刺痛了我的双眼。我真是个傻瓜。

我坐在床上，他在我身旁舒服地躺下，正好在能够触碰的范围之外。他的目光落在了电视上。

"你在看什么？"

请你继续说正事。

但如果不回答的话会显得很不礼貌。

"《完美音调》。"

他笑了："小妞电影？"

"对。"这一部是我的旧爱，我心情低落的时候就会看它，看个十分钟左右。

"我把它关了。"

我跳起来，迫切地需要一个理由从床上离开，然后按下了"停止"键。

"你想来点音乐吗？"马克看向我的手机示意道。我想不出拒绝的理由，虽然要求放音乐显得他似乎是准备要多待一段时间。我更希望他快一点说，直截了当地把这事结束了。

我滑开手机，接着在加尔文·哈里斯[①]的歌曲以最大音量从蓝牙音响里传出时迅速转动音量旋钮关小声音。

---

① 加尔文·哈里斯，1984 年 1 月 17 日出生于苏格兰丹弗里斯镇，英国苏格兰创作歌手、音乐制作人、DJ。

"过来坐我旁边。"他拍拍床，朝我做了个鬼脸，"求你了。"

我坐在了床角，离他尽可能远，但他却不顾我的抗拒，抓着我的手轻轻地把我拉向他。

"过来，"他责备地说，"我要跟你谈些事情，一些私人的事情。我可不想隔着整个房间说话。"

我咬着牙，任由自己被拉到了他身旁。他低头看着我，我也看着他，我努力不哭出来。

"我不太清楚该怎么说这话，"他低声说，我等待着，"海莉……你是处女吗？"

"什么？"

我眨了眨眼，震惊了。这完全不是我预料中他要说的话。

"你是处女吗？"

他看起来很不安，但并不尴尬。尴尬的是我，我的脸一下子红了。

"不是。"我对着他的膝盖咕哝道，那是他身上我唯一能勉强去看的地方。

他叹了口气，听起来很沮丧。好奇赢过了尴尬，我看了他一眼。他看起来很心烦，嘴角向下挂着。

"你不喜欢我？是这样吗？"

"你什么意思？我很喜欢你，马克。"

我彻底困惑了，完全不明白他这么说是要干什么。我应该明白的。

"我不懂。那你为什么不喜欢我碰你？"

"什么？"我问，但其实我是在拖延。我瞬间跟上了他的思路，同时也多么希望我刚才撒谎说自己还是处女。

"我不是在逼你或者什么，"他认真地说，而我也相信他，"但你似乎甚至不想——我的意思是……感觉每次我用手碰你，你都会缩到一边去，好像我在骚扰你一样。"

我吃惊地看着他，没想到我的不情愿和犹疑竟然有这么明显。我已经尽力去抑制神经的颤抖和逃离的本能了，显然，我做得不算太好。

他在等一个回答，脸上带着不确定，甚至可能是受伤。我短暂地闭了闭眼睛，让自己镇静下来。

对他公平点，海莉。

"想听真相吗？"我问。

他点点头，虽然他也不太可能会说"不，我更愿意听谎言，求你"。

我做了一个深呼吸，接着又做了一次。

"好吧，事情是……该死。抱歉。"我抹了抹眼睛，擦去那急着想让我闭嘴的又烫又咸的眼泪。

"别哭。"他悄声说，神色痛苦。他伸出手触碰我，接着把手放回了膝盖上。

我又试了一次。

"事实是……我不是处女。我在老家曾有个男朋友，在我十六岁的时候，我们非常认真。我们，我们一起睡过。但是——"

我的喉咙堵住了，声音发不出来。更多的眼泪从我脸上滚落。

"抱歉，你显然并不想说这些。你不用非得告诉我，海莉。真的。我很抱歉。"

"不，没事。"并不是没事，但我发现我其实想告诉他这些。因为我们要么继续走下去，要么结束，是时候见分晓了。"我们非常愚蠢，没有用，你知道的，避孕套，"我尴尬地蹩出这个词，"而且……而且……"

"你感染了什么？"他猜道。

"不。"在某种程度上，更加糟糕。"我怀孕了。我父母逼我做了流产。我的意思是，我还不知道我要不要留下他，但我没有选择。他们带我去了诊所，然后……他们不准我再见那个男孩儿了。"我哭得上气不接下气，"所以就是这样，这就是原因。不是我不喜欢你。我喜欢，我真的喜欢你，马克。只是……这一切还是有些痛。"

"我明白了。"他很轻地说。

我不明白。我看不到他的反应。我的眼睛里都是泪水，他的脸是一副平静的面具。这是我真正被甩的时刻吗？这是我暗自期待的结果吗？我不确定我想让他紧紧地抱着我，还是想让他消失。也许都有。

"你可以……你可以走，如果你想的话。"我咕哝着。

"你想让我走吗？"

我想吗？

"不。"

"那就闭嘴。"我抽了抽鼻子，看着他。他的嘴唇扭成了一个很小的微笑。"可怜的宝贝儿，"他伸出手轻抚我的脸，"过来。"他在床上平躺下，头枕在枕头上，把我拥在他的怀里。我的后背贴着他温暖的胸膛，他轻抚着我的头发。我花了很长时间才开始觉得舒服自在，但最终做到了。太舒服了，所以我就那样睡着了，连凌晨四点室友们闹哄哄地回来时也没醒。

当然，第二天早晨马克和我一起出现时她们都认为我们上了床。

"是时候了！"房间里回响着这句评论，谢天谢地是在马克走了以后！我告诉她们没有时她们都不相信。但我们的确没有——虽然最后还是有了，那是几星期后，在晚餐、酒水、说了很多话和一些很慢、很小心的动作之后。马克很耐心、很温柔、很善解人意，他有我所需要的一切。话在舌尖打转，我差点告诉他我爱他，但我忍住了。我还没准备好。但一个月后，那件事也发生了。我很开心，永远也不想停下来。

利亚姆

生活非常痛苦。我继续在历德超市工作，额外花几个小时整理手推车和从卡车上卸货。做什么都行，只要别坐在家里思考我身上到底发生了什么。

艾登依然在牢里。他本来就快出来了，但却被抓到藏着毒品，天知道是怎么偷运进去的——肯定不是从我或者妈妈这里——法官决定在他的刑期结束后再追加几个月。这完全是浪费时间：我哥哥早就学不进任何教训了。但他不在家依然是一种解脱，他能像瘟疫一样感染家里。

他待在现在那个地方可能也更安全一些，因为那个叫里德的姑娘的男朋友凯文·穆瑞，依然没忘记那件事。法官判处艾登的区区六个月刑期对他来说不够，他想要血偿，由于艾登正躲在一个他碰不到的地方，因此他似乎觉得冲着我来也可以。我也流着麦加菲尼的血，天主教徒的血，绿色的血，也能起到血偿的作用。

目前我躲着穆瑞的方法仅仅是不出门。天黑之后，我只有上下班时才会离开家。这对我的社交生活几乎没有影响，说实话，自从我失去建筑工地的工作以后，我也失去了我的朋友们。穆瑞在他们的耳边吹了风，散布了他的毒药，然后我就不再受欢迎了。我跟在教会中学认识的所有人都失去了联系，跟历德超市的僵尸们交朋友也完全不可能。他们要么是十六七岁的蠢孩子，要么跟妈妈的年纪一样大。但我并不孤独，我有我病态的想法做伴，而且我安然无恙。

安然无恙了一阵子。

卡勒姆

"我还会再见到你吗？"

我走下最后几级台阶，站在人行道上转身看着她。丽萨对我微笑着，她的嘴唇稍微有些肿，头发乱糟糟的，身上裹了一件紧身的睡袍，那是她全身仅有的一件衣服。外面很冷，但她看起来并不急着动。她看起来非常……满足。

我忍不住因此而得意起来。

"也许。"我笑着对她说。

是啊，我可以再跟她见面。我们没什么共同点，但她说的一些东西却能让我大笑——我希望她是有意的——接着当我们回到她家之后……

我当然可以再来一遍。

"我会给你打电话的。"我向她保证。

"好的。"她几乎是轻哼着说。

"晚安，美女。"我朝她眨了下眼，在她再次开口之前已经半转过身。

"你知道吗，瑞秋很喜欢你，但我告诉她你更喜欢我。我猜我是对的。"她对我笑着，显然因为这件事而更加开心了，好吧。

"什么？"我问。

"瑞秋。瑞秋·丹尼尔斯。你认识她的，对吗？"

我知道那个名字。她是一个叫杰米的拳击伙伴的妹妹。

"对。"我说。

我不知道她是丽萨的朋友，如果知道的话也许就不会接受这次约会的邀请了。

因为她说得没错，我的确喜欢瑞秋，实际上要比喜欢她多得多。但作为杰米的妹妹，她属于禁区。除非我准备好跟她认真交往，非常认真的那种。

我最近不想要任何认真的东西。

"她喜欢你。"丽萨继续说。她的眼中现在有了一种冷酷、胜利的光芒。我看着她，努力把这副样子跟之前那个和我约会、上床的女孩儿对上号。她调整了一下睡袍，刻意把前襟的缝隙拉得更大，而不是为了抵御寒冷而裹得更紧。她站在那里，性感得令人难以置信，简直是每个男人的春梦。但我却找不到之前整晚所感觉到的那种吸引力了。

"哦。"我说，因为她似乎想要某种回应。

"我不会告诉她我们做了什么，"她继续说，"她会很伤心的。"

她的语气——那种关心朋友的语气——装得太过了。她也许不会告诉她，但她肯定会让那个女孩儿发现。这招真漂亮。我当场立刻做出决定，我不会再接受丽萨的任何"邀请"。

"晚安，丽萨。"

她还在我身后喊着什么，但我没有停下，没有回头。我只想回家。

还有洗澡。

利亚姆

这只是时间问题——而那个时间到来了。

我并不知道这一点，但我瞥到了一群黑影。他们一直没让我察觉，直到我拐出主街，走进了住宅区，那里的窗帘都严严实实地遮挡住夜色，也很少有车辆经过。然后他们的脚步变快了，变得更有目的性，更大声。最终那阵声音穿透了我被啤酒麻痹的大脑，触发了警报。当我转过身时，他们几乎已经到我面前了。距离太近，不可能是找麻烦之外的东西。

我把目光锁定在四个人里带头的那个身上，凯文·穆瑞，当然是他。他也盯着我，我知道我只有一瞬间来决定要不要跑。我的大脑对我尖叫着让我跑，但我的腿却反应得太慢，然后时机就错过了。

一阵奇怪而尴尬的沉默。夜里很凉，但不是太冷，无风。几乎算得上平静，不是那种会助长暴力的夜晚。我没有后退，也没有动手打架，只是站在那里，等着，而他们不知道该对此作何反应。攻击一个既不跑也不自卫的人并不是件容易的事。如果没有人煽风点火，我真的相信如果只有我和凯文两个人的话，一对一，他会走开的。但实际情况却不是，他有朋友，有帮手，而他们就是为了打架而来的。

"揍这个小芬尼亚浑蛋！"其中一个吼道。

"对，凯文。动手！"

他们的刺激正是他所需要的。凯文向前几步，他的脸扭曲成一个怒视的表情。我感觉到我的手攥成了拳头，并站稳了脚跟。我不会煽动斗殴，但我也不会什么都不做傻等着别人来踢我的脑袋。

但他们有四个人，而我只有一个人。

"这很愚蠢。"我拖延着时间，瞟着那些亮着灯的窗户，希望在某块颤动的窗帘后面看到一张好管闲事的面孔，会拨打报警电话或出来帮忙，"我从来没碰过你女朋友。"

"是啊，但你哥哥碰了。"凯文冷笑道，又向前走了一步。他正在激发他自己的情绪，让愤怒控制自己。我能听到他粗重的呼吸声，能看到他的肩膀上下起伏。

该死。

一辆拐进街道的汽车开着大灯，晃得我暂时失明。我举起手挡住自己的眼睛，当车灯的眩光从我身上移开时，我的视线被另一个东西占满了：一个拳头。我本能地弯腰，但还是不够快。凯文的拳头打中了我的头一侧，让我眼冒金星。我踉跄着扑进了人行道边扎人的冬季灌木丛里，然后试图往后退，跟他们拉开一些距离，这样就能找到支撑点，能够集中精力。

但他们比我更快。有人已经包抄到了我的后面，他们把我推回凯文的面前。但这一次，我已经准备好出击了。我向后倾斜避开他的拳头，接着胳膊抢向前，用拳头砸中了他的肚子。重击使他肺里的空气被挤出，引起隔膜震动，我听到了一声哀号。我再次向前，寻找机会，瞄准了他的脸。

他的朋友们不会让这种事发生。一只手抓住了我的手腕向后拉，直到被扣在我身后，失去了作用。这个动作使得我的右脸彻底没了防卫，凯文的下一拳打断了我的鼻子，打得我躺平在地上。一旦倒下，就没机会再爬起来了。他们围着我，四个高大的黑影阻隔了路灯的光亮。接着脚踢开始了。第一脚踢中了我的肋骨，第二脚踢中了我的下巴，接着是我的腹股沟。我蜷缩起来，试图保护自己，但这又让我的脊椎失去了保护，接下来的一脚踢中了我的腰。

"喂！"

隐约中我听到有人在喊，接着沉重的脚步声传了过来。

"喂，怎么回事？"

"走开！不关你的事。"

靴子依然不断落下来。我的脑袋在转，寻找着失去意识这种幸福的解脱方式。

"……够了。他被揍得够狠了。"

"滚开，汤姆森。"

"我说放开他。他到底干了什么？"

他们停止了对我的殴打，把注意力转向了这个陌生人：汤姆森。为什么这个名字我有点印象？为什么我认识这个声音？我无法思考。我已经蒙了，剧烈地颤抖着，甚至都意识不到我正躺在冰冷的地面上。

"他干了什么？他和他哥哥，该死的芬尼亚，试图强奸我女朋友。就是这样。"

不，我没有。我没有。

一阵沉默。我的拯救者要消失了吗？让他们继续结果了我？

"好吧。你已经报了仇了。放过他吧。"

"我跟他还没算完账呢。"

"不，已经算完了。"

那个声音是正式的，决定性的，也是熟悉的。这到底是谁？我的脑子不能工作。

"汤姆森——"

汤姆森……

"别叫我汤姆森，凯文。现在就消失，否则我就把你放进下周的解决名单里。"

这句威胁低沉而致命，这个人是认真的。但他只有一个人，仅仅一个人，面对四个人，这不足以救我。

"你要考虑一下你站在哪边，卡勒姆。"

卡勒姆？

接着我一下子明白了这位身披闪亮铠甲的骑士是谁。谁会有街头信誉、有胆子来威胁四个暴徒，并让他们从斗殴中退缩呢？

"给我消失，凯文。现在。"

他们消失了，他们真的奇迹般地消失了，离开时还在恶毒地嘟囔。

我转了转眼睛，努力振作起来。

我感觉到一只手抓住了我的胳膊，轻轻用力拉着我翻过身。我眨眼，刺目的黄色路灯像针一样扎着我的双眼。

"老天，利亚姆。是你。"他听起来很震惊，还有厌恶。虽然疼得迷迷糊糊，但我还记得穆瑞告诉了他我的所作所为。

"卡勒姆。"我说，但嘴里出来的却是血水。我的口腔里有血，我努力想吐出来。

"没关系。"他拍拍我的胳膊，"我在打电话叫救护车。"

"卡勒姆，"我又试了一次，伸手抓住他的衬衫前襟，"我没有做他们所说的事。"

"什么？"现在我引起了他的注意。

"他们说的，强奸那个女孩儿的事。不是我，是艾登。我都不在现场。卡勒姆——"

"好的，利亚姆，好的。"

我看不出来他相不相信我。

卡勒姆

如果我一开始就知道那是谁的话还会帮他吗？如果我知道那是利亚姆·麦加菲尼，他终于挨到了他应得的拳脚了呢？

我跟他一起坐在混凝土地面上，挨着冻等救护车时，我这样问自己。

我不知道。但接下来，利亚姆不停地咿咿呀呀地说着话，很难再继续思考了。我很确定他们有一下踢到了他的头。一方面，他的额头上有个很严重的伤口；另一方面，他说的话基本听不懂。

"求求你"他不断说着这句话，就好像他有权求我什么似的。

一连串含糊的咕哝和混乱的否认从他嘴里冒出来。他没有那么做。他不会那么做。没有强奸。是艾登。艾登。我必须相信他。"求求你"。

我不必为他做任何事。叫救护车已经超过了他应得的，而陪他等着救护车来——这已经超过太多了。我应该把他丢在那里的。就算凯文·穆瑞回来继续打他也是他活该。

但我还是等着，眼睛盯着远处，搜寻蓝色的闪光，希望他们能快点来，这样我就不用看着利亚姆了。

他一团糟——浑身是血，嘴巴、鼻子和眼睛已经肿了——但我已经习惯这样了。我在镜子里看到自己的脸这副样子也很多次了。如果你像我一样频繁地打拳击的话这是无法避免的。

不，我不想看他的脸，因为他的话开始渗入了我的大脑，而我想否认它们。我很高兴把他描绘成坏人——因为他终于成为一个我一直认为他就是人渣的人，但当我看着他的脸时……

我跟骗子打过很多交道。我爸爸是个大师，他撒谎时面不改色，眼中也看不出狡猾，有时候我几乎觉得他的确相信自己说的那些鬼话。

但我不相信。

看着利亚姆，你不可能相信他在说谎。当他以为我相信了凯文说的话时，他脸上那种绝望和恐惧。因为他一定知道，如果我相信的话，我会告诉海莉。在装着他们混乱的关系的棺木上再钉进一枚钉子。那段关系已死，但却拒绝被埋葬。这让他发狂，就算凯文和他的朋友们把他打到只剩一口气，也不会让他这样害怕。这告诉了我另一件事。

利亚姆·麦加菲尼依然爱着我的妹妹。

利亚姆

在医院里，医生告诉我我的鼻子断了，还掉了三颗牙，裂了几根肋骨，额头上缝了五针，从头到脚都是伤。警察来找我谈话，但他们泄气地离开了。我告诉他们我不会提起指控，我说我没看到他们，不知道是谁干的。不，我不知道叫救护车的是谁。感谢您抽时间过来。我没事。

警察什么也做不了。就算他们逮捕他，他也会说那是自卫，然后下一次他和他的朋友们在黑暗的街道上抓到我时，就不会只是上次那样的拳打脚踢了。不，忘了警察吧。我必须用自己的方式解决这件事。

我给自己买了一把刀。

我不是什么格拉斯哥的黑帮分子，不需要做工精致的大砍刀。我只需要一件小小的、不起眼的东西，一件能完成任务的东西。我给自己买了一把弹簧刀，六英寸长。这个长度足够被看到，足够让他们三思而后行，足够救我的命。它送到时，我把它拿在手里，感觉到安全。老天才知道为什么，但我就是感觉到了。

我把它放进我的牛仔裤口袋里，我知道一件事：他们再也打不到我了。

海莉

几个月后，马克和我结束了。但没关系，我们的关系已经走完它的路程，我们都同意是时候继续各自前进了。我们说要继续做朋友，我觉得我们会的，因为马克让我重新变得完整。虽然只有一点，但已经足够恢复正常了。

但还不够回家。

艾登

自由的空气。

我吸进来，让它充满我的肺，我的身体。

监狱看守检查我的文件时我在大门内等着，尽量不表现出烦躁，不让那肥胖的傻瓜知道我是多么迫切地想从这里出去。我知道如果他嗅到了一丝味道的话，肯定会把这个过程尽可能地拖长。

最后他终于满意了，大门在沉重的金属撞击声中打开。我从容地走出去，一只手插在口袋里，另一只手抓着装满我的东西的透明塑料袋。

那里没有人问候我。

我也没抱那种期待，我不在乎。我收到消息说过去三个月里我妈妈和利亚姆都没来探视过，甚至连钱也没给我寄过。不过这依然不值一提。

我头也不回地走出监狱。三个月，十二个星期，九十二天。真是地狱。碰不到药物，同屋狱友是个新教徒、同性恋，还有墙，到处都是墙，把我关在里面，让我的幽闭恐惧症发作。

永远，再也不要被关进来。我当场立刻对自己保证，永远没有下一次。

我不在乎我必须做什么，总之我不会再回监狱。

20岁

利亚姆

被凯文·穆瑞打的伤花了很长时间才痊愈。医生接好了我的鼻子，把我的肋骨用绷带包起来。牙医给我植了一颗新牙，代替被打掉的其中一颗。但只补了前面的那颗，能看到的那颗。后面两颗也补的话就太贵了，反正我也从来都不喜欢用左边嚼东西。

那些能看到的地方，我是被治愈了的。我看起来很正常，呼吸时身侧不再会传来刺痛，额头上的线拆了以后，皮肤已经愈合，只剩一条细细的红线。完好如初，至少表面上看是这样。

但我的心里却是一片狼藉。我出不了门，所以我的工作没了，他们换了个能够保证按时去上班，或者能随叫随到的人。这件事倒没有困扰我，反正我不出去，也不需要花什么钱。当然，这意味着我无法再给妈妈房租和饭钱了，但我当时没有考虑这个。我被困在了自己的脑海中，被我房间的四面墙保护起来。我躺在黑暗中，瘫在床上，对自己喃喃低语。不是在策划复仇，只是一遍遍地在脑子里想这一切有多么不公平。我刚刚满了二十岁，却什么都没有，没有朋友，没有女朋友，没有工作。凯文·穆瑞告诉了卡勒姆，天知道他还跟哪些人说了我是强奸犯或等同于强奸犯的话。我害怕走出家门，以防受到攻击。

我看不到未来，所以我活在过去。我会花几个小时盯着天花板，回忆着一切还好的那些日子。那时我的生活里还有阳光，那束阳光叫作海莉。

要不是确信她离开后在别的地方过着更好的生活，我肯定会试着联系她的。看看过去的时间是不是已经够了，如果能有个限度的话。

收回。刚才说的是谎话。如果我有她的任何联系方式，我一定会联系她的，但我没有。所以我在房间里徘徊，假装自己回到了十六岁，假装她就在我身边。这是一种悲伤的生活。

最奇怪的是什么？就是把我从自闭中拉出来的那个人是艾登。

他从监狱出来后洗心革面，比之前干净了。一开始，我只是怀疑地盯着他。这个崭新的人是谁？怎么看起来这么像我哥哥，除了那双闪烁着生机的眼睛。

而他把所有新获得的生命热情都用来拉我动起来、走出去。他不知道我为什么变成了这样——他也从来不会费心去问——但他决定不能让我这样下去。

实际上，他的行为跟为我好没什么关系。他不是在努力变得无私或博爱，他只是没别人了。他只有我，或者他脑袋里的那个声音。但他拉我的这一把依然是我所需要的，我得为此感谢他。

但我不必感谢他害得我被逮捕。

那是五月的一个周六晚上，然而太阳依然在窗外闪耀着。他说他一整天都没出门了，浑身发痒，需要一些新鲜空气。而且我也没出门，看起来一团糟。我们应该出去走走。

我犹豫着。出门这个提议很诱人——长时间待在室内让我的头很痛——但我有充分的理由不在今天这个日子踏出家门。流浪者在埃布罗克斯①赢了球，彻底回到了苏格兰超级联赛。拉克霍尔正在庆祝，而用不了多久，庆祝就会变成破坏。到时候身为一个凯尔特人球迷在街上晃可不是个好主意。而且，我暗自怀疑能解决艾登浑身发痒的东西并不是新鲜空气。

我本该听从心中的疑虑的，但艾登一直抱怨和劝诱我，最后为了让他闭嘴我只好跟他出门了。他带着我穿过市区，来到伯肯肖区的腹地，然后他去敲整个住宅区范围内，甚至可能是全国范围内最破的一扇门，而我则被丢在街上引人注目地徘徊着。门开了，他消失了。而我在努力让自己不那么显眼，因为我注意到了车里、门前、躺在花园里和从窗户里往外看的那些人。他们中间的大多数人是醉醺醺的，而他们所有人都正在用怀疑的目光打量着街上的陌生人。

① 埃布罗克斯球场，格拉斯哥流浪者队主场。

快点，艾登。

幸运的是他真的很快，几分钟后就从破烂的门里出来了，脸上挂着大大的微笑。

"好了，弟弟。我们走！"

我嫌恶地看了他一眼，他看起来心情很好，一路连蹦带跳地走着，这给我们吸引了不少注意力。当一条窄窄的、弯曲的小路把我们带回主街上时我松了一口气。虽然这里有更多的车辆能看到我们，但想要靠边停车也更难。我要为此感谢上帝，因为艾登已经失控了，对经过的每一辆窗外挂着蓝色围巾的汽车大喊"新教徒！"而这样的车是大多数。

"别喊了！"我吼道。但他不听我的，冲到马路上去对一辆小小的红色科莎①做出两根手指的手势②，副驾驶座的窗户摇了下来，车里的人对我们破口大骂。我看了看四周，伸出手表示抱歉，接着我的心沉了下去。有一辆车的涂装是这样的：亮灰色上画着蓝色和黄色的方块，车顶上有蓝色的灯，引擎盖上喷涂着"警察"一词。

"哦，看在上帝的分儿上！"

我揪住艾登的领子，把他拉到人行道上，然后看着两名警察下了车，面色阴沉。

"晚上好，小伙子们。"其中一个警察说。

"嗨，警察先生。"我紧张地朝他苦笑了一下。

在我身边，艾登终于意识到发生了什么。

"嚯，这是干什么？我们什么也没干！"

他的身体晃来晃去，挑衅地瞪着眼。

闭嘴，你这白痴！

亲爱的上帝，请保佑他已经在那座房子里吸完了所有的药物。

"名字？"

"利亚姆·麦加菲尼。"我哥哥沉默不语，"这是我哥哥，艾登。"

---

① 科莎，德国欧宝汽车公司的一个品牌。

② 掌心向内伸出食指和中指的手势，在英国表示辱骂对方。

"你们今晚出来干什么？"还是之前那个警察问。措辞非常礼貌，但这其实是第一道考验。

"只是出来走走，我们正要回家。"我说。

"了解了。有没有喝酒？庆祝？"

"没有。"我说。

"有什么好庆祝的？蓝鼻子渣滓又一次靠作弊获得了联赛胜利！简直是狗屎！"

我怒视着艾登，但他无视了我，依然瞪着眼睛看着来往车辆，朝所有那些看向我们的好奇面孔、那些想看看是谁被警察拦住了的人发出嘘声。

"好的，小伙子们。转过身去，双手放在车顶上，我们要快速检查一下你们的口袋。"

我叹了口气，然后照做。艾登也照做了，虽然态度要更加烦躁些。

"你身上有没有会伤害到我的东西？"第二个警察问我，他手上已经戴好了手套，准备伸进我的牛仔裤口袋里。

"没有。"我说，接着我突然猛地咬紧了牙，发出了响声。因为那里有一个东西，一个会伤害到我的东西，一个遇到凯文·穆瑞的那个夜晚之后我一直带在身上的那个东西，一个警察不会喜欢的东西。

模模糊糊中，我听到我左边的警察在跟艾登说话。

"艾登·麦加菲尼，我以持有毒品为由逮捕你。你有权保……"

我感觉到一只手伸进了我前面的口袋，从里面掏出一把零钱和一包口香糖。接着他移到了后面。我闭上眼睛。

"这是什么？"

我听到了他松开弹簧刀卡锁的声音。然后他叹了一口气。该死。

"利亚姆·麦加菲尼，我以持有刀具为由逮捕你——"我的心沉了下去，肾上腺素刺穿了神经系统，脉搏狂跳，额头上全是汗，"你有权保持沉默，但如果你拒绝回答问题，也许会不利于你之后在法庭上的辩护。"

我头昏脑涨，飞驰而过的车辆令我眩晕。因为恐惧，我向前倒下去，让脑袋重重撞上车顶坚硬的金属外壳。我怎么能这么蠢？

艾登，我要杀了你。

他们把我们押进警车后排，拉到警察局，我们被登记入内，然后一个八字胡、大肚子的中年秃顶羁押警察采集了我们的指纹。在车上的时候艾登非常愤怒，他咆哮、发牢骚，还用脑袋有节奏地撞击车窗。但现在他似乎放松下来了，我猜是因为这地方他很熟悉。但我不熟悉。我的心中冰凉，口干舌燥，我甚至都发不出足够大的声音来回答羁押警察的问题。

接着，在脱了鞋和解了皮带之后，我被关进了一间牢房里等着。继续等。当你没有表，或者书，或者电视，或者可以说话的人时，时间会过得非常慢。但并非没有娱乐。就像我预测的那样，庆祝变成了破坏，后果开始逐渐显现。醉鬼，斗殴的醉鬼，打架的——有赢家也有输家——一两个醉鬼。

最后，过了永远那么久之后，我被带到了一个小房间里，里面有一张桌子、三把椅子和一台录音机。我接受了调查，说出了真相。跟他们讲了艾登出庭那天的事，讲了我受到的威胁，讲了那次我从来没有上报的袭击，以及那把我用来救命的刀。他们听完后全部记了下来，对我露出同情的表情。然后他们起诉了我。

我没有犯罪记录，也没有试图反抗或逃跑，所以他们保释了我，让我走。但我讨厌在周一跟人见面，而且不是跟那个让我签了一大堆文件的漂亮警察。那是跟法官的见面。我出庭的日子。

卡勒姆

"所以,"我懒懒地朝我床上的女孩儿笑着,倒下来瘫在她身边,"这是第四次约会了,我够资格进入你的通讯录了吗?"

第四次约会,但我们已经睡了两次。我觉得这至少能让我进入通讯录吧。

"你已经在里面了。"艾尔西对我翻了个白眼。

"我不相信,"我用手指挠她的腰,然后找机会伸到她背后从她的口袋里搜出了她的手机,"证明给我看!"

她被我摸得一边尖叫一边咯咯地笑,然后用手捂住嘴巴,防止发出声音。我取笑她,拉开她的胳膊,亲吻她的手心。

"别慌,"我向她保证,"我们很安全。"

妈妈去值夜班了,爸爸八点半之前就会在他的扶手椅里陷入昏睡。而现在已经八点四十五了。

"习惯而已。"她回答,有点脸红和害羞。艾尔西也还跟她妈妈一起住在家里。她尴尬的表情让我得意地笑了起来,但我的眼中却带了一丝懊恼。我早就该搬出去自己住了,而今晚正好完美地证明了为什么应该那样做。我爸爸笨重的脚步声传来时我们俩都像调皮的青少年那样屏住呼吸,一分钟后我听到了厕所冲水的声音,然后又听到沉重的脚步声渐渐远去。

"所以你把我放在了哪个目录下面?"我一边问一边按亮她的手机屏幕,向下滑着她的通讯录,"性感帅哥,还是大男孩儿?"

"你怎么拿到的?"艾尔西尖叫着,毫无意义地拍着她的口袋,虽然她的手机明明白白地拿在我的手里。

"这是我的一个小窍门,"我告诉她,"我也能神不知鬼不觉地把你的内衣拿出来。"

艾尔西发出一声短促的、毫不温柔的尖笑，然后拉开她的领口往里看。

"只是检查一下。"她接着对我说道，"你的名字在 C 下面……卡勒姆的第一个字母。"

我在触屏上点了一下 C，果然，我的名字就在那儿。我对着我的名字笑了笑，接着继续往下滑。

"在找你的竞争对手？"艾尔西饶有兴致地看着我，嘴角撇向一旁。

"不是……"我说，但其实我是，而且我看到的东西让我不太高兴。她的通讯录里有很多男孩儿的名字，而且他们不可能全都是她的兄弟或表兄弟或童年玩伴。我瞪着眼扫过一串 J 和 K 开头的名字，然后看到了 L，接着我的心一下凉了。

"你为什么会有利亚姆·麦加菲尼的电话？"我脱口而出。

"谁？"艾尔西傻傻地问，伸手来拿手机。

"利亚姆·麦加菲尼。"我说，甚至没去掩饰声音里的冰冷。他的名字给我的舌头裹上了一层又苦又酸的滋味。

艾尔西低头看着那个号码，额头皱了起来。这让我短暂地分神想到了别的：她怎么会手机里存着男孩儿的号码但却连对方是谁都不记得？

"哦，"她微微一笑，目光落在房间另一头，像是在回忆，接着她把手机扔回床上，"我们曾经约会过一次，很久之前了。从那以后他再也没给我打过电话。"

她耸耸肩，好像这样问题就解决了一样。但我不觉得解决了，为什么他非要这样不断地突然冒出来，阴魂不散地缠着我？

"你应该删了他的号码，"我告诉她，"他不是个好人。"

我的手已经伸向了床的另一边，准备自己删掉它，但我又把手收回来。我不是她的男朋友，目前还不是，她手机里有谁根本不关我的事。只是……这让我有些愤懑，感觉像是他也在这个房间里跟我们待在一起。

艾尔西做了一个不置可否的动作，微微抬起一边肩膀。

"他好像还不错啊，"她说，"我们玩得挺开心的。你怎么会认识他？"

啊。我不该画蛇添足的。这要怎么回答呢？肯定不能说实话。

也许可以稍微说一点实话。

"他跟我妹妹约会过一段时间。"我坐起来，在我们之间拉开一点距离。

"哦，"艾尔西点点头，消化着这个消息，"世界真小。"

她微笑了一下转换话题，并在床上挪了挪位置，仰起头对我发出邀请。我上了钩，靠过去把我的嘴唇压在她的嘴唇上，但我还是注意到她依然没有删掉那个号码。很长一段时间之后当我退开时，手机已经不见了。

"想象一下我不给你打电话怎么办。"我打趣道。

"过上一两个月，"她挖苦地说，"我敢说你就不只是想象一下而已了。"

我本来正在用鼻子蹭她的脖子，我的手指把她的衣服吊带拉到了肩膀下方，但听到她这句话时我突然后退，困惑地看着她。

"什么？"

她轻轻地笑了，好像并不在意。

"得了吧，卡勒姆！你没打算长期交往。"

"艾尔西——"

"没关系，"她温柔地微笑着，"我答应跟你一起吃晚餐时就已经知道了。你不是那种人，你是……他们怎么说的来着？你是不羁的浪子。"

"我不是——"

"不，你是对的。不是那样的。你在寻找某种东西，你也许甚至并不知道自己在寻找什么。但你要找的不是我，这一点我还是知道的。"

我张开嘴想要继续反驳，但最终能插上嘴时，却说不出话来。

"但是……那么……你为什么会同意跟我约会呢？"

奇怪的是我并没有否认她的话。我想我从来没真正思考过这件事，但艾尔西对她所说的话充满了自信，这让我非常沮丧。

"为什么？"她拱回我的怀里，把我压倒在床上，"因为你帅气、有趣，我觉得这会是很有意思的几个月。"

她亲吻着我，虽然我的嘴唇也在她的嘴唇上移动，但我却心不在焉。她是对的吗？我是在那样做吗？如果是的话，我所寻找的是什么呢？我不知道。

"卡勒姆！"她把我拉回现实中，"专心点。"

"抱歉，"我对她稍微笑了笑，在床上翻了个身。一只手把她转了个位置，让她依偎在我的身下，"真的抱歉。"

她给了我一个性感的表情，双手攀着我的肩膀把我拉下去。我努力让注意力集中，但这很难。十秒钟后我坐起来，低头看着她。

"你真的觉得我是那样的吗？"我问。

"卡勒姆！"她摇摇头，纵容中带着一点恼火，"天啊，我真希望我什么也没说！"

我也希望。我心想。

"但你真的那样想吗？"我逼问她。

"我不知道，"她略显尴尬地耸起肩，依然被我困在身下，"我觉得应该是。没错。我的意思是，你的名声就是那样。"

我眨眨眼。

"我有名声？"

"这你就是在开玩笑了。"

艾尔西试图坐起来，但她被我的大腿夹着。

"我不是那样的。"我向她保证。

她叹了口气，带着一种复杂的神色看着我。

"卡勒姆，你去年跟多少女孩儿约会过？"

我张开嘴想告诉她一个数字，接着很快开始用手指做计算。数完两只手后，我已经数不清了，只好从头再来。

"等一下。"我说，看到她的眉毛挑到了额头上。

"我觉得你无法告诉我这一点就已经足以回答了。"

我羞怯地做了个鬼脸。她表达得够清楚了。

"跟每个女孩儿的关系持续了多长时间？"

又是一个很难回答的问题，但这一次的原因不同。

"有四次约会很不错了，"我说，"我一定很喜欢你。"

她对着我谄媚的表情哼了一声。

"这是在恭维我吗？四次约会——我真荣幸。"

"艾尔西——"

我真是搞得一团糟。

"你就像其他男孩儿一样，卡勒姆。你不知道自己想要什么，但却知道你不想要什么。而你想要的不是我，也不是拉克霍尔的其他女孩儿。"

她的语气轻轻的，几乎算得上温柔了，但眼神中却带着一种冷酷。我感觉很糟，但我却不知道为什么。

"这不公平。"我抱怨道。

"是吗？那你说出一个你真正喜欢的女孩儿的名字。为了她，为了她的一切。一个即使不上床，你也愿意跟她在一起的女孩儿。"

我认真地思考着她的问题，在脑海里过着所有我认识的女孩儿的名单。一开始我想到了希瑟，但是自从她搬走后我们真正说过几次话呢？此外只有另一个名字浮现在我脑海里，但那太怪异了，不应该出现在此时的对话中。我的眼神不由自主地落在了斗橱上的一张照片上。艾尔西发现了我的样子，朝同一个方向看去，她立刻看到了那张照片。

"那是谁？"

那是我和海莉，我们当时十五岁，并肩坐在一起，我的胳膊搂着她的肩膀，我们都开心地对着照相机微笑。这是我最喜欢的一张我们俩的合影。我们看起来无忧无虑，笑得天真无邪。那是在拳击之前，在利亚姆之前，在生活夺走我妹妹的快乐之前。

"我妹妹，海莉。"

艾尔西笑了，我顺从地让到一边以方便她行动。她走到房间另一头拿起相框，专心地看着它。

"这是一张很棒的照片。"她说，"你们俩亲近吗？"

我的嘴巴自动变成了要说"对"的形状，但我咬住舌头，阻止了这个动作。我们曾经很亲近，但现在不是了。我对于她过去一年里的生活一无所知。我摇摇头，被自己吓到了。

"算是吧。"我说，不想承认事实。

"你们看起来年纪差不多。"

"我们是双胞胎。"

"异卵的？"

艾尔西尾音扬起，像是在提问。我看着她，等着她自己意识到她刚刚说了什么。过了好一会儿，她脸红了。

"当然是异卵，忘了我刚才的话吧。但这是你的问题。"

她冲我挥了挥那张照片。

"啊？"我看着她，没有接话。

"这就是为什么你找不到一个足够好的女孩儿。"

我完全茫然了，等着她解释。

"你在拿她们跟她做比较。她叫什么名字来着？"

"海莉。"

"你在拿她们所有人跟海莉做比较，而所有人都比不上她。"

一阵长长的沉默，我在努力弄懂她所说的话。

"你是说……我想跟我妹妹约会？"

"不！"她嘲笑我，"但如果你们俩很亲近的话——就像最好的朋友那样亲近——那么你可能是在寻找一个能跟你上床的版本的她。"

我考虑着她的话，然后伸出手邀请她回到床上来。

"过来。"我在她犹豫时命令道。

她刚一回到我身边我就疯狂地吻她，斩断了她其余的聪明智慧。

但艾尔西是对的，我没有给她打电话。我告诉自己这是因为她所说的话让我觉得不舒服——这是真的——但我心里有个角落却在偷偷地想，她说的会不会是对的。会不会我在毕业之后——在希瑟之后——再也没有过长期恋情的原因并不是我无法对某个女孩儿长久，而是我无法对自己的兴趣长久。她们只是不够聪明，或不够有趣，或不够吸引人。

所以虽然那晚之后我没再给艾尔西打电话，但我却想了很多关于她的事，关于她说的话。想到了她手机里的那个电话，该死的利亚姆·麦加菲尼。他怎么就不能爬到一块石头下面去死掉呢？为什么非要一直冒出来？比起因为他而生气，更糟糕的是，跟艾尔西结束后过了一个月左右，我真的再次碰见了他。

那是在法庭上。我去那里接我爸爸，他在酒吧里喝得酩酊大醉之后，被关在警察局拘留室里过了一个周末。原因是他已经喝得太多，吧台的女服务员拒绝再给他酒，而他出言不逊，于是女服务员报了警。这对我爸爸来说就像公牛见了红布，两个警察和三个本地人一起才把他拉开。妈妈接到电话时发出的尖叫声险些把房子震塌。她砸玻璃杯，踢沙发。她的小脚趾像气球那样肿了起来，变成黑紫色，我差点带她去看急诊。她直截了当地拒绝去接他，所以我只好想办法把家里那辆破烂宝马发动起来，驶向汉密尔顿。

天气很好，所以比起跟人渣们一起在里面等着，我更愿意在台阶上徘徊，看着阳光在对面的议会总部门前的喷泉上闪烁。有不少性感女郎在附近闲逛，办公人员纷纷出来吃午饭，所以我自娱自乐地打量着那些穿着高跟鞋的小麦色美腿，尽量不去想艾尔西对我做出的尖刻的精神分析。

我的眼睛正盯着一个特别漂亮的对象——与其说是个女孩儿，不如说是个女人——并考虑着要去跟她搭讪，这时有什么东西撞到了我的肩膀。虽然力道不足以撞动我，但对方却跟跄着，失去了平衡。我瞬间伸出双手抓住那个人的上臂，扶他站稳。接着我抬起头，条件反射地准备道歉，然后我看到了那人是谁。

利亚姆

　　道歉的方式有很多种，我全都试了一遍，但没有一种能驱散我妈妈眼中的伤心。最后我停止了尝试，躲在自己的房间里度过了周六晚上剩下的时间以及整个周日。周一早上，我熨烫了自己的西装，在妈妈起床前出门前往火车站。如果我请求她的话，她会来的，但我不想让她看到我在那里的样子，那种她已经在艾登身上看了一遍又一遍的样子。我已经违背了对她的一个承诺，一个我十八岁时对她许下的承诺：我永远不会出现在法庭上，不会成为一个罪犯。我只希望我还能守住第二部分，我不想进监狱。

　　当我跟艾登一起在法庭上听完对他的审讯时，我发现跟我在电视节目里看到的差不多，只不过每一件事都花了更长时间，也更无聊。我的庭审过程则完全不同。周一的汉密尔顿地方法院是一个被周末发生的琐碎轻罪塞满的粪坑，更像是一个牲畜市场。我们漫无目的地乱转，等着被叫到名字和接受裁决。那些决定了一个人会不会突然被剥夺自由的裁决，都是在极短的时间内做出的。我是上午的最后一个，就在午餐时间之前，我有一种可怕的感觉，法官的脑子一定已经在想中午要在法院食堂里吃什么了，而不是妥善地听取我的案情。

　　又一波恶心在我胃中翻滚，但我咽了回去。我准备好了，准备好描绘一幅图画来说明我为什么会害怕到需要带刀子。从今早闹钟响了之后我就一直在不停地练习，并停止了乞求睡眠的到来。我不需要为此烦心的，因为除了确认我的名字之外，我甚至没机会说话。我认了罪，显然这让事情对所有人来说都容易了很多。检察官迅速陈述了我的逮捕过程和我在警察局所做的辩护。法官看了看我，然后快速浏览了一下他面前的一张纸。我能看出他的脑子正在转。这一个该怎么处理？

"麦加菲尼先生。"他停顿了一下，用锐利的眼睛盯着我。我只是点了点头，不确定我能不能说话。"你已经承认了持有刀具的罪名。你没有犯罪记录，也没有被逮捕的前科，而且我明白你为什么会觉得你需要武装自己。但是——"他在这里停了下来，我的手开始发抖。"但是，刀子并不能保护你，刀子只能造成伤害。我希望这次的经历能给你上一课，麦加菲尼先生。这是你唯一的机会。下一次，你会被判监禁。这一次，罚款三百英镑，缓刑六个月。不要搞砸了，年轻人。"

这就完了，结束了。我被推了出来，提交了一些文件，然后就让我走了。感觉很不真实。我不知道该到哪里去找三百英镑，我没有工作，而且找妈妈要钱的想法也让我觉得胆怯。但我不会进监狱了，我会回家。这个想法带着我穿过大厅，飘下台阶。我不会进监狱了，我不会进监狱了。

"哦！抱歉！"

我完全没看路，结果在台阶下方撞到了一个人。那个人抓住了我，扶我站稳，防止我向后倒下去被锋利的石阶边缘磕破脑袋。接着那个人迅速放开了我，就好像被我电到了一样。

"卡勒姆！"

卡勒姆·汤姆森盯着我，棕色的眼睛眯了起来。他看向我身后的法院大门。

"你在这儿干什么？"这不关我的事，但这个问题脱口而出。我依然感觉有点眩晕，有点兴奋。

"做证。"他简短地说。他又一次往我身后看去，从一只脚换到另一只脚，显然很不安。接着他迅速收回目光看着我，"你呢？"

"哦，你知道的。"我羞怯地朝他笑了笑。我不太想说细节，他对我的印象已经够差了，"你妹妹还好吗？"

我控制不住，这些词自己就冒出来了。我几乎可以看到他的汗毛竖了起来。

"很好。"

"我很久没看到她了。"

我尽量把这句话说得像不经意的评论，仿佛每一次我找借口去他们家门前的街上时没有在寻找她的身影一样。那是虚假的希望，我能感觉到海莉已经不在拉克霍尔了。不管她在哪里，反正不是这里。

"她搬走了。"

"哦。"虽然我猜到了这一点，但得到证实依然让我觉得很痛。就好像不知怎么，这让她离得更远了一样。"她现在住在哪儿？"

卡勒姆盯着我。我能看出他不想告诉我，他只是在决定要不要那么无礼。

"斯特灵。"他最终说了出来。

"好吧，"我说，"斯特灵很不错。"

我没去过，也许我应该去……

卡勒姆似乎从我的眼中读出了我的想法。

"离我妹妹远点，利亚姆。我说真的。"

我没有回答。卡勒姆的块头比我大很多。

"她的生日快到了，对吧？你们要办一个盛大的派对吗？"

她会为此而回来吗？

"还有挺长时间，我们还没决定。"

我点点头。那就是会，我很确定。虽然我不会被邀请，但我可以去一下，给她一个礼物。看在旧时光的分儿上。

"利亚姆，"卡勒姆等到我对上他的目光时才说，"离她远点。"

我沉下脸："卡勒姆，凯文·穆瑞告诉你我做了——"

"我知道，我不关心。我不希望你靠近我妹妹。离她远点。"

我张开嘴想要争辩，但卡勒姆的目光离开了我。他的脸色变得苍白了，一个影子向我靠近。

"好了，儿子。你有开车来吧？咱们走吧。"

我的眼睛瞪大了。不是真的吧？

"你结束了？"卡勒姆在对着地面说话，而我不敢转身，不想现在就戳破我的泡泡。

你这个骗子，卡勒姆。你不是来当证人的。

"证据不足，就像我在电话里告诉你妈妈的一样。警察是浑蛋，本来就不该抓我。"

是他。真的是。

我转过身，展开一个微笑。

"嗨，汤姆森先生。"

卡勒姆的爸爸——海莉的爸爸——这才恍然大悟卡勒姆是在跟谁说话。看到我脸上那副难以置信的愉悦表情时，他的脸拉了下来，然后凝固了。海莉那傲慢的、自以为是的饭桶爸爸上了法庭。而且从他的外表来看——胡子拉碴，双眼迷蒙——他是被拘留了整个周末。有时候，只是有时候，你会很容易相信上帝是存在的。

谢谢你。

海莉的爸爸张开嘴想反击，但又改变了主意。他从我旁边擦身而过，故意撞了一下我的肩膀，朝议会总部后面的大停车场走去。

"再见，卡勒姆。"看着海莉的哥哥脸上那尴尬的表情，我笑得更加得意了。

"再见。"他咕哝道。他跟上他爸爸，但接着在几步之外停了下来，转过身来盯着我。"利亚姆，"他大喊，"关于我妹妹的那些话，我是认真的。"

海莉

"这是你的二十一岁生日，海莉。你应该庆祝一下。"

不会跟你庆祝，不会。

我叹了口气，揉了揉额头，我头疼得非常厉害。我们来来回回地兜了半小时圈子，我已经准备好尖叫了。

"妈妈，"我第无数次说，"我已经不认识那里的人了。我能邀请谁去参加派对呢？"

"邀请你的家人怎么样？"

"家人在一起娱乐一下不需要订宴会厅，不需要请 DJ，也不需要自助餐。我回去吃个饭就行了。"

一个让步。

"请所有人出去吃饭花的钱跟办个派对差不多，海莉。"

并不是。

"那我们在家里吃个饭就行了。"

"我们家里怎么坐得下所有人呢。"

我眨了眨眼，觉得困惑。

"我们就四个人。"

一把椅子上坐一个。

妈妈轻蔑地叹了口气："那不是所有的家人，海莉。"

对我来说那就是。其他的亲戚我已经几年没见过了。

"你想想你将会收到多少礼物。"

我翻了个白眼。她真的在拿这个来诱惑我吗？

"不，妈妈。"

"我觉得你这样非常自私。"

"你什么意思？"我直截了当地问。

"我们有多少机会能全部聚在一起？而且这不只是你一个人的生日……"

她把话头悬在这里，好让我有时间去感觉到强烈的愧疚。

"别把我卷进来！"我听到卡勒姆大喊的声音出现在背景里。

我对着话筒笑了出来。他已经投降了，但毕竟他还生活在那里。他的朋友们在那里，他的生活在那里。而我的不是。我已经切断了那些联系，而且我完全不急着回去。

"听着，"我听到布料发出的沙沙声，那是妈妈站起来离开了房间，把电话拿到了卡勒姆听不到的地方，"这个派对无论如何都会举行的，海莉。要不要在你哥哥生日这天回来陪着他，你自己看着办。"

我不说话。这是妈妈典型的伎俩：亲情绑架。用惹恼卡勒姆来威胁我是她讨价还价的唯一资本，因为我早已不在乎惹恼她或者爸爸了，自从……

但如果我不去参加卡勒姆的派对，我的确会难受。我拒绝把它当成我自己的派对。

"好吧。"我愤怒地说。

"很好。"妈妈的语气立刻变了，"你可以邀请任何你想邀请的人，我敢肯定你在斯特灵也有想带来的朋友。"

"好吧。"

我绝对不会那样做的。我在斯特灵的朋友们几乎对我的过往一无所知，而我想继续保持这样。

"只要告诉我有几个人就行了。你知道的，要准备食物。"

"好吧。要在哪里举行？"

"我们预订了活动中心。"

你们当然预订了，不然还能是哪儿？

"订不到周六你们真正生日的那天，所以我们订了周五晚上。他们会让我们在那里一直待到一点左右，这样我们就能在午夜时切一个大蛋糕了。”

“听起来很棒，妈妈。”

我不再认真听她说话了，我已经顺从地答应要去了，这些小细节我丝毫不感兴趣。

“我很高兴你会来，小天使，记得要告诉我几个人。”零个，妈妈。没人。“我会安排所有的事。我得走了，我要值晚班。你有时间跟你哥哥稍微聊两句吗？”

“当然。”

虽然我尽可能地躲着妈妈和爸爸，但对于卡勒姆我永远有时间。

“嘿。”

“嘿，卡勒姆。怎么啦？”

“你这周末准备干什么？”

我稍微想了想。

“我周六要工作，但我周六晚上没事，周日休息。”

“酷。”他有点犹豫，“我想我可能会去看你。”

“太棒了。”我笑了。有那么可怕的一瞬，我以为他是要叫我回去。短时间内连续两次回到那里我实在应付不来，“我会带你出去逛逛斯特灵的好地方。”

我很激动。卡勒姆几乎从来没有看过我。这一切都让他不舒服，大学，我的新朋友。

“是啊，也许吧。我们能不能先去个安静的地方，去吃个晚饭之类的？叙叙旧。”

“你想的话当然可以。”我慢慢地说。他有点不对劲，一定有什么事。

“好的。我这周晚些时候给你发短信。再见，妹妹。”

接着在我问他之前他就挂了。我对着电话耸耸肩，也许只是我多疑。

“所以，”我的室友安娜在我面前重重地放下一杯酒，“我们是要去参加派对了吗？”

　　她在对我笑，但看到我脸上的表情后她的笑容消散了。安娜，还有我的另一个室友瑞贝卡都是从英格兰来的。她们很聪明，属于中产阶级，而且她们完全不明白为什么当火车车厢里同时有一帮喝醉的流浪者球迷和一帮喝醉的凯尔特人球迷时，下车是最好的选择。斯特灵离格拉斯哥足够远，可以让她们在上大学的三年期间，生活在苏格兰的三年期间不用知道这些。

　　把她们带到拉克霍尔去，介绍给我的家人，给她们看我爸爸的蓝色房子，蓝色衬衫，蓝色文身，蓝色鼻子，还有蓝色的血，这有点太过了。她们将不会再用原来的眼光看我。

　　我试图想出个既不用说明实情，也不会冒犯我朋友们的方法来解释为什么我不想让她们去。

　　"你们不用非得去，"我说，"会很无聊的，只有我家人和我哥哥的朋友。"

　　"我们要去，"安娜对我微笑，"我早就想见见你哥哥了。"

　　"好吧，"我做了个鬼脸，"你可以这周末见他，他要来看我。"

　　我在火车站见到了卡勒姆。我差点没认出他来：他剪了头发，特别短，几乎是寸头。但很适合他，尤其是配上下巴上精心留的胡楂。再加上拳击手的肌肉，让他在下车的人群中显得非常显眼。

　　他给了我一个十分热情的拥抱，我用胳膊搂住他的脖子时，才意识到我上次见他已经是差不多六个月前了。我把脸埋在他的领子里，为自己感到羞愧。无论我多么生父母的气，都不该因为这件事而跟卡勒姆疏远。

　　"嘿，"我拼命抱住他不放时他在我耳边说，"你还好吗？"

　　我退开，才发现我在哭。

　　"嗯。"我笑了，抹了抹眼泪，"我只是很想你。"

　　他听到这句话笑了，抓住我的手捏着。

　　"我也想你，傻瓜。"

　　我们慢慢地走下站台。

"所以，我们去哪儿？"

我做了个鬼脸。

"我们得先去我的公寓。我的室友们想见见你。"

"哦。"他不安地挪了一下肩膀上的背包。

"抱歉。"但这是我唯一能阻止她们跟我一起来火车站的办法，"但这是你的错，我告诉她们你很帅，所以她们坚持要见你。"

他尴尬地笑了，但我的评价很准确。他个子很高，身材有型，再加上胡楂和身上穿的随意却很适合的衣服，在我们穿过市区走回公寓的路上不知吸引了多少注意力。

我租的是顶层——我们喜欢叫它阁楼——就在城堡下的学生公寓里。这里离大学很近，非常方便，离市区也够近，方便找乐子。而且拐个弯就是我打工的立博彩票店。

正如我预料的那样，她们正在小小的客厅兼厨房里等着伏击我们。她们上下打量卡勒姆的时候，眼睛都快从脑袋上蹦出来了。他局促不安，在握手和结结巴巴地打招呼时尴尬地对她们笑了一下，但这却让她们对他更加赞不绝口。十分钟后，我们离开公寓去找地方吃饭时，她们还在楼梯上对我们大喊，说一定会在一两个小时内来找我们。

"你给人留下深刻印象了。"我在走回城里的路上说。

"是啊，"他回答，"是啊，她们很不错。"

喝了几杯酒后，我正要拿后面可能会发生的事打趣他，却忽然想到我连他现在是不是单身都不知道。实际上，我几乎已经完全不了解他的生活了。怎么会这样？我们有很多旧需要叙一叙。

最后我们去了贝克大街上的一家小比萨店，就着柔和的灯光和一瓶红酒，卡勒姆给我补上了我所错过的一切。

他是单身，但只是最近才这样。据他所说，他跟拉克霍尔一半的女孩儿都约过会，但没有长久的，没有爱过的。我爸爸说他这是在浪荡。我觉得他这样是不负责任，是无情，而且我也这样告诉他了。

"我希望你跟那些女孩儿在一起时小心些，因为你不知道她们过去都跟谁交往过！”

他举起手表示投降。

“别担心我，我是避孕套之王！”

这本该是个笑话，但音调却降了下来，打破了温暖的气氛。

“抱歉，”他立刻说，“我不是想……”

“别在意，”我挤出一个微笑，“我很高兴你够聪明。”

就好像我不聪明似的。

就这样，我那努力在斯特灵开创新生活的幻想破灭了。我们现在也可能是坐在拉克霍尔的主街上，因为我回到了那里。我感觉到了那种偏见，那种狭隘的思维，那种暴力，全都像疾病一样蔓延到我身上。

我靠在椅背上，用手捂着肚子，就像旧日的幽灵正在缠着我一样，觉得难受很正常。

“继续说，”我说，“告诉我都发生了什么事。”

听起来发生了很多事。我爸爸又丢掉了两份工作，在酒吧里卷入了一场斗殴，在警察局拘留室里关了一个周末；妈妈威胁要离婚，他则用拳头威胁她，然后他们又回到了原来的状态；卡勒姆的一个拳友杰米被选进了英国国家队，去参加英联邦运动会；达伦也入选了，我是在报纸上看到的，但卡勒姆没提他，他已经不在拉克霍尔训练了，而是在格拉斯哥的什么地方；安吉，在学校跟我们同年级的一个女孩儿，现在是个瘾君子，每天早晨开车去主街上的药房领她的美沙酮；卡勒姆升职了，他是一个呼叫中心的团队经理，永久性的早班，他说这样要好很多，因为现在他晚上的时间就能空出来练拳击了。

“但这只是暂时的，”他说，“明年，哦，现在应该是下个月了，我就要去申请当警察。那才是我想做的事。”

我点点头，我知道这个。这是卡勒姆自十岁以来的秘密志向。

“你告诉爸爸了吗？”

“还没有，”他笑了，“我想等到他无法阻止的时候再说。我还不一定能选上呢，没必要现在就制造障碍。”

"你会被选上的。"我说。

他会是一个好警察。他够壮够凶，不会害怕那些他要处理的罪犯，也够聪明，能保持公正。

"希望如此。"

接着他陷入了沉默，因为只剩一个话题我们还没聊到，它像一片乌云一样悬在我们头上。我的手机在口袋里振动——可能是安娜或者瑞贝卡打电话问我们在哪儿，但我无视了它。我没有玩乐的心情。我其实——我不敢相信我竟然会这样想——想回家。我想去处理所有那些我逃避掉的东西，不再假装我过去的生活不存在。因为我已经因此失去了一些东西。我险些失去了卡勒姆，而且我永远失去了……

"利亚姆还好吗？"

卡勒姆一直盯着他放在桌上的手，听到我的话他马上抬起了眼睛跟我对视，耸了耸肩。

"得了吧，卡勒姆。别装作你不知道似的。"

"他，"他呼出一口气，"他还活着。"

我等待着。我想听到更多。

"你没收到他的消息吗？"

"没有。"

我为什么会收到他的消息？我从……从十七岁时就没再跟他说过话了。

三年了。三年是很长的一段时间。

"哦，我以为——"

"什么？"

"没什么。"

我的双胞胎感应在发出警报。我周末前跟他打电话时就觉得他的声音听起来怪怪的，而现在的怪异行为更加证明了这一点。他一定是看到了我正奇怪地盯着他，但他在我开口问他之前就用那个唯一能让我分神的问题阻止了我。

"利亚姆上报纸了，你看到了吗？"

"没有……"

"是啊，他和他哥哥。他们的事登在《广告商报》上了。"

"这里买不到那个报纸。"

"我知道，我只是以为……你也许在网上或者哪里看到了。"

"没有。他为什么会上报纸？"

他盯着我，确保我在注意听他说话。他在说利亚姆的事，我当然会全神贯注地听。

"他上了法庭。他和他哥哥。"

"因为什么？"

"携带刀具。"

"别傻了。"

我双臂抱在胸前怒视着他。利亚姆绝对不会那样做，他不是笨蛋。是艾登，肯定是他，他是个一无是处的垃圾。正是因为目睹了他哥哥变得越来越糟糕，利亚姆才能一直保持遵纪守法。

"是真的，海莉。"

"那刀子一定是艾登的。你说他们俩都涉及了。"

卡勒姆在摇头。但他是错的，完全错误。

"不，艾登受到的是毒品指控。刀是利亚姆的。"他伸出手拍了拍我的手，"他跟你记忆中的不一样了，海莉。"

我抽回我的手。我还没准备好相信他。

"利亚姆不是那样的。"

"他现在是了。"

"你错了。"

但我的激烈否认是没有根据的。哪怕是比三年短得多的时间，也足以让很多东西改变。只有一个办法能查明。

"我不该提起的。别联系他，海莉。我是认真的。这不是个好主意。"

他是能看透我的心吗？我们小的时候曾经假装这样。他给了我一个伤感的微笑。

"我没有理由联系他。"我带着些许冷淡地说道。

"很好。"卡勒姆说。

然后我们互相别开了视线。

卡勒姆决定不留在这里，坐晚班火车回格拉斯哥去了，这样他就能正好赶上最后一趟回拉克霍尔的火车。我回到公寓，在安娜和瑞贝卡失望的表情中关上了卧室门。然后我拿出手机盯着它，做着决定。自从我认识他以来，利亚姆可能已经换了几次号码了。他可能把这个旧手机号给任何人用，包括他哥哥。他也许不想听到我的声音。卡勒姆也许是对的：他可能已经不再是原来的利亚姆了，这样的话，我还想再跟他说话吗？而且你该跟一个三年没联系的人说什么呢？尤其是像我们那样结束的情况。

最后我退缩了。但那是一个很长、很长的失眠之夜。

利亚姆

　　接下来的几个星期里我的情况真的开始好转了。我得到了一份新工作，这次是在马瑟韦尔的一个办公室里。不是什么重要的工作——接电话、复印、整理文件之类的事情——而且工资并不高，但它却让我走了出去，让我认识了新的人。我之前的那把刀被警察没收了，我也没再费心去买新的。我在努力按照法官所说的，让我的经历给我上一课。

　　不知不觉，夏天已经过去了，九月就在眼前，而我脑子里只有一件事：海莉的生日。她就要满二十一岁了，就要成为一个成年人了。我在想她变没变，是否还是以前的样子。我在想她有没有想起过我，想起过我们的曾经。有那么一两次，我想到她之所以离开会不会是因为我。

　　我也想了很多关于卡勒姆对我说的话。

　　我应该离她远远的吗？我的意思是，我并没有计划要突然出现向她求婚什么的。我只是想见她，看看她是否依然是我的海莉。看看她跟我朦胧记忆中的样子到底还一样不一样。

　　我只是想给她一个生日礼物，向她表示祝贺。

　　我已经给她买了个东西。是拿第一个月的工资交完罚款后买的，我揣着剩下的钱在马瑟韦尔市中心漫步，浏览着那些商店。我并没有在认真地寻找什么，但它吸引了我的目光，让我一下子就想到了海莉。那是一个手镯，用闪闪发光的绿色珠子穿成了圆环。不是凯尔特人的绿色，更柔和，也更女性化。也许是玉石。那是海莉最喜欢的颜色。不知不觉间，我的银行卡已经捏在了手里，卡内余额也做好了大出血的准备。我不是想给自己买一份希望或什么，我只是觉得她会喜欢这个东西。

　　棘手的是怎么把它送过去。我把它包在一个小小的礼品袋里，还附了一张卡片，然后去了她家。我想我只要把它交给她妈妈或她哥哥就行了，她不必见我。如果他们不想告诉她是谁送的，只要把卡片扔掉就行了。然而，当我按了门铃后，开门的是她爸爸。

"你想干什么？"他咆哮道。

答案显而易见，因为我正举着一个柠檬黄色的礼物袋，上面还系着粉红色的气球。他看到它时眼睛挤成了细缝，连说话的机会都没给我，他就甩上了门。无论我再怎么按门铃，或再怎么敲信箱，他都不再来开门。

浑蛋。

我考虑过把它留在门阶上，但我觉得他会直接把它给扔掉。那么，好吧。我要面对面地把它交给海莉。我知道那个派对的事，知道举行的时间和地点。艾登在酒吧里听来的，然后告诉了我。她爸爸不能阻止我去，不能阻止我用五分钟时间祝他女儿生日快乐，并且送上我的礼物。

就这些，我想要的就这些而已。

卡勒姆

派对。我妈妈举行这次盛大的舞会在很大程度上是因为她拼命地想要补偿海莉,但她给不了我妹妹任何她想要的东西。她只是为了我才回来的。

我有点期待。我的很多朋友都向我保证一定会来,而且我已经很久没有晚上出去疯玩过了。因为要进行大量的拳击训练,喝酒对我没有益处。如果一切按计划进行的话,这将是很久很久以来,我的所有家人都围绕在我身边的时刻。

妈妈预订了活动中心。我们到周六才满二十一岁,但管理员通融了一下,同意我们在那里一直待到周五午夜之后。我上了半天班,然后赶回家,在跟朋友们见面前迅速地换了衣服。出门前的最后一步,我抹了一些须后水,还在头发上涂了一大把发胶。海莉会带她的室友们来。

我和我的朋友们是最先到达大厅的。妈妈已经在那里了,正在悬挂横幅和吹气球。紧挨着外墙的地方摆了一圈桌子,每张上面都点缀着装满坚果、薯片和派对烟花的彩色篮子。DJ 正在准备就位,头顶的灯依然刺眼地亮着。但吧台已经开了,我喝了第一轮啤酒。我计划整个晚上只喝这一轮酒,而且我想赶在太多人出现之前喝完。

"你妹妹呢?"迈克尔问我,伸出手跟我碰了一下瓶子。

"是啊,"另一个朋友大卫插嘴,"她依然那么漂亮吗?"

"是的,"我吼回去,"而且你们依然配不上她。她会来的。"我向迈克尔保证。我看了看我的手表,"现在还早呢。"

海莉

两个星期后我回到了火车站，这次是和安娜、瑞贝卡一起，等着登上那趟会把我送回家的列车。我不太确定自己是什么感觉，但安娜和瑞贝卡很激动。我告诉了她们一切——好吧，差不多算是一切——关于那个地方，我的家庭，我的生活。我没有说利亚姆和流产的事，我家人也绝不会在这个周末提起那些。有一些关于我的事我就是不想让她们知道，她们是不会理解的。

我们平安无事地到了格拉斯哥，进入中央车站内部的下一层去乘坐前往拉克霍尔的火车。我在站台上和车厢里都没看到认识的人，虽然每次火车停下时我都四处张望，脖子都快抽筋了。讽刺的是，当我们最终抵达目的地时，阳光正洒向大地。安娜和瑞贝卡先下了车，眨着眼站在耀眼的阳光中观察这个地方。

"你们感觉如何？"带着她们登上台阶，走上主街时我问。

安娜和瑞贝卡对视了一眼，然后看着我。

"这里看起来……不错。"瑞贝卡说。

"是啊，"安娜表示赞同，"看起来跟其他地方差不多。我还以为——"

"什么？"

"根据你的描述，我还以为会是一片核战争后的废墟。"

我苦笑了一下。我也许说得有些夸张。环顾四周，我试着以一个外来者的视角，用全新的眼光来看这里。宽阔的主街，两旁井然有序地排列着各种商店——彩票店、药房、银行等。沿街停着的车辆大部分都是新的，看起来时髦且昂贵。大多数路过和购物的行人也都看起来很体面。这是一个整体上很适宜居住的地方。只不过对我来说不是，因为我已经看过了这头野兽的腹部，知道那里潜伏着什么。

我们没有从火车站走两英里去我父母家，而是上了一辆出租车。我宣称这是为了拯救她们穿着高跟鞋的双脚，留着待会儿跳舞，但实际上，我只是想避开熟悉的面孔。

安娜和瑞贝卡在出租车停下之前就认出了哪一座是我父母的房子，因为前门上已经装饰了气球，所有的窗户上还悬挂了扎眼的"今天二十一岁了"的横幅。

"哦，天哪。"我看到这种场面时抱怨了一声。

"太棒了！"瑞贝卡对我笑着，"你的父母真的花了大力气呢。"

花的力气不止这些。我爸爸一反常态地精神了起来，胡子刮得干干净净，眼神明亮，平常充血状态的蒙眬双眼不见了。他甚至打扮了一下，穿了一件整洁的长袖衬衫，用来遮住布满双臂的流浪者文身。衬衫是蓝色的，当然了，但他在努力。然而，最让我惊讶的则是他每一次看向我脸上那副歉疚、惭愧的表情。他觉得愧疚，这很明显，但到底是因为我成长过程中他对我犯下的种种罪行中的哪一桩呢？我不怀疑它的真实性，但我对于它能不能持续感到怀疑。

妈妈扮演了完美的女主人角色，把安娜和瑞贝卡带到了我的房间，给她们提供了淋浴、洗漱用品、宴前零食等一切东西。但她却没跟我说几句话。过去三年中我们之间的大部分对话都是在电话里，而且我能感觉到，现在当她必须要跟我目光相接时，她不知道该说什么。

我们不紧不慢地到了活动中心。卡勒姆已经在那里了，跟他的朋友们占了好几张桌子，周围都是空啤酒瓶。我进去时他们发出了一阵欢呼，我笑着向他们挥了挥手，但却带着我的小分队坐到了角落里一张不显眼的桌子旁，并把裙摆往下拉了拉。那是一条白色的迷你裙，大腿处高开衩，胸前有一圈褶边，细细的链条坠着一个丘比特之弓，悬在我的领口处。我是在斯特灵的一家设计师品牌店里买到它的，在店里漂亮的灯光下，它看起来大胆而性感。但在这里，橙带党活动中心，在场的人有四分之三都是我哥哥或我爸爸的朋友，我感到它有一些廉价，尤其是再配上一双六英寸的高跟鞋。

"要香槟吗?"

我的阿姨玛格丽特晃悠过来,手里端着一托盘的酒。

"好的。"我说,伸手拿了两杯,然后将第一杯一饮而尽。

"这地方真酷!"安娜打量着这间装饰繁复的屋子说,"哦,我的天,那是一面照片墙!"

她尖叫了一声,跟瑞贝卡一起冲过去看那一大堆贴着的照片,不知道妈妈和爸爸从哪里翻出来的。我待在座位上喝完了我的第二杯香槟,然后把瑞贝卡的也喝了。

利亚姆

　　活动中心。橙带党活动中心。当然是在那里。蓝鼻子的中心。那不是芬尼亚该去的地方，尤其还是一个被警告滚远一些的芬尼亚。

　　我有一种可怕的感觉，前方等待我的可能是再次被骂出来。

　　但周五晚上，我还是说服自己去了。我不是带着惹麻烦的意图去的，我只想安静地溜进去，跟海莉说上话，然后离开。如果我看到了海莉的爸爸或卡勒姆，我也会很礼貌，解释清楚我为什么会来。当着那么多目击者的面，他们也做不了什么。

　　艾登知道我在计划什么。他觉得这样很愚蠢，而且毫不掩饰他的这一想法，所以后来九点前他在门口拦住我时，我一点也不惊讶。

　　"你要去，对吧？"

　　"对。"我说。我已经做出了选择，而且我不想就此争论，或者给艾登机会来劝我不要这样做。

　　艾登鼻子里哼了一声："你什么时候才能放弃那个小贱人，利亚姆？"

　　"艾登。"我警告他。

　　"我是说真的，她不值得。除了麻烦之外，她还给你带来了什么？"

　　"那你又给我带来了什么呢？"我反击道。

　　这让他闭了嘴，但只有一秒。

　　"你会被揍扁的。凯尔特人在赛季首场大胜他们之后，蓝鼻子们都气炸了，接受不了当第二名。"

　　他的话让我沉默了。他没有在说谎，过去几周里城里的气氛越来越紧张，但我会远离冲突的。我不置可否地耸了耸肩。

　　"不会有事的。我只去一分钟而已。"

　　他举起手表示投降："那就随你便吧，但是别说我没警告过你。卡勒姆和他的朋友们是拳击手，小心。"

　　"我不会有事的。"我咬着牙说。

　　"这会是你的葬礼。"艾登转身离开了。

　　有些时候我非常非常非常愚蠢。艾登的话使我站在门口发抖，接着一个阴暗的小念头出现在了我脑子里。保护自己，我可以拿东西保护自己。我飞快地跑回去，冲进厨房，从灶台上抓起一把短厨刀塞进了裤子后面的口袋里。

　　愚蠢，愚蠢，愚蠢。

卡勒姆

　　我逐渐喝得非常醉了。当自助餐终于开始的时候，我排在队伍的第一个，拿了很多香肠卷和比萨，希望用真正的饱和脂肪来吸收酒精。我甚至往盘子里放了一些造型可笑的小点心，太饿了也就不挑了。到了最后一排，就在我毫无兴趣的鸡蛋芹菜三明治上方，有东西吸引了我的目光。这面墙被亮蓝色的纸板覆盖，上面不规则地贴满了一系列照片。

　　"那是什么？"杰米在我身后问。

　　我顺着他手指的方向看过去，然后翻了个白眼。

　　"那是我婴儿时期的裸体照片。"我告诉他。

　　他狂笑起来。

　　"你妹妹的裸体照片在哪里？"

　　他轻易地躲过了我的肘击，但没躲过我向他转身时挥出的一拳。他弯下了腰，发出了一声令我满意的"嗷"。

　　"喝酒吗？"我对着吧台的方向点了点头问道。杰米没有回答，他还在仔细研究着照片墙。

　　"那个是谁？"他用萨莫萨三角饺的一个尖角指着左下角的一张照片问。

　　我回头看，在酒精带来的眩晕中垂眸凝视。那是海莉和一个男孩儿，手牵手笑着，背景能看出是一节火车车厢。

　　"那是我妹妹。"我简短地回答，"还有利亚姆。"

　　"老天，那是他？"杰米问。

　　他是听我讲过那个故事的少数几个人之一。真正的故事。好吧，一部分是真的。

"是他。"我吼道。

然后我真的需要再喝一杯了。

派对从容进行。DJ 慢慢地把灯光暗了下来，把音乐声调大。一些人已经进了舞池，但我没有。还没有。我在看海莉。看着正在看这个房间、正在看这些人的她。她醉了，我从这里都能看出来。但更糟的是，她很痛苦。她在尽力不表现出来，虽然面无表情，但牙齿却咬着下嘴唇，像是要把它咬破一样。她的眉间有一条细小的皱纹，拆穿了她眼中伪装的冷静。

我立刻感到了深深的愧疚，就好像变成二十一岁、举行派对和逼她再次经受她的噩梦都是我的错。除了愧疚还有伤心，因为她伤心。看着她又痛饮了一杯酒后，我决定要适可而止了。我从座位上站起来，走向了 DJ 台。

"我能帮你做什么吗？"

"我有一个请求。"我对着他的耳朵大喊。

我告诉他我想要什么之后，他向我投来一个古怪的表情，但耸了耸一边肩膀表示同意。这毕竟是我的派对。

在等待我的提示时，我走向了我妹妹。我走近时她警惕地看着我，闪烁的目光从杯子移到了吧台。她张了张嘴，可能是想让我帮她再拿一杯酒，但当我停在她面前时却没说话。

我伸出手。

"来吧，来跳舞。今天是你的生日，你不能一个人坐在这儿。这样太伤感了。"

她的表情任性地凝固了，但我只是对她笑着，打了个响指。

"我没心情。"她发牢骚。

"坚强点。"

在她能拒绝之前，我抓住她把她从椅子里拉了起来，然后蹲下把她扛在了我的肩上。她扭动、尖叫起来，但我牢牢地抓着她，无视她的挣扎，把她带到了舞池的中央。

我刚在跳舞的人群当中把她放下来——他们都在为她的到来欢呼——她就想逃开。但我已经准备好应对这个了，我握着她的双手，把她扣在我身边。刚一抓牢，我就开始跳舞，强迫她跟随我的步伐，就像一个怒气冲冲的木偶。

"卡勒姆！"她噘起嘴。

但我却不放弃。

"稍微等一下。"我恳求道。

舞曲逐渐弱下去，我要求播放的歌曲开始了。那熟悉的、可怕的鼓点和电子琴声折磨着我的神经。这是我为我妹妹所做的事。

"这首歌你不可能忍住不跳。"我告诉她。

这是我妹妹的最爱之一，一首在我童年时阴魂不散的歌，像潮气一样从墙那边渗透过来。

"碧昂丝？你真是个傻瓜，卡勒姆！"

不，我想，我只是太想看到你笑了。

考虑到我可能也应该适当地表现一下，于是我开始跳舞，打着响指，像个喝了太多可乐，吃了太多糖果，并且被炒作过头的青少年偶像一样扭着屁股。这丢人的举动是值得的，海莉放声大笑起来，踩着六英寸的高跟鞋笑得险些站不稳。

我松了一口气，跳出了最经典的舞蹈动作，靠得更近，一手握她的手，一手搂她的腰。

"这就是我想要的，"我在她耳边说，"一个微笑。"

她稍微退开了一些，对着我微笑。那是一个装得过头的、很假的微笑，但她眼里有真正的笑意，所以我很高兴。

"只为你一个人。"她告诉我。

海莉

那天晚上，我第一次感觉到了放松。这要归功于卡勒姆，而不是我喝的那一大堆酒。我们继续在一起摇摆，跳完了那首歌。

"那么，你感觉到自己是个成年人了吗？"他问。

"没有，但我想我可能会在……"我把被他握着的那只手转过来，让手表朝上，然后眯着眼看了一下表盘，那两根小小的指针怎么也看不清，"呃……"

"两个小时后？"

"也许。"

我们都笑了，我把头靠在他的肩膀上看着房间四周。回到这里其实没有那么糟。会不会那一切都只是我想出来的，是一个我构建的谎言？在我旁边，安娜正在和与她共舞的拳击男孩儿接吻。她显然没看出他，或者与她说笑的我的家人，或者其他宾客有任何问题。也许我才是那个带有偏见的人。

我跟卡勒姆一连跳了五首歌，中间喝了很多可乐，好让自己清醒一些。然后他的一个朋友——叫迈克尔，也许？我不确定——插了进来。

"我能跟生日基佬跳支舞吗？"

卡勒姆张开双臂回应他的邀请。

"不，不是生日基佬，是生日女孩儿。"

我想也没想就笑了，然后让他带着我在舞池里转啊转啊，直到我头晕目眩。接着我继续和一个又一个人跳舞。在某个时刻有人开玩笑地在我腰上系了两个气球，于是每当我摆动臀部时它们都会撞在一起或晃来晃去。我想我甚至跟我爸爸跳了令人不适的五分钟，但这个夜晚逐渐融化，我甚至没有意识到自己非常开心。

利亚姆

派对的音乐大声播放着，指引着我往里走。那音乐有点庸俗，我想应该是小混混组合的歌。这让我微笑了起来，我在想这会不会是海莉选的，我总是抨击她糟糕的音乐品位。

然而这微笑却没持续多久。我认真地考虑着这件事，也许我不该来这里，也许我应该把礼物寄给她。我绝对不该带刀过来。我在门外徘徊着，犹豫着，在海莉的脸和我的理智判断之间左右为难。

"改主意了？"艾登的声音从黑暗中冒了出来，接着他人也出现了，就站在我身边。

"你在这里干什么？"

"确保你不被打死。"他回答。

我斜睨着他，他的脸在路灯下既苍白又蜡黄，一层汗在他脸上闪着光，他双眼大睁，瞳孔放大。老天，他是在来这里的路上吸了什么东西？他在家时还不是这样。

"艾登，回家去。"

"你回我就回。"

我不能。我就是不能。活动中心的门在呼唤着我。海莉就在里面，这是自我们十七岁以来她离我最近的一次。我宁愿冒着挨一千脚的危险，也想缩短我们之间这最后的一点距离。

只为看到她的脸。

"走吧，艾登。"我又试了一次。

他摇了摇头，像一匹马在试图甩开苍蝇："不，我要跟你待在一起。"

我挫败地嘘了一口气。已经很晚了，我怀疑派对就快结束了。过了今晚，我就再没机会靠近她了。如果我要去见海莉的话，就必须是现在。

我转向艾登。

"你能不能待在这儿？"我恳求道，"求求你？"

求求你留在外面。

"如果你希望如此的话，兄弟，我会在这里待着，当你的后盾。"

这投降来得太容易了，我怀疑地皱起眉，但我已经走了这么远了……

我猛的一下推开门，然后停住了。我站在一个小小的门厅里，空荡荡的。左手边有一张桌子，上面高高地堆满了礼物。我走上前，把我的小袋子轻轻地放在顶部。就是这样了，我已经做完了我来这里要做的事。她最终会拿到它的，我可以回家了。所以我为什么还在这里？

"待在这儿。"我折回大门，低声对艾登说出我的请求，谢天谢地他还在外面。接着我走到了另一扇门前，通往宴会厅的那一扇。

我的心脏快要跳出喉咙，我推开门走了进去。

海莉

  十一点半，在自助餐上又吃了一些东西用来醒酒后，我终于跟瑞贝卡慢慢走到了照片墙的前面。那里有我七岁时打扮成小公主跳着舞的照片，十二岁时在公园里坐在滑梯上面的照片，卡勒姆和我第一天上学的照片，我们十六岁生日时的照片。还有令人尴尬的裸体婴儿照。太可怕了，但我发现我现在能对以前觉得难堪的东西笑出来了。

  "那是谁？"瑞贝卡指着一张被藏在照片墙角落里的小照片问。我迅速低头看了一眼：那是我和一个男孩儿，手牵手笑着，背景能看出是一节火车车厢。

  "那是……"我僵住了，因为我的注意力被门口的一阵骚动吸引了过去，"利亚姆。"

  "谁？"

  瑞贝卡正在眯着眼看那张照片，但我的注意力已经不在她这里了。

  利亚姆。利亚姆在这里。

  他看起来和我上一次见到他时的样子很不一样。他更高了，更魁梧了，样子更凶了，但那是利亚姆。我在任何地方都能认出他来。同样动人的绿色眼睛，甚至在房间里的闪光灯下都能看清楚。同样沙棕色的头发，随意地垂在他的额前。在期待着他看向我时，我呼吸都哽住了。

  这里，利亚姆。我在这里。

利亚姆

你在哪里，海莉？

这是个很大的派对。房间里有一圈桌子，每一张桌子上都散落着空瓶子。中间是一个小小的舞池，挤满了随着节拍晃动的人群。房间最外围是横幅和气球，一面墙上是照片的展示。我左右寻找着。我看到了一些我熟悉的面孔，但没看到我想要见的人。

我的目光回到舞池，那里当然是她最喜欢待着的地方，接着我跟两个男孩儿视线相对，不，应该说是男人。他们沉默地从房间中央向我走来。

"这个派对上不允许有天主教徒，"他们中的一个为了盖过音乐声而大喊着说，口水喷到了我的脸上，"所以你为什么不和你的芬尼亚哥哥一起滚呢？"

我没意识到艾登也跟着我进来了，但现在我感觉到了他在我身后散发出的被激怒的能量，狂躁而危险。上帝啊！

但我的注意力无法集中在他身上，因为我的眼前正降下一片红雾。他是什么人，配对我说这种话？这又不是他的该死的派对。我向前走到他面前，发出挑战。我口袋里的利刃似乎烧红了，在请求我把它拔出来。但我暂时拒绝了它的诱惑，而是把手攥成了拳头。

"你见鬼去吧。"我吼道，"这是一个生日派对，不是新教徒派对。滚开，别挡我的路。"

他张开嘴要说些什么回击，但有人把他推到了一边，块头更大、体格更加惊人的卡勒姆取代了他的位置。

"我告诉过你离远点！"他咆哮道，"出去，利亚姆。我不会说第二遍。"

他用手指着门，但他的表情与其说是生气，不如说是恳求。这点燃了我的怒火。

"卡勒姆，求你。我只是想见一见海莉，就一分钟。我知道她在这里，我不是来这里找麻烦的。我只是想见海莉，仅此而已。"

我举起双手表示投降，让他知道我不想打架。他把我往外推，但我伸长脖子，四处搜寻着那一双与她的双胞胎哥哥正怒视着我的眼睛一模一样的、巧克力棕色的眼睛。

"走开，利亚姆。你不能进去，你别想从我这里过去。现在赶快滚。"

他向前一步，想要逼我向后退到门口。人们开始注意到了这边，脑袋都转向我们的方向，但我依然看不到海莉。卡勒姆又向前迈了一步，我能感觉到我的机会正在溜走。恐慌感攫取了我的心。

她在哪儿？

突然之间我向前冲去，撞到了卡勒姆身上。我措手不及，非常惊讶，因为我根本没想动。

"抓住他，利亚姆！"突然发现自己被卡勒姆用摔跤姿势锁住抵着一面砖墙，都没有我身后传来的这声失控的高声尖叫更让我害怕。是艾登推了我。艾登就像一个定时炸弹，快要爆炸了。

艾登，出去。离我远点。

但他不走。只要这里还有引发暴力的好机会，让他制造麻烦的机会，他就不会走。

情况更糟了。

"动手，利亚姆。捅他！动手！动手！"

他究竟怎么知道我带了刀的？但这不重要。

艾登，闭嘴！你必须闭嘴。

我往后退，从卡勒姆的手里猛扯我那被牢牢抓住的胳膊。他松了手，我向后飞了出去，跟发狂发疯的艾登撞在一起。我感觉到我的口袋里动了一下，有东西在移动。

刀。刀去哪儿了？

它从我口袋里消失了。是掉在地上了吗？求你了，上帝，让它掉在地上吧，让它没有用途，不要伤害到人。求你别让它落在艾登的手里。

卡勒姆感觉到他处于优势，再次冲了上来，决定把我们踢出门外。我弯腰闪向一旁，依然徒劳地想找到机会绕过他。艾登跟在我后面。我的余光看到海莉的爸爸正从房间那头走来，他的脸色铁青，准备要帮卡勒姆把我们踢出去。

不。等等……等一下。

海莉，你在哪儿？

卡勒姆又往前迈了一步，与此同时在我的身后，艾登也向前冲来，拿我当盾牌。我像三明治的馅儿一样被我哥哥和卡勒姆挤在中间，跟海莉的哥哥那张正在咆哮的脸四目相对。我看着他的眼睛，随着灯光的忽明忽暗在棕色和黑色之间变换着，我看到他的表情变了，因为痛苦而皱起和扭曲。出事了。

卡勒姆

　　我不知道一切都是怎么发生的。前一秒他们就快出去了，只差一步就要到门口。下一秒我们却进到了大厅里面，几乎到了舞池。利亚姆离我非常近，我能看到他眼中的恐惧，这没道理。但接着我感觉到了……不对。肚子上是热的、滚烫的，有东西深深地刺入我的体内。接着滚烫的地方开始抽动，每一次脉搏跳动都带来疼痛，强度不断增加，直到我除此之外什么也无法去想。

　　我没有注意到利亚姆向后跑开或我自己跪倒在地上。我只依稀感觉到我的后脑勺碰到硬硬的木地板时发出了咚的一声。

　　发生了什么事?

　　我把手伸向腹部，一片濡湿。我试着去摸索，但我的手指在颤抖。我不明白，但伴随着那要将我撕成两半的剧痛，我已经很难去思考了。

　　"卡勒姆! 卡勒姆!"

　　海莉尖叫着我的名字，声音中是彻底的惊慌。而我甚至无法回应她。

海莉

我没有看到那把刀刺进卡勒姆身体里，但我感觉到了。

就像被一拳砸在了肚子上，肺部已无法呼吸。我的眼睛因震惊而瞪大，伸出双手，虽然我依然离得太远太远。

接着，突然之间利亚姆和艾登慌忙后退，踉踉跄跄，手在背后寻找着门。然后卡勒姆倒下了。

"卡勒姆！卡勒姆！"

我离得最远，但不知怎么却第一个赶到他身边。我摔在了地上，裸露的膝盖被黏黏的木地板擦伤。我的双手直接伸向了他的肚子，在那里，他浅灰色的衬衫被血浸透，变成了黑红色。

"不！不，不，不！"

我把双手按在伤口上，试图止血，但我手上的压力却让他痛得打滚。

"对不起，卡勒姆，对不起。我不知道该怎么做！"

大厅的灯被打开了，鲜血裹满了我的手指，在刺眼的白色灯光下呈现出鲜艳的猩红色。血在他的衬衫上蔓延，浸泡着布料，在我跪着的地面上形成了一个水洼。卡勒姆乱挥着胳膊扯我的手，想把它们拉开，但他没有力气，所以他只是抓着我的胳膊肘。他的手滑滑的，沾满了他自己的血。

利亚姆

"利亚姆，利亚姆快走！"他在我耳边尖叫着，"利亚姆，他妈的跑啊！跑！"

接着他就跑了，我的背部感觉到了他冲出门时外面进来的空气。

哦，我的天啊！我做了什么？

我僵住了，眼睛茫然地看着卡勒姆的身体跪了下去，然后躺在了地上。他的浅灰色衬衫被血染成了黑色。

然后我看到了她——海莉。她在她哥哥身边跪下，双手捂着伤口颤抖不已，满脸惊惧。

我该怎么办？我该怎么办？

我慌了。我崩溃了，彻底崩溃了。

我逃跑了。

卡勒姆

海莉，我好害怕，别离开我。

我想说出来，但我的嘴巴不受控制。世界的边缘开始变得模糊，我的脑袋在旋转。我抬起头，眼睛一眨不眨地看着她，很高兴，太高兴了，她在那里。

不再疼了，我感觉到麻木和冷。我放在海莉胳膊上的手似乎是唯一让我坚持下去的东西，我想要抓紧一点，但我的手指没有力气。我能做的只有不放开。

我好害怕，海莉，别离开我。

就在最后一秒，她转开了头。

成年

艾登

　　我的律师是个浑蛋。一窍不通，完全没用。老天，可能我自己给自己辩护都能做得比他好。他坐在我对面，正在读我的陈述。廉价的西装上全是褶子，就好像他穿着那身衣服睡了一觉似的。

　　"所以，你决定不认罪？"

　　看在上帝的分儿上，我们到底要进行多少次这样的对话？

　　"我没有罪。"

　　他没有反应。

　　"是你的弟弟利亚姆捅了卡勒姆·汤姆森？"

　　"这我不是告诉过你了吗？该死的笨蛋。"

　　"我只是想检查一遍你准备好的证词，麦加菲尼先生。这是非常严肃的事，如果你被认定有罪的话可能会面临终身监禁——"

　　"你觉得我不知道这个吗？仔细听好，白痴。"我身体向前，怒视着他，"那是利亚姆的刀。是利亚姆把它带到了那里，是利亚姆捅了那个新教徒浑蛋，让他流了满地血。明白了吗？"

　　"我懂了，麦加菲尼先生。"

　　我不喜欢这个笨蛋看我的表情。

　　"再说，我能有什么理由去捅他呢？跟他妹妹睡觉的人又不是我。"

　　"那利亚姆有理由吗？你是否相信他们之间有敌意，麦加菲尼先生？"

　　我向后靠去，没有说话。律师继续盯着我，毫不掩饰对我的看法。人渣，这就是他对我的看法。但我不在乎，只要他能做好他的工作就行了。

　　"敌意？当然有。"

　　抱歉了弟弟，但我绝对不要回到监狱里去。我告诉了他一切。

海莉

我的二十一岁生日已经过去六个月了。卡勒姆已经死去六个月了。六个月的时间来给伤口愈合，这样就能再次把它们撕开。

这段时间足够让律师们对麦加菲尼和麦加菲尼提起诉讼。

利亚姆和艾登。

杀害卡勒姆·汤姆森的凶手能不能主动站出来？

妈妈和爸爸拒绝去旁听。妈妈无法面对，而爸爸从葬礼之后眼里就只有见底的酒瓶。但我决定要去，因为我必须知道真相。不管怎样，我都必须知道真相。我没有天真到以为法庭一定能查明真相，如果只是为了这个的话我完全可以待在家里，从报纸上跟进案情进展。

不，真相会在那里，在法庭上，在利亚姆的脸上。

反正不管怎样我都必须参加。我是证人，一个关键证人。我看到了整个事件，我了解前因，我认识受害者和两名被告。地方检察官告诉我，我的证词将会是案子的关键。但无论如何我都会去的。

审判在格拉斯哥高等法院进行。初审听证会已经结束了，两人都被指控谋杀，两人也都不认罪。保释请求被拒绝。我没有去旁听那次听证，但我在街上遇到了麦加菲尼太太，是她告诉我的。她不想停下来跟我说话，我能看出来，而且在我们对话期间她全程没有看我的眼睛。但我不怪她。在某种程度上，她也是个受害者，但跟我的家人不同的是，没有人替她感到难过。没有人带着鲜花和蛋糕登门，也没有人从门缝里塞进写着慰问和沉痛话语的卡片。

因为，不管怎么说，她的家人还活着，而我的哥哥已经不在了。

利亚姆

"我不会推到我哥哥头上的。"

"我必须告诉你，麦加菲尼先生，你哥哥有很大的可能性会推到你头上。"

我考虑着他的话。我的本能反应是彻底否认，艾登是我哥哥——他绝不会那样做。但我的第二反应却更加理智一些，艾登绝对会那么做。他是个自私、轻率、无情的狗屎，如果让我当替死鬼意味着他能无罪释放，他肯定会一直不停地琢磨这件事。

但我不是我哥哥，我一辈子都在用这句话为自己辩解，现在是时候来证明了。

"不。我没有看到他捅卡勒姆，我不会撒谎说我看到了。"

"非常好，如果你确定的话。"我确定。"我们将面对的主要问题是你带着一把刀出现在了汤姆森家的聚会上。地方检察官会认为你是带着谋杀卡勒姆·汤姆森的意图去的，不然你带武器干什么？你已经在警察的讯问中承认了那把刀是你的。"我的律师的声音中带着强烈的不赞同。

我叹了口气。我们已经讨论过这些了。

"否认是没有意义的。那是我的刀，上面沾满了我的指纹。"

"还有你哥哥的。"

"对。"

"这一点是可以申辩的，提出他才是捅了卡勒姆·汤姆森的人。否则上面为什么会有他的指纹？"

"因为我们住在同一座房子里？"我鄙视地看着我的律师。干法律援助这行难道不需要学位或者脑子吗？

　　"对。"他耐心地说，"但如果我们向陪审团提出这一点，就能在他们心里埋下一粒怀疑的种子。鉴于你哥哥的犯罪记录……"

　　啊。

　　"我不会推到艾登头上的。"

　　"我跟你实话实说吧，利亚姆。你不打算认罪，艾登也不打算认罪。陪审团会知道你们之中的一个肯定是凶手。如果你不给他们提供一个看起来比较合理的选择，那怎么能让他们相信你呢？"

　　"因为我说的是事实。"

　　我的律师摇了摇头，他的表情既怜悯又不屑。

　　"好吧，咱们再将一遍你和死者妹妹的关系……"

　　海莉。

　　海莉，我很抱歉。

海莉

我为了审判而买了一件新西装，几乎跟我已有的一件一模一样：黑色的，优雅而端庄。但那件挂在我衣柜里的西装是我为了卡勒姆的葬礼而买的，再穿着它去法庭的话感觉很不舒服。

我是坐出租车去的，非常贵，但我觉得我无法坐在火车上，被人群包围着，假装自己很正常。

当我到了法庭时，看到卡勒姆的一些朋友在那里。我知道其中一些是证人，但其他人只是想看到属于他们朋友的正义得到伸张。他们示意我加入他们，但我带着歉意的微笑摆摆手拒绝了。我想一个人坐着。我选了一个正前方的座位，然后认出坐在三个座位之外的人是麦加菲尼太太。她的身体蜷缩着，肩膀因旁听席上其他人投来的敌意而耸起。她看到我坐在那里之后跟我打了招呼。

"嗨。"我小声说。

她四处看了看，发现我是一个人。

"你不是跟你父母一起来的？"她问。

我摇了摇头："他们无法面对这个。"

她点点头，消化着这件事。

"我是为了利亚姆而来的。"她的声音哽咽着。

我也是。还有卡勒姆。

我们凝视着对方，我看到她脸上的每条皱纹里都刻满了痛苦和羞愧。我想要微笑，但那笑容在我脸上凋零了。我们别开了目光，看着法庭内，静静地等待着。

不久，官员们和法庭助理都进来了，在各自的位置上做准备。然后法官走了进来，律师们坐在了座位上。旁听席上鸦雀无声，接着被告被带了进来。艾登先进来的，他大摇大摆，神气十足，浑身上下充满了傲慢和自负。他虽然穿着西装，但那西装却古怪地挂在他瘦弱的身体上。嚣张的气焰之下，他的脸憔悴而蜡黄，他从头到脚都像罪犯。我感觉到升起的愤怒堵在我喉头。

人渣谋杀犯。

我多么希望那是真的。求你了上帝，请保佑那是真的。

利亚姆稍后也被带了进来，他和他哥哥之间的区别之大简直无法更令人震惊了。他穿着一件炭灰色的得体的西装，还有白衬衫和浅蓝色的领带。胡子刮得干干净净，沙棕色的头发小心地抹了发胶，好让它们保持整齐和不遮挡他那动人的绿眼睛。但最大的区别，是利亚姆的脸。他看起来很紧张，目光在法庭内扫视，下巴咬得紧紧的。他看起来太年轻，太健康，也太无辜了，不该站在被告席上，被指控犯了谋杀罪。

哦，利亚姆，是你干的吗？

利亚姆

进入法庭是最糟糕的事。从监狱到囚车再到法庭，我被从一个盒子转移到另一盒子再到下一个盒子。等待的时间很长，但我不觉得。我是一个人，没人来打扰，我可以闭上眼睛假装这一切并没有发生在我身上。但是被带进那个又大又开阔的房间，被所有人的眼睛盯着，就像脸上挨了一个巴掌一样重击了我。

我在因谋杀罪而接受审判。

我感觉到恶心。有那么可怕的一瞬间我以为我要在座位上吐出来了，吐在我妈妈给我带来的这件新西装上，吐满法庭的地板。但我咽了回去，集中注意力调整呼吸。我坐在我的律师旁边，他对我露出一个紧张的微笑，然后继续看他面前那一大堆的笔记。艾登和他的律师一起坐在我左边的桌子前，他身体向后，对我笑了一下，还竖起了大拇指。我难以置信地瞪了他很长时间，然后眨了眨眼，别开了目光。我回头往后看，搜索着旁听席，寻找妈妈。

请一定要来。

我打破了对她许下的所有承诺，即使这样，她还是在我被羁押着等待审判期间来看我。只看了我，没去看艾登。我在探视时一遍又一遍地对她说对不起。太对不起了。她拍拍我的手，伤心地微笑着，没说什么。她不需要说，都写在她的脸上。我让她失望了。我许下了一个承诺，然后我让她失望了。

请一定要来。

然后我看到了她，坐在旁听席的第一排，小心翼翼地缩在角落里，穿着黑衣服，头发上包着一条头巾，隐藏着她的羞愧。但她对上了我的目光，并对我微笑。我回以微笑，感觉好了一些。公共旁听席上还有很多其他的人。很多年轻人，卡勒姆的朋友。有些我认识，有些不认识。他们全部都带着赤裸裸的仇恨怒视着我。

也许这是我应得的。

我承受不住他们的目光，移开了视线，看向除了我妈妈之外唯一一个独自坐着的身影。

海莉。

她在这里。一个人？我短暂地收回目光，去确认她的父母有没有来。他们没来。

当我再次凝视她的时候，她正看着我。她的脸色苍白，嘴唇紧紧地抿成一条线，但眼睛却睁得大大的。那里面没有仇恨，也没有愤怒、评判或厌恶，只有一个问题。

海莉

卡勒姆的朋友迈克尔作为第一个证人被叫了上去。地区检察官带着他一步一步地回忆那天晚上：发生了什么？有谁在场？麦加菲尼先生进入派对现场后发生了什么？

迈克尔的回答跟我所看到的一切都吻合。最后律师问到了那个我非常感兴趣的问题。

"米勒先生，你有没有看到是麦加菲尼兄弟中的哪一个捅了卡勒姆·汤姆森？"

我屏住呼吸，眼睛牢牢地盯着迈克尔。他犹豫着，喉咙咽了一下。然后他摇了摇头。

"没有，"他说，"太黑了，也太快了，而且灯光在闪。我没有看到刀，我只看到他们三个扭打成一团，然后卡勒姆倒下了，到处都是血。"

利亚姆和艾登的律师从迈克尔嘴里挖不出更多的东西，于是他很快就下去了。在他之后，更多卡勒姆的朋友接受了询问，但他们也没有什么可补充的。不，麦加菲尼兄弟没有受到邀请；是的，整个社区的人都认识他们，但他们和卡勒姆之间没有仇，据他们所知没有；是的，卡勒姆被捅时只有他们在他的近处；不，他们没看到是其中哪一个干的；一遍又一遍，他们都讲着同样的故事。只有一个人，一个我不认识的人，说了些不同的东西。杰米·丹尼尔斯，卡勒姆的一个拳友，对我来说是个陌生人。

"你是否有意识到汤姆森先生和两名被告之间可能有仇？"

其他所有人回答这个问题时都是立刻说"没有"，但杰米犹豫了。

"呃——"他停住了。

"嗯，丹尼尔斯先生？"

"利亚姆和卡勒姆之间有点过节儿，因为卡勒姆的妹妹。"

我僵住了，盯着他，几乎停止了呼吸。

"你能不能解释一下这话是什么意思，丹尼尔斯先生？"

法庭上的气氛变了。非常安静，非常紧张。我看到利亚姆内疚地在座位上扭动，还看到艾登偷偷看了他弟弟一眼，然后笑了。

"利亚姆曾经跟卡勒姆的妹妹海莉约会过，那是很久以前了。之后他们闹翻了，我不清楚具体的细节。"

我震惊地看着他。他怎么会知道我的这件事？

"你为什么会觉得汤姆森先生和利亚姆·麦加菲尼先生之间依然有仇？"

"卡勒姆曾经说过，他说海莉之所以搬走是利亚姆的错，害得他几乎再也见不到她了。"

哦，卡勒姆，那不是利亚姆的错，是我的错。

我感觉到一滴泪从我脸上滑下。我一直忙着逃离我的父母，逃离我的过去，我从来没想过我也逃离了我的哥哥。

利亚姆

审判的第二天，海莉作为证人被叫到了前面。她穿着跟昨天一样的西装，头发在后面盘成了一个圆髻。她化的妆虽然非常不易察觉，都是米色色调，但比我曾经见过的样子更浓。我看到她坐下时偷偷瞥了一眼法官和陪审团。她很紧张。

我本能地对她微笑了一下，但她没有看我。她的注意力集中在艾登的律师身上，也就是将要向她提问的那个人。

"汤姆森小姐，感谢你同意来本法庭做证。"海莉稍微笑了笑，目光再次在房间里扫视，接着回到了律师身上。"你能回忆一下那天晚上你看到他们时发生的事情吗？"

海莉点了点头，喉咙咽了一下，然后开始说话。她的声音很低，但在肃静的法庭里很容易听清。

"我们在大厅里，玩得很开心。我在舞池里，我想卡勒姆也在那里。我的朋友瑞贝卡拉着我去看我妈妈布置的一面照片墙。你知道那种东西，"海莉尴尬地抬了抬头，"卡勒姆和我从婴儿时期到贯穿整个童年的照片。总之，利亚姆和艾登进来了。卡勒姆的两个朋友上去跟他们说话，然后吵了起来。"

"你听没听到他们说了什么？"

"没有，但看起来他们是在吵架。我过去……我正打算过去跟他们说话——"

"你为什么要那么做？"

海莉盯着律师，像是对这个问题感到困惑。

"什么？"

"你为什么选择把自己卷进去？"

"因为我想利亚姆可能是去那里找我的。"

"你为什么会那样想？"

我无法转头去看艾登，但我知道他一定在笑。我看出了这个律师想把海莉往哪个方向引，但从她茫然的表情来判断，她还没看出来。她即将把我推入一个深坑，而她还一无所知。

"汤姆森小姐？"律师提示她，"你为什么会那样想？"

"因为利亚姆和我已经认识很久了，我们小的时候是朋友。"

"但不再是了？"

海莉低头看着她放在膝盖上的手指。"不，不再是了。"她小声说。

"为什么？"

海莉猛地抬起头，眼睛眯了起来。她抬头看向法官，但他只是同样看着她，等着一个回答，跟律师等的一样，跟陪审团等的一样，也跟旁听席和艾登等的一样。当然，我知道答案。

"我们当时在约会，结果不太好。"

"你能说得更具体些吗，汤姆森小姐？"

他知道了。他到底怎么知道的？

我从来没告诉过我哥哥我为什么不继续跟海莉见面了，从来没告诉过他关于孩子和流产的事，而海莉宁可去死也不会亲自去告诉他的。但他脸上得意的笑容，他的律师提问的方向……

他到底怎么知道的？

"我看不出跟这有什么关系——"海莉开口，但艾登的律师挥手制止了她。

"有没有关系由法官来决定，汤姆森小姐。记住，这里有两个男人正在接受谋杀罪审判。"

看到海莉窘迫的样子，我在桌子下攥紧了拳头。她的脸红得像火，眼睛睁得又大又圆，乞求着律师。但他只是用和善的眼神看着她。

"我……"

海莉

"我怀孕了。我们只有十七岁，我父母坚持让我去做流产。他们告诉我，我之后再也不准跟利亚姆见面了。"

"那你按照你父母的意愿做了吗？"

"是的。"我的声音现在大了一些，更自信了点。最糟的已经说出来了，"我再也没见他。我上完最后一年高中后就搬到了斯特灵去念大学。"

"祝贺你。"

去死吧，你这个自以为是的浑蛋。

"告诉我，汤姆森小姐，有没有这种可能，利亚姆·麦加菲尼先生对你杀死了他未出世的孩子并突然离开他而耿耿于怀，他带的那把刀根本不是想捅汤姆森先生，而是你？"

利亚姆的律师瞬间站了起来，高喊着"反对"，但我没有听到。因为我这才意识到自己做了什么。我把一个利亚姆带刀的理由拱手交给了陪审团，给了他们一个动机。

利亚姆，我很抱歉。

我从坐下后一直没有看他，此刻因为过于羞愧我更不敢去看他。艾登的律师满意地坐下，由利亚姆的律师取代他刚才的位置。我盯着他，用眼神乞求他给我一个机会来撤销我造成的伤害。

"汤姆森小姐，你有没有看到是谁杀了你哥哥？"

撒谎。就这样做。撒谎。

但我不能。

"没有。发生得太快了，我没能看到，但是……"

"但是？"

呼吸。

"但我不觉得是利亚姆。我的意思是，"我停顿了一下，疯狂地搜寻着一个看似可信的理由，"卡勒姆和利亚姆在扭打，他们的胳膊都抓着对方，所以利亚姆的手里肯定没有刀。艾登当时在那里尖叫，他……他看起来很狂躁，就像吸了毒一样。"

"反对！"

这一次是艾登的律师站了起来，但我无视他。我在盯着利亚姆，第一次看着他。他看起来不敢相信，震惊，还有感激。

是你干的吗？

我试图从他的目光中找到答案，但在我能读出真相之前，他移开了他那双绿色的眼睛。

利亚姆

"别往心里去，利亚姆！"

艾登的声音在小小的空间里回荡，我坐在囚车上自己的隔间里时，在从法庭回到监狱牢房的短暂旅途中感受着道路的颠簸。

我无视他，就像我在法庭的候审牢房里无视他那样，就像我准备在余生中都无视他那样。就我而言，我再也没有哥哥了。我一点也不惊讶他的律师试图推到我头上，试图创造一种情景，给我安上一个动机。毕竟，我的确有动机。但利用海莉，利用流产，弄得她像条钩子上的虫子一样扭动，这太过了。

为了这个我永远不会原谅你，艾登。

明天将轮到艾登和我接受审问。他会撒谎，而我会说出事实。我只希望陪审团能分辨出不同。

那天晚上我没睡好。我做了个噩梦，梦到陪审团被替换成了十二个克隆的艾登，他们全都在我试图自我辩护、试图告诉法官这不公平时嘲笑我。我醒来时身上出了一层汗，看到窗户栅栏外晨光照进来。

当我们回到法庭，看到还是之前的十二个陪审团员再次走进来落座时，我松了一口气。今天他们的脸上满怀期待，他们知道艾登和我出庭辩护的时刻终于到来了。

艾登先去。

"麦加菲尼先生，你能不能解释一下那天晚上你为什么会去汤姆森家的派对？"

"我想保护我弟弟。"

仅此一次，他终于表现得规规矩矩。他梳了头发，直直地坐在椅子上，表情沉重。即使是对于他，终身监禁也不是无所谓的事情，不是说着玩玩的。

"他为什么需要你保护？"

艾登耸了耸肩。

"最近形势比较紧张，城里有打架之类的事情。我想确保没人欺负他，一个落单的天主教徒。卡勒姆·汤姆森是个拳击手，这所有人都知道。利亚姆会被他揍死的，也许这就是他带刀的原因。"

艾登把头转向一边，好把他脸上那个极小的笑意挡住不让陪审团看到。

"你能解释一下你到那里之后发生了什么吗？"

"我们进去后立刻有两个人朝我们走过来，他们大喊着，叫我们芬尼亚。接着卡勒姆·汤姆森过来了，叫我们滚出去。"

"然后发生了什么？"

"利亚姆想从他那里过去，进到大厅里面。"

"你知道他想那样做的原因吗？"

艾登看着我，跟我对视。他的眼中没有温度，没有承认我是家人或者和我一起长大的痕迹。因此他接下来的话让我非常惊讶。

"我不知道。"

"你能不能解释一下汤姆森先生是怎么受到致命伤害的？"

艾登从我身上移开目光，看着律师，我感觉到我的心沉了下去。

别这么做。

"利亚姆在跟卡勒姆打架。接下来我所知道的就是，他手里拿了一把刀。他捅了卡勒姆的肚子两下。然后利亚姆跑了。"

"那你做了什么？"

"我也跑了。"

"为什么？"

"嗯，"艾登狡猾地笑了，"我担心自己的安全。我知道如果我留下的话，卡勒姆的朋友们会攻击我。"

"我担心自己的安全"？如果他们了解你的话，就会知道你这谎撒得

有多么惊人。

　　但那不是问题。他们不了解艾登，完全不了解。他们分辨不出他在说谎，不知道他可以毫不犹豫地撕咬他自己的血肉至亲。我试着站在陪审团的角度思考，通过他们的眼睛去看待。我会相信他吗？

　　恶心感在我胃里翻腾。我不确定。

海莉

艾登是首先受审的，他看起来比我任何时候见过的样子都更体面，也更柔和，就像个正常人一样。过去几天里他都若无其事地坐在他的律师身旁，现在则判若两人。我希望陪审团能注意到，能看穿他那纸一样薄的假象。

他把罪过都推到了利亚姆头上。是利亚姆把刀带到了那里，是利亚姆跟卡勒姆打架，是利亚姆把利刃捅进了我哥哥的肚子，然后利亚姆跑了。利亚姆，利亚姆，利亚姆。艾登则是个无辜的旁观者，只是去那里支持他弟弟而已。不，先生，他并不知道他弟弟打算做什么。

你这个杂种。

我仔细地看着陪审团，看着他们的脸。有些人脸上带着怀疑，但另一些却在点头，露出同情的表情，落入了他编造的童话里。

利亚姆坐在他的椅子上，在他哥哥将钉子一颗一颗地钉进他的棺材时，身体越滑越低。等到该他站上受审席时，他脸色发青，双手在明显地颤抖。

"麦加菲尼先生，你被指控谋杀卡勒姆·汤姆森先生，你表示不认罪，但对于携带刀具的指控却认罪了。"

"是的。"

一个词，一个小小的词，却让无数记忆涌回了我的大脑中。我稍微闭了闭眼，感觉到我的胃在下坠和扭曲。我已经多久没听到他的声音了？

"你能不能解释一下，你为什么觉得有必要携带武器？"

"那是为了保护自己。我去年被一群人袭击了，他们打断了我的鼻子和几根肋骨，还威胁要杀了我。"

"请解释一下为什么一把刀能保护你，麦加菲尼先生？"

利亚姆垂下头，没有说话。那把刀，保护他的东西，已经变成了一个准备好要吊起他的绞索。

你在想什么，利亚姆？

"麦加菲尼先生？"

"不能。"利亚姆没有抬头，他的声音非常微小。

"所以，麦加菲尼先生，情况是这样：一把你承认是自己携带的刀被用来谋杀了一个人，谋杀了汤姆森先生。"他停顿了一下，把话头悬在那儿，"麦加菲尼先生，是你谋杀了汤姆森先生吗？"

"不是！"

利亚姆几乎是喊出了他的回答，他猛地抬起头看向律师，眼中燃烧着怒火。

"那是谁，麦加菲尼先生？"

利亚姆对上律师的目光，但他的嘴唇却紧闭成一条薄薄的线，阻止着那个答案从舌尖蹦出来，不管那个答案是什么。

艾登。利亚姆，告诉他们是艾登。我的上帝，他毫不犹豫地推到了你的头上啊！

但他没有。他一个字也没有回答那个问题，即使律师问了他两遍，三遍。

我一动不动地坐着，面无表情，但我的心中却情绪激荡。挫败——他为什么不肯告诉所有人到底是谁？还有骄傲——他的坚持以及在被激怒时依然不愿把一切推给他的哥哥。但最多的是害怕——害怕他的否认不足以救他。

因为我相信。我不需要听他这边的故事，我相信他。

"让我问你一个别的问题，麦加菲尼先生，你为什么会去那里？"

"什么？"

"派对现场。你为什么会去那里？"

我在座位上身体前倾，我的眼睛盯着利亚姆的嘴唇，它们正在颤抖。

"因为那是她的生日。我想在她生日时看看她。"

利亚姆

结束了。我说了我的辩词，艾登也说了他的。律师们结束了奔忙，法官让陪审团去履行他们的职责。

有罪或无罪。

艾登或利亚姆。

因为肯定会是我们之中的一个。卡勒姆·汤姆森并不是自己死掉的。

陪审团进行讨论时，我们被带回了候审牢房。一个安保人员给我拿来一份放在塑料托盘里的晚餐，但我没有碰。感觉几乎像是绞刑前的最后一餐，虽然如果真是最后一餐的话，我肯定不会点香肠和软乎乎的蔬菜。

"麦加菲尼。"一个敲门声让我跳了起来，"到时间了。"

海莉

　　他们没花太长时间商议，我不确定这个征兆是好还是坏。他们最后一次返回法庭时，我努力去观察他们的表情。但他们都双唇紧闭，面无表情，就好像接受过训练，懂得如何让旁听席和被告猜不透一样。

　　我抱起双臂在胸前交叉，以阻止颤抖的双手。

　　"陪审团做出决定了吗？"

　　"我们做出了。"

　　我耳中全是自己的呼吸声，几乎要盖过他的声音。

　　"判处艾登·麦加菲尼先生……"

　　我就像在水下听他说话一样，他的声音失真、扭曲了。我的视线边缘变成了黑色，我意识到我呼吸急促。

　　"判处利亚姆·麦加菲尼先生……"

　　什么？等等！刚才说判处艾登什么？

　　我努力想把注意力集中在法庭上，集中在艾登的脸上，查看他的反应，但整个房间变得一片模糊，我无法在搅成一团的色块中找出他。我觉得热，非常热，上衣柔软的领子令我窒息。我在用喉咙吸氧气，但却吸不进肺里去。所有的颜色都模糊成一片，黑色的边缘正在蚕食，正在充满我的视线。一阵耳鸣压过了我不规律的呼吸，我倒了下去……

利亚姆

"有人来探视你。"

我的牢房门咔嗒一声打开，监狱看守马丁站在门前。

我叹了口气，从床上滚下来。我跟妈妈说了不用费心来看我。没有车，一路从拉克霍尔过来对她来说是很麻烦的事。不值得，对于三个星期的刑期来说不值得。

已经过了十天了，还有十一天。

当法官递给我一份持刀罪的监禁判决时，我的律师非常恼怒。他认为鉴于我主动认罪，鉴于我立刻就承认了刀是我的，判我在社区服务就可以了。但我不在乎。没被判处终身监禁，不用一辈子被倒吊在中世纪的地牢里让我觉得如释重负。

另一方面，艾登……

我没有见到他——他被转移到了另一个监区，一个关押女王陛下的常住客人的地方——他被带走的时候表情非常恐惧，真正的恐惧。那是一种我很久很久以来都没在我哥哥脸上看到过的表情。

马丁带我一路通过所有的检查点，通过所有的门，直到我加入了其他穿着高领衫的囚犯的队列。他们看起来都在为有所爱之人来探视自己而欢欣雀跃，但我不是。妈妈会哭，而我会感到愧疚。然后她会离开，我们都会感觉更糟。我又叹了一口气，她为什么就不能听我的话待在家里呢？

我们进入了探视厅，我四处张望，寻找着我妈妈，寻找着她耸起的肩膀和憔悴的脸。我扫视了整个房间三遍，但并没有看到她。

什么情况？

我有点恼怒。马丁拖着我一路走到这里，但这里并没有人来看我。我转身走回大门，这时有人叫了声我的名字。

"利亚姆！"

我僵住了，转过身，我的嘴唇勾起淡淡的微笑。我凝视着那巧克力棕色的眼睛，波浪似的卷发，牙齿轻咬着的柔软的嘴唇。纤细白皙的手腕上，一个翠绿色珠子穿成的手镯在闪闪发光。这是世界上最美丽的景象，一个我从来没想过我能再看到的景象。

海莉。